U0527106

ORPHEUS' MARATHON

跑去她的世界

夏桑 —— 著

NEWSTAR PRESS
新星出版社

图书在版编目（CIP）数据

跑去她的世界 / 夏桑著 . -- 北京：新星出版社，
2024.9（2024.10 重印）. -- ISBN 978-7-5133-5737-1

Ⅰ . I247.5

中国国家版本馆 CIP 数据核字第 2024DJ0307 号

跑去她的世界
夏桑 著

责任编辑	吴燕慧		**监　　制**	黄艳
责任校对	刘　义		**责任印制**	李珊珊

出 版 人　马汝军
出版发行　新星出版社
　　　　　　（北京市西城区车公庄大街丙 3 号楼 8001　100044）
网　　址　www.newstarpress.com
法律顾问　北京市岳成律师事务所
印　　刷　北京汇瑞嘉合文化发展有限公司
开　　本　910mm×1230mm　1/32
印　　张　9.125
字　　数　213 千字
版　　次　2024 年 9 月第 1 版　　2024 年 10 月第 2 次印刷
书　　号　ISBN 978-7-5133-5737-1
定　　价　59.00 元

版权专有，侵权必究。如有印装错误，请与出版社联系。
总机：010-88310888　传真：010-65270449　销售中心：010-88310811

谨将此书献给我的妻子和孩子。
谢谢你们包容一个男人的愚蠢和幻想,
还有那些我本以为今生无法治愈的痛苦。
谢谢你们带我前往广阔的世界,
让我真正感受到活着的喜悦。

目录

第一章　不　可　追　　1
第二章　幻　　　影　　41
第三章　时　　　空　　69
第四章　异　　　变　　95
第五章　屏　　　障　　123
第六章　抚　　　慰　　149
第七章　放　　　弃　　179
第八章　新　世　界　　205
第九章　来　日　可　追　229
第十章　那　个　男　人　259

后　　记　283

插画

高山　　　7
孤岛　　　11
石心　　　120
小春和　　136
幽闭之海　233
最后的奔跑　275

第一章
不可追

为什么妻儿会以这样的方式死去？

在之后的无数个黑夜里，沈禹铭总会忍不住问自己。他一次次凝视着痛苦的深渊，在脑子里闪现整个事件，一遍遍回到事情的最初。

就像在发令枪响起之前，他总会一次次看向起点。

这是沈禹铭跑马拉松多年的习惯，仿佛只要想着离起跑线越来越远，就越有信心赢得这场比赛。

三月的成都已经开始回暖，春意正在涌回这座古老的城市，勃发的新绿随处可见，行人皆以目光采撷。可今天的天气并不好，阴沉的积云压在所有人的头顶上，细雨淅淅沥沥地撞击着暴露的皮肤，惹人焦躁。

然而，金沙遗址博物馆周围依然聚满了人群。记者架上"长枪短炮"，采访车就停在不远处，所有人都想抓拍运动员起跑的刹那，发布在公众号的头条位上，而沈禹铭无疑是选手中最耀眼的那一个。

他就职于一家科技公司，平日里做着商务相关的工作。加入跑圈不过五年的他，却因极其突出的成绩而被人们迅速注意到。今天，所有人都盼着他赢得本场比赛，战胜肯尼亚选手——基普洛特。

在马拉松赛事上，国人被那些外国运动员压制得太久了，心里早憋了一口气。而更微妙的是，今年这位最具实力的黑人选手，并不是在国内收割名次和奖金的职业运动员，反而跟沈禹铭一样是位业余跑者。

职业的跑不过，业余的也胜不了吗？！

正因如此，自选手名单流出，本届成都马拉松就成了海量网民关心的对象，浓浓的火药味弥漫在这场市民运动上。

从名单公布的那一刻起，沈禹铭有了当网红的感觉，自己的微博下涌现出了巨量的粉丝，他们总在摇旗呐喊，鼓励他一定要赢。当所有的期待集中在他一个人身上时，他情不自禁地背负起了胜利的使命，甚至隐隐觉得自己就是所有人的英雄。

为了不辜负大家的期待，沈禹铭甚至向公司提出了停薪留职，全力备赛。看着一条条让人热血澎湃的留言，他在比赛前一天放出豪言壮语：一定要拿下成马的冠军！

还有五分钟就要起跑，他踮起脚尖扫视围观的人群，想要捕捉妻子李怡珊的身影。他是五年前爱上跑步这项运动的，那时妻子刚怀孕，不仅有先兆性流产的症状，而且身体反应特别大，整个人肉眼可见地憔悴下去。

在备孕前，沈禹铭主动要求去体验分娩，甚至满头大汗地熬到十二级疼痛。可当他真正陪伴妻子时才知道，自己身为一名男性，还是难以对个中滋味完全感同身受。那段时间，他尽力照顾妻子，想尽各种办法缓解她的痛苦，但都无济于事。看着妻子难受的样子，他感到无比自责，心理压力特别大。为了释放心中那份负罪感，等怡珊每晚入睡后，他就会开始夜跑。

三公里、五公里、十公里……等妻子熬过最艰难的时期后，他发现自己已经可以轻松跑下半马了。

李怡珊知道丈夫是因为自己才爱上跑步的，不仅给他买了跑步机，这些年每次比赛她还会去现场，在起点和终点为他加油助威。

此刻，李怡珊正牵着儿子——五岁的小春和站在路边，见丈夫看向自己，连忙朝他挥手，然后还无比费劲地把孩子也抱了起来，让他朝爸爸喊加油。

一定要赢。沈禹铭下定决心，然后把手高高举起，比出一个V。这一幕，相信会被很多媒体抓拍下来，如果胜利，这便是强者的宣言。

但此刻的李怡珊除了兴奋，心里还隐隐有些担忧，丈夫真的撑得住吗？

主席台上打响了发令枪，起点的信号灯瞬间全部变绿，几万名参赛者陆续离开起跑线。对于沈禹铭而言，跑步是生活中最简单的事。不论是公司项目，还是生活琐事，总有一种看不到头的感觉，相较之下，跑步则显得无比单纯，要做的只是迈出下一步，然后到达终点而已。

随着时间的推移，周围除了护航的工作人员以外，喧嚣声渐远。沈禹铭渐渐进入了心流状态，在奔跑的过程中，仿佛这个世界上只剩下他自己。等他回过神来看表，时间已经过去了一个小时。目前他位于第二，不仅跟大部分跑者拉开了距离，甚至甩了第三名好长一截。

此刻的天府大道很空旷，与平日的繁忙形成了鲜明对比。在过去的许多个日夜里，他在这条路上穿行，为了事业，为了进入一种正常的社会语境。很多时候，他都觉得自己是一件工具，而不是一个人，每天被大小不一的铁皮箱子运送到不同的地方，承担不同的职能。城市化为一方烂熟于心的迷宫，给人宿命般的迷失感。在这里，每个人尽享劳碌，无法许愿。

但今天，他发现自己开始追逐，开始了一场更有意义的生活。他的目标就是眼前的这位跑者——基普洛特。相较于沈禹铭，他无疑是一位长者，甚至算得上是老人，而那极低的体脂率让他更显苍老。但基普洛特是天生的跑者，奔跑的状态是那么动人，哪怕在阴天也有着压抑不住的光彩。

若是在往年，沈禹铭肯定陶醉于对手绽放出的生命能量。但今天不行，他得到了太多粉丝的祝福，粉丝们希望他可以为国争光，战胜这位外国的业余选手。他不想让粉丝们失望，就像从小表现得足够乖巧，努力取得好成绩，尽力让离异的父母各自满意那样。

他为这场比赛已经准备了很长时间，就连专业跑友也劝他饮食控制和训练强度别太过严苛，但他信念感十足地为这场比赛备战着，不仅取消了每周固定的完全休息日，甚至在进入无法提升的平台期时，也依靠意志去强行突破，身心都积累了巨大的负担。

妻子看着沈禹铭疯魔一般地训练着，呕吐和身体疼痛越来越频繁，也总在劝他休息，甚至拉上丈夫的老同学兼多年好友李希一起来劝他。

但沈禹铭停不下来。一定要赢。他的脑子里只有这一个念头。

虽然天地宽阔，但他感觉自己没有退路。

比赛已经进行了一个半小时，他虽然屡次超过基普洛特，可总在不经意间被对方追上。

许多个回合之后，他竟然莫名产生了一种幻觉。

前方的基普洛特化为一座隐没云间的空山，自己在其中艰难地前行，永远也走不出去，无限的孤寂正在拖垮他。明明距离终点已经越来越近，明明这场比赛就要结束了，自己却感觉离终点越来越远，仿佛永远也抵达不了想去的彼岸。

撞墙期。他心里一紧，身为资深全马跑者，他已经很久没有陷入这种状态了。虽然他知道，出现这种状态是因为糖原耗尽，大脑下令脂肪给肌肉供能，而脂肪的供能效率却不如糖。一般情况下，他只要在补给点及时补充能量，就能挺过这个阶段拿下比赛。

但这次，他知道自己的面前真有一面墙，有一名无法战胜的跑者。

此刻，他所处的宇宙里，除了真空光速、普朗克常数、波尔磁子外，又多了一个不可撼动的数值——他与基普洛特之间的距离。

提速吧……他在心里默念着，不论如何都要拼一拼，假如能赢呢？比赛不超过二十分钟就会结束，假如坚持一下……

沈禹铭一边想着，一边提高步速。他的忽然发力不仅迎来了对手疑惑的目光，更点燃了现实和网络。

电光石火间，千万网友为他的绝地反击而狂热兴奋，而专业跑友则流露出担心，甚至连主办方也隐隐紧张起来，可所有人里最提心吊胆的绝对是李怡珊。她知道丈夫想干什么，也知道丈夫可能会付出什么代价。

你怎么连医生的话都不听呢？李怡珊心疼得暗自埋怨。

可这时，沈禹铭也有自己的信念，并死咬着信念不放，好像起点并不是金沙遗址，而是身后的基普洛特。只要离他足够远，就能赢下这场比赛。

最后赛段了，加油，你已经压制他了。沈禹铭在心里疯狂地说。

然而，宇宙规律是不容任何人破坏的。

沈禹铭猛地摔了下去，一头栽倒在跑道上，然后紧紧抱住了自己的膝盖，巨大的疼痛无声地传遍了42.195千米，整个赛道都仿佛为之一颤。

医护和警察一拥而上，马上对他进行保护，为他查验伤势。可在场的所有人都知道一件事——

英雄陨落了。

唾手可得的荣耀就此消失。

在前往医院的路上，一切都及时且有条不紊，工作人员显然不是第一次处理这种情况，可沈禹铭却是第一次经历这番阵仗。他觉得一切都很忙乱，四周嘈杂无比，仿佛黏稠的沼泽，而他渐渐陷落下去，直抵彻底的失败。

李怡珊一边安抚着小春和，一边停住丈夫坐着的推车，直到医生拿着片子，目光冷峻地看着夫妻二人。

"半月板严重受损，韧带多处撕裂性拉伤，"医生取下黑框眼镜，揉了揉太阳穴，"我不相信这是一次比赛造成的伤害。"

面对质问，李怡珊轻轻看了一眼丈夫，只见他沉默着，语言被巨大的挫败和羞耻所掩盖。她嚅着嘴唇，想要说点什么帮丈夫解围："医生，我丈夫他——"

"我还能跑吗？"沈禹铭不经意间开口，妻子的话像玻璃般碎了一地。

"膝盖的损伤是不可逆的，你知道吗？"医生啪的一声把照片拍在桌上，"你现在的膝盖劳损程度超过六十岁的老人。"

"医生，没办法——"

"你的身体你自己最清楚！之前有没有看过医生？医生有没有告诉你停止一切运动，安心静养，不要恶化？"治病救人的信念感让医生心中火起。

"所以我真的不能跑了……是吗？"沈禹铭依旧低着头，闷闷地说。

"做好长期静养复健的准备。"医生转头看向屏幕，叫了下一个号，"你现在走路都困难，还跑什么步！"

闻言，生性敏感的小春和躲到了妈妈身后，诊室里的压迫感让他浑身不舒服。但他乖巧地一言不发，静待这一切结束。

"谢谢。"李怡珊从医生手里接过了治疗处方，匆匆看了一眼，发现有西药、有理疗，然后连忙推着受伤的丈夫往门口走去。这时门开了，一名中年妇女扶着年迈的母亲已经抢先进来，准备接受医生的诊断。就在擦肩而过时，那名中年妇女低头看了看沈禹铭，觉得有些眼熟，好像在哪里见过。

"他不是网上那个……"一闪而过的侧脸瞬间激活了中年妇女的记忆，"就今天比输了的那个人嘛！"

医院嘈杂，也不知道沈禹铭听见了没有，但他身子没有动，更没有回头。

回家途中，沈禹铭坐在后排，依然独自沉默着，但散发出的气场比之前还要焦躁。他反反复复拿起手机，然后又一次次放下，仿佛是一个没有智识的机械人，除了看那惨白的屏幕，就只剩无数次沉重的叹息。妻子几次想要关心他，但都不知如何开口。直到小春和也没来由地叹起气来，这才重重地撩拨了李怡珊的神经，她小心地说："你别总是叹气，孩子要跟着学。"

忽然，沈禹铭猛地把手机拍到车窗前，"怎么？我连喘气都不行了！"

李怡珊顿感窝火，可想到丈夫身体的疼痛，便选择忍耐下来，继续一言不发地开车。

此刻，这辆开了好几年的白色马自达，变成了一座暴雨降临

的孤岛，低气压控制着岛上所有的生灵，仿佛要将它们重新摁进泥土里。在这座孤岛的下方，与大陆相连的根基已经断裂。它在名为人间的无尽之海上漂浮着，无声地呐喊着，想要赶紧回到陆地的怀抱。

可是，那片名为家的空间，如今也已满目疮痍。家里是三室一厅，不到一百平米，本来有三间卧室的，可装修时妻子强行留出一间作为沈禹铭的书房。因为她知道丈夫喜欢读书买书，所以为丈夫保留了这处空间。这本是一个充满爱意的国度，可此刻推开门的一瞬，却有种重回寒冬的刺骨感。

李怡珊想要帮丈夫进屋，他却先一步用力，自己推着轮子进了门，轮椅发出跌跌撞撞的哐当声。那些嘈杂的憋闷声在家里回荡着，小春和用力拽着妈妈的衣角，看上去有些无所适从。李怡珊也不知该说什么，只好摸了摸孩子的头，尽力安抚。

当晚，小春和显得很懂事，自己取出盒装牛奶喝掉，然后安安静静地刷牙、洗脸，甚至用洗脚水冲了马桶后，自己爬上床睡觉。

沈禹铭不是不知道自己有多过分，从他喊出那一句时，就知道已经伤害了爱自己的人。可他现在无力控制自己，想着今天的落败，想着微博热搜，只觉人世间面目可憎。

想起乖巧的儿子，沈禹铭感到心疼，想走过去抱抱他，可试图站起来的瞬间，疼痛席卷全身，那稍微平息的焦灼感死灰复燃，所有的话都卡在喉咙里，距离窒息只有一步之遥。

他颓唐地接受妻子的照顾，病痛虽不足以让他无法动弹，可他此刻就仿佛瘫痪了一样，一言不发，一动不动，只有上床休息时才能勉力抬起双腿。

给丈夫盖好被子的刹那，李怡珊感觉全身都仿佛脱力了。本来独自带孩子外出就足以让人身心俱疲，今天又是如此兵荒马乱，跌落低谷的丈夫将她的体力和情绪彻底榨干。草草收拾后，李怡珊就爬进了被窝，伸手去抱背对自己的沈禹铭。

直到这时，她才发现丈夫竟然在哭。

丈夫的身体轻轻颤抖着，极力压抑着自己的脆弱和痛苦，可这反而让悲伤蔓延开来，房间里的黑暗也更加浓稠。

一个空间的存在感往往是由味觉来构建的，李怡珊闻到一种奇怪的味道，烧煳的盐正从天花板上细细飘落，不一会儿便将他们彻底淹没。

黑暗中，她发现丈夫还在刷微博，逐条看着评论和转发。那些文字有安慰的，有心疼的，毕竟大多数网友也有看到他最后的努力，甚至还有跑圈大V专门写了科普帖。可还是有许多人骂他是演员，骂他不争气，说他跑不了就别跑，害大家寄予这么高的期望。几拨人在他的微博下撕得不亦乐乎。

她小心翼翼地去触摸丈夫的手机，轻轻摁了关机键，黑暗吞噬了卧室的最后一块领地。

可没睡一会儿，身前的丈夫又默默拿起手机，着魔般地看着网络上的言论。

她知道自己再也做不了什么，甚至害怕做点什么惹丈夫不高兴，只能静静搂着丈夫，盼着这一夜早些过去……

之后一周，沈禹铭显然游离于家庭之外。他因为身体疼痛，没办法像往日一样早晨送孩子上学，晚上也由妻子买菜做饭，把做好的晚餐送到他床边。

李怡珊本是一家摄影工作室的化妆师，凭借惊人的面容审美和出色的收益，她早已成为这家工作室的合伙人。她不认为工作是生活的全部，因此也尽量把自己的时间留给丈夫和孩子。这段时间，因为体谅着丈夫的病情，哪怕工作室生意奇好，是她千载难逢的事业上升期，她也把更多工作交给一手培养起来的助理，自己花更多时间照顾家里，至少做到朝九晚六。可不论是早晨离家时她带小春和同丈夫道别，还是晚上把饭端到他面前，沈禹铭永远都没有反应，最多也就嗯一声。

　　因为丈夫的状态，李怡珊的心里就像随时压着一方巨大的冰块，只要丈夫不回应她的关心，她就觉得自己的体温被那冰块吸走了。更让她忧心的，是小春和在家也总是皱着眉头，看上去很不开心，问怎么了也不说。虽然把孩子的情绪问题归结到丈夫身上也有些不公平，毕竟沈禹铭变成现在这样不是他的本意，但这样一天天下去实在不是办法，李怡珊决定跟丈夫谈一谈。

　　哪怕谈不拢，至少大家先坐回一张桌子吃饭，让美味的饭菜把这个家变得温暖起来也行。

　　于是，李怡珊先在网上下单了一张大号折叠桌，然后准备了好几道精致的菜肴，甚至有丈夫最喜欢的清酒蒸蛤蜊。

　　"老公，我们好久没一起吃饭了，我和小春和今晚在床上陪你一起吃嘛。"她把饭菜端到床边，脸上挂着灿烂阳光般的笑容，颇为自己的机智而小小窃喜。

　　李怡珊想起他俩还没在一起时，自己因为学生会的事情太忙了，来不及吃饭胃痛，沈禹铭冒着大雨买了皮蛋瘦肉粥和胃药送到宿舍门口。她下楼来取药时，好些路过的同学还在一旁羡慕地起哄。

　　但此刻，沈禹铭只是抬起头来，勉强挤出一个笑容，"不用了，我随便吃点就行……"

　　李怡珊脸上的笑容顿时僵住，费了这么大劲儿搬上来的桌子,还有精心准备的晚餐,都成了某种化石,见证着此刻的心酸和尴尬。

"那你自己出来吃。"李怡珊转身端着饭菜离开了房间,撂下一句狠话,"你又不是真的走不动。"

当晚,她带着儿子自顾自地吃起来,小春和问爸爸吃什么时,她嚅着嘴唇,含糊地说他一会儿自己出来吃。

可等母子俩吃完饭、洗了碗,去小区中庭跟其他小朋友玩耍了一阵后回来,给沈禹铭预留的饭菜依然丝毫未动。菜肴变得冰冷,毫无生气,仿佛已经在桌上放了好几万年那么久,家里也因此陈旧腐败起来。

恼怒突然彻底突破了李怡珊的心理阈值,她扔下小春和,冲到卧室里去,想要大声质问丈夫究竟要干什么。可是,眼前的一幕却让她说不出话来:沈禹铭独自窝在被子里,把自己从头到脚裹了起来,就像一只待烤的大蜗牛。

他的手机摔在床边,屏幕已从一角碎开,蛛网般的裂纹爬满了手机的半个身子。

看到眼前这一幕,李怡珊满腔的不忿也不知该如何发作,只好坐在了床边上,"老公,你怎么了?"

"对不起……对不起……"被窝里传来无力的道歉声。

李怡珊想要掀开被子,就像过去无数个沈禹铭赖床的早晨,她强行扒开棉被,然后伸手去冰老公,彼此打闹在一起。可今天的被子坚若磐石,任她如何用劲,沈禹铭都深藏在无解的迷宫之中。

"我真的不想见人,真的不想……"沈禹铭的声音有些颤抖,恐惧踩着心弦起舞。

"老公,我们去看看医生好不好?"李怡珊感觉丈夫不仅没有从失败中恢复，反而朝着黑洞越滑越深，"或许我们就去问问李希怎么办？他是制药公司的人，肯定认识最好的医生。"

"不用，不用，真的不用，让我独自待一会儿，待一会儿就好了……"

这时小春和走了进来，见妈妈愁容满面，还有那裹在被窝里的庞大身躯，"爸爸……怎么了？"

没有回答，但李怡珊感觉丈夫把棉被拉扯得更紧了。

陷在被窝里的沈禹铭感觉脑袋特别重，但又很清醒，过去的时光在他脑海中逐帧闪过：从他备战成马开始，那一次次膝盖和脚踝的不适，还有他的微博粉丝从三位数涨到接近七位数，还有网络上无休止的争吵，以及妻儿的小心翼翼。

他觉得自己正在变化，狂躁让他变成怪物，而这个家是他最后的领地。他用沉默将这简易的空间变成迷宫，当妻儿于黑暗中摸索着步步逼近后，他缩身于最后的深渊里。他怕妻儿听见自己的怒吼，害怕他们察觉自己长出的牛角，还有浑身上下止不住的恶臭。

网络上的言论让他越发难以面对这个世界，哪怕虚拟与现实还未完全接壤。

翌日清晨，妻子做了早饭，然后送孩子上学。沈禹铭继续守着空荡荡的家，就像月球孤零零地在近乎无垠的宇宙尺度下悬挂着，以难以察觉的方式衰老着。

他的脑海里依然吵闹，纷扰着许多本不该存在的杂音。他迫使自己静下来，迫使自己的大脑关机，缓慢地积蓄精力和能量，想在妻儿回家时能正常地对待他们。

可就在这时，他听到了熟悉的手机铃声。

这是怎么回事？明明关了机，难道是幻觉？他开始怀疑自己的记忆，怀疑自己对世界的感知了。难道自己真的疯了吗？

想到这里，沈禹铭连忙拿起手机，发现真的开着。隔着破碎的屏幕，他看到有系统自动更新的提示。跳过设置后，他发现铃声来自微信，是妻子传送的几条链接——全是大V们对他落败的分析以及鼓励。

舆论发酵之后，最初铺天盖地的批评正在发生逆转。许多大V下场参与讨论，那些谩骂和污言秽语已经淹没在了"心疼""不容易""了不起""还有机会"等浪潮中。

"所有人都在为你加油。"李怡珊在发送链接之后，还发送了这样一句话，"我们也会一直陪着你。"

这里面有些帖子沈禹铭也看到过，但这么集中看正面的言论，并且发现大家都站在自己身边，还是第一次。

此刻，妻子凭借一团火，重新点燃了他的内心。

他拿起手机，发送了一条信息："谢谢你。"

李怡珊也不知道这是不是有效的回应，反正当天夜里，沈禹铭不仅走出了房间，甚至还在妻儿回家前，蒸好了白米饭。

当天晚上吃得非常简单，可李怡珊觉得无比美味，小春和也难得地一个劲儿讲学校里的各种趣事。沈禹铭一边听着，一边跟他们搭话，仿佛什么变故都没发生过。

晚餐接近尾声时，李怡珊提议说给沈禹铭买只小猫小狗，这样自己和孩子不在家的时候，他也不会寂寞。可就在这时，沈禹铭忽然讲出一句让妻儿都愣住的话："我想继续参赛，就把九月的甘马作为目标，从现在开始做一些训练。"

话音未落，李怡珊心里就咯噔一下，好一会儿才反应过来，"你还要跑？"

"现在大家都在继续支持我啊，我不能辜负所有人的期望。"沈禹铭看上去干劲十足，完全没有意识到李怡珊的脸已经变得铁青。

李怡珊把碗筷往桌上一放，"你没听医生说吗？你不能再跑了。就算要跑，那也是以后——"

"但医生不也开了康复治疗的处方吗？"沈禹铭本以为自己振作起来妻子会高兴，完全没想到是这般反应，于是脸色也阴沉起来，"一边康复，一边训练没问题吧。"

"沈禹铭，你在开什么玩笑！"李怡珊的眼泪终于止不住地流了下来。

"我……"沈禹铭不愿面对妻子的苦楚，将头转向了别处，"你不懂……我会证明给你，证明给你们所有人看的。"

接下来的一周，沈禹铭不再是那个消沉的男人，反而陷入了某种亢奋中。

他每天都去医院做物理治疗并且按时吃药，一次次在机械上艰难行走，一旦医生不注意，他就会忍不住跑几步。

心里重新燃起的那团火，让他迫不及待地想要回到当初的训练状态。

至少可以动了吧，那就先试着走起来、跑起来。

妻子李怡珊怎么劝他都没用，只得到了沈禹铭的冷漠相待。在国外出差的李希打着越洋电话来骂他，沈禹铭也直接挂掉了老友的电话。

他以为像个热血的年轻人一样不管不顾地努力，自己就能重新奔跑起来。

但现实告诉他，在绝对的物理规律面前，个人意愿显得那么微不足道。

他的身体承受着地球的重力,疼痛在神经元间狂欢着,哪怕症状稍有缓解,也会在刚开始奔跑后不久重蹈覆辙。

"你眼下最重要的是静养,只有静养才有可能阶段性康复。就你的病况,能恢复到正常走路慢跑就谢天谢地了,现在训练真是开玩笑。"康复医生又一次为他进行电刺激等物理治疗后,语重心长地对他说,"你不是职业运动员,我希望你明白这点。"

"可我之前都能……"

"所以你用五年时间,让自己的膝盖和韧带严重受损。"医生将眼镜取了下来,疲惫地揉了揉眼睛,"真的,你现在该看的不是康复科,而是心理医生。"

这次问诊他没有告诉李怡珊,连同恢复训练一起沉入了心底。

思考了好几天后,沈禹铭发了一条跟粉丝们道别的微博,然后删掉了应用,选择将这一切忘掉。他将已经有些积灰的移动硬盘插到电视上,开始重温大学时期看过的老片子,看着今生不相见的情侣,看着被战争洗礼的钢琴家,还有那衰老虚无的绝美之城,他一遍遍告诉自己放弃,可钢锯般的不甘依然切割着他的心。

他看着电影里的悲欢离合,想象着自己的粉丝在转发区和评论区盼他回来,就觉得这沙发上有刺一般让他坐立不安,根本无法专心关注电影里人物的命运。

自己不是所有人的英雄吗?真要这样放弃自己的粉丝吗?

沈禹铭不是不知道网络上的情绪有多么虚妄,可他看着天花板就是觉得寂寞,觉得失去了别人的关注,自己就无法再幸福起来。

在忍受了好几部电影的时间后,他开始说服自己:没关系,大不了从运动博主转为育儿博主、旅行博主,反正都一样,所有人都会陪着自己。

可是,那个熟悉的橘黄色APP,就像幽灵般在他心里来来回回游荡,引诱他重新下载。心烦无奈之下,他关掉了电影,走进卧室准备睡觉。但躺在枕头上,他感觉心里就像有一团灼烧的烈火。

这就是某种戒断反应吗?海量的关注就像毒药一样让人上瘾。

又硬扛了好几个小时,他终究还是将微博装了回来,重新通过本机号码一键登录。即将进入界面的一刻,他的内心有些恐慌……

他们会说自己是逃兵、是懦夫吗?要不先想好如何跟大家道歉,然后接受大家的原谅。一时间,他在脑海里酝酿了许许多多的理由,假设了好多种情况以及应对方法。

沈禹铭朝着某个虚妄的未来奋力前进着,自以为一切是那么美好。

可当他进入消息界面时,他的热情全消,好像有人打破了天窗,击碎了美梦——评论数和转发量都非常有限,而且大多数都是快转,连一句话都舍不得留下。

热度过去了,世界上有新的热点了,自己已不再被关注。

有那么一瞬间,沈禹铭感觉自己被彻底抛弃了,就在他想要重新面对世界的时候。

李怡珊当晚回家,觉得氛围非常不对劲,不是之前的那种颓丧,而是深深的寂静和冰冷。往常这个时候,丈夫都在尽力训练才对,可今晚他瘫倒在沙发上,一动不动。

"发生什么事了?"李怡珊试探着。

"没意思。"丈夫咕哝了一句,含混不清。

"什么没意思?"

"什么都没意思。"如果说前些日子的丈夫,被病痛折磨得还有些让人可怜,今天的他则让人深感厌倦。他说这些话时,带有浓重的怨气。但李怡珊不知道他在埋怨什么,难道是在埋怨自己吗?

"你到底怎么了?我做错了什么吗?"李怡珊无力地说着,觉得委屈。

"你没错,你们什么都没错,错的是我而已。"沈禹铭说完,摇了摇头,缓慢地走进了卧室,仿佛一只消逝在黄昏里的幽灵⋯⋯

在接下来的两周里,沈禹铭不仅停止了奔跑,全面躺倒在床和沙发上,更成了世界的他者,拒绝整个世界的叩问和试探。

远在他方的父母得知沈禹铭受伤抑郁后,想来成都家里看望甚至照顾他,但都被他搪塞了过去。在父母的屡次来电请求后,他朝着电话大吼一番,然后迅速挂断。

又一场不欢而散的通话后,沈禹铭把电话拍在沙发上,用抱枕压着自己的头。一时间,整个客厅都陷入低气压的沉静之中,他被自己的愚蠢压得喘不过气来。

刚才为了让家人远离自己而生长出来的尖刺,现在开始往身体里缩,渐渐往心里钻。伤害家人的话正在变成回忆,鞭挞着沈禹铭自己,他猛地感到一阵气紧,觉得自己就是垃圾。

可就在这时,无比安静的家里竟然响起了敲门声。应该是物业吧，沈禹铭不想理，只是在沙发上躺着，继续咀嚼刚才的苦楚。

敲门的人很快也没了耐性，扯着嗓子大声吼道："快开门！"

这一声大喊让沈禹铭听了只觉无比熟悉，老友那极不耐烦的模样浮现在眼前。李希？他不是在国外出差吗？怎么这么快就回来了？

李希是沈禹铭上大学时一个寝室的挚友，是一个整天抱怨、感觉自己一事无成，却在短短时间内做到跨国制药公司副总位置的人。上学时，沈禹铭挺烦他的——每次考完总说自己要挂科，结果每年都拿全额奖学金，后来听惯了倒也觉得这人蛮有趣。在学生时代，沈禹铭很喜欢跟他交流各种特别艰深玄奥的话题，毕竟他俩都喜欢自然科学，都喜欢读书。

毕业工作后，同学们渐行渐远，只有李希还在坚持老本行，而沈禹铭身边也渐渐只有这么一个朋友了。

沈禹铭忽然紧张起来，那是关心自己的人忽然靠近时的紧张。而且他知道李希嘴里绝对吐不出象牙来，他现在不想听任何责备的话，哪怕这份责备来自关心。

"躲得了一辈子吗？快开门！"李希从敲门直接变成砸门了，"死家里了吗？！"

"再不开门，我就报警、叫救护车了！"李希的声音里渐渐有些不安，"我还要给李怡珊打电话，问问她是怎么照看你的。"

面朝大门的李希忽然感受到门从内侧发生了撞击，闷闷的一声，像是一个重物倒在了门上。

"不要给她打电话……"沈禹铭已经尽力大声说话了，"不要麻烦她了……"可听上去依然气若游丝。

李希又砸了两下门，但动作变得轻了，语气也变得不再锋利，

"我知道,不会打的,因为就是她让我来的。好了,闹够了?可以开门了吗?"

果然都是妻子的安排,沈禹铭父母知道家里的变故,也是妻子告知的。她知道自己拉不动沈禹铭,因此满世界找帮手,就像给溺水的人多扔一些救生圈。

妻子就是自己的救生员,哪怕她也并不怎么会水。

沈禹铭想到这里,温暖涌上心头,可本该有所感动的他,此刻就像严重冻伤的人一样,根本无法立刻接受高温保暖,否则便是新一轮的溃烂。

他好难受,又是新一轮的难受,"你走吧。"

听到沈禹铭的声音,门外的李希也没再坚持,只是叹了一口气,"那我先走了,刚落地还要回公司看新药的进展。我知道你很难受,但等等我,我会想办法的。"

说着,李希把一个小袋子挂在门上,"这是一些调整情绪、抗抑郁的药物,怎么吃,里面有处方。"

沈禹铭透过智能猫眼,看见李希转身离开的背影,只觉得最后一丝力气也没有了。

忽然,李希的声音再度响起:"吃药吧,别再折磨李怡珊了。她首先是一个普通女人,然后才是给你和小春和当妈。"

听到最后这句话,沈禹铭的身体里仿佛出现了一个黑洞,瞬间吸干了他所有的活力,所有的生存欲望。

事实上,不论家人还是朋友,在他陷入低谷时,哪怕受到了冷遇或者伤害,也都愿意在远方默默陪伴着。

但以他现在的状态,只觉这些关心都是噪声。

然而,生活总能教会人们更多,尤其是在温柔被辜负之后。

就在李希被拒之门外的一周后,公司久违地给沈禹铭打来了电话。负责人事工作的李姐，总习惯在慵懒的阳光下处理一些棘手的事务。当她竭尽全力为沈禹铭凑了各种假后，虽然心中依然同情，但也不得不催他尽快返岗了。

"我生病了。"听完李姐的解释说明后，他只回了这么一句话。

"康复大概还需要多久？"李姐有些无奈地说，"你的项目和团队总要有人管理——"

"可能永远也好不了了。"沈禹铭轻轻地说，但听起来理直气壮，甚至有责备对方不懂事的意味在里面。

电话那头沉默了，连人带手机都陷入了一种类真空的气场中。

"好，那我知道了。"李姐挂掉了电话。

当天晚上，沈禹铭就收到了公司的通知，他的项目和职位将由另一位同事取代。停薪留职已经超出约定的半年时间，本来比赛结束就要按时返岗工作，就算抵扣病假和事假，沈禹铭也有海量的旷工时长。考虑到是为国争光时负伤，公司还愿意给沈禹铭最后一个机会：如果他能够确定返岗时间，可以为他保留一个后勤岗位，继续留他在公司做事。可如果沈禹铭无法确定，也没有强烈的返岗意愿，公司将跟他解除劳动合同。

这份通知虽然不满一页纸，但里里外外都写着仁至义尽。

"我辞职了。"

翌日，沈禹铭把公司的通知和自己的决定一起发给了李怡珊，准备承受妻子的暴怒。他把房贷、车贷、抚养孩子的压力都丢给了另一半，可他甚至不知道自己为什么要这么做。

是不喜欢这份工作吗？很难讲，不然也不可能做出之前的成绩。

真是病魔缠身无法动弹吗？没有，通过静养和物理治疗，膝盖的阵痛明显减轻了，甚至可以缓慢地跑步了。

眼下这一切是公司伙伴造成的吗？当然不是，错都在自己。

可是，太痛了，一切都令人痛苦难挨。自己已经失去了跟这个世界相处的能力，只想……死……

过了好一会儿，妻子只回了一句："没关系，你先好好休息。"

"草！你为什么要这样?！为什么不骂我？为什么不跟我吵架?！你也应该放弃我啊。你为什么总能表现得好像什么事都没有发生，让我觉得自己就是个疯子?！"

沈禹铭有种从太空坠落的感觉，妻子的沉静就像大气层一样，让轰然撞上的他产生了强烈的灼烧感。

真是一片纯净的地狱啊。

"你不还在吗？"妻子随后又发了一条信息来，"一切都会好起来的。"

有那么一瞬间，沈禹铭觉得人生好长啊，生命和痛苦都不能任凭自己结束。妻子用巨大的耐心为他筑起一座堤坝，哪怕洪水早已漫过了水位线，但在生死之间，那道屏障甚至超过了天际线。

过去他感觉世界在渐渐消失，可现在却意识到自己正经历着一场精神失明，世界因为感知的模糊反而变得无比真切。但世界不再有序，它成了一个庞大的、莫名的存在，横亘在寂寞的时空中。他在这个存在面前徘徊着，释放着三十年来积累的所有情绪。它成了一个巨大的母体，成了巨大的子宫，那般天真却又残忍。

身为一名成年人，存在了许多个昼夜之后，他第一次畏惧生命本身。

离职后，他比之前更加自闭，在把生活搞垮后，他彻底失去了面对生活的勇气和能力。他不仅不再出门，甚至连话都不想说，每天只想躺在床上，一遍遍在脑海里回想过去，然后陷入深深的无力。

"我们今天去坐船游湖哦。"一个周末的清晨，李怡珊一边给儿子准备零食和便当，一边说道，"我还发现了一家特别好吃的豆汤饭，游完湖后我们去吃，吃了真的会心情好一点。"

"你们去吧。"此时已是四月下旬，正是成都的好时节，灿烂的阳光足以诱惑每个人出行。沈禹铭感到背后有人推着自己，那种拒绝接触的厌恶感，让他又往后缩了缩。

"你要是不想去游湖，咱们去动物园也行。"妻子艰难地试图把沈禹铭拉出门。

"我真的哪儿都不想去。"沈禹铭的语气已经有些不耐烦了。

"可我们之前答应过小春和呀。"李怡珊看丈夫这般反应，心里说不出来的难受。

"所以你去不就好了吗？"沈禹铭看着投屏到电视上的节目，心里一阵烦闷，"我挣不到钱了，就一定要听你的？"

你在说些什么呀！沈禹铭在心里骂自己，妻子哪儿是想带孩子去玩儿，明明是想让你出门晒晒太阳。你看你现在人不人鬼不鬼的样子，都要发烂发臭了！

妻子发出一记极轻的叹息，然后把便当、水杯还有帽子装进包里，带着孩子出了门。

李怡珊的哀叹彻底刺痛了沈禹铭，让他在心里疯狂责骂自己，那种强烈的羞愧感甚至提醒他该吃抗抑郁的药物了。

他走进书房，从书柜里拿出了一盒新的度洛西汀，拆开，挖出几颗吞掉。这种药物见效需要一些时间，在此之前他瘫坐在椅子上，看着窗外成都少有的蓝天发呆，尽量不做任何动作。

他想象自己是一盆植物，只有微弱的智能感受，足够无害。

这时，一阵风从窗外钻了进来，那是一记来自自然的、充满女性力量的拥抱。他想起了妻子，想起了她为自己做的一切——照顾自己、照顾孩子、联络亲友支持自己、一次次给他分享正面消息、满世界为他找最好的医生看病、每天发各种白烂笑话逗他开心……

想到这些，他知道自己欠妻子一句对不起。

可当沈禹铭拿起手机给妻子发送这三个字时，他尚不知道这份歉意将伴随他的往后余生，永永远远无法放下。

"没关系的，你好好休息，我们下午就回来了。"妻子还专门发了一个丑丑的哆啦A梦表情包。

看着妻子的回复，沈禹铭找出了许久不碰的电子烟，一口一口吸了起来。可能是因为药物发挥了作用，他感到了某种宁静。他看着那个丑丑的表情包，越看越觉得可爱。

振作一点吧。这个念头在他脑海里冒出来，把沈禹铭自己也吓了一跳。

一念及此，沈禹铭走进了衣帽间，在镜子面前脱掉了睡衣。看着体脂率飙升的身体，虚无感再度涌上他的心头，吞噬着他的灵魂。

他揉了揉膝盖，忍受着幻痛，一边在心里反复默念着没关系，一边拿出了日常出行的衣物。当他换好衣服，走到门前时，竟觉得门把手是那么陌生，那种不触碰就不真实的感觉，促使他按了下去。

沈禹铭之前一直很擅长买菜做饭。爸妈离婚之后，成了永不相见的仇人，就像宇宙两端的两颗星星，沈禹铭怎么使劲也无法把他们凑到一块儿。因此，他开始学做菜，通过做同一道菜给父母吃，看着他们满足的微笑，让那曾经的美好在他的灵魂里得以延续，哪怕这种美好的背后是创痛、是苦涩。

直到李怡珊第一次为沈禹铭做饭时，开玩笑地问他："你应该不喜欢做饭吧？"

那天晚上，男人抱着女人大哭起来，那是戳破脓包后的喷涌。哭累了之后，他们相拥而眠。在男人的梦里，女人给了他一整个世界。

从那时开始，他真的喜欢上了逛菜市场，真的喜欢上了做饭，不论是食色人间，还是热气腾腾的烹饪，都能让他感受到鲜活的生命力，让他感受到自己的存在。

菜市场还是那般模样，嘈杂，混着腥味。老人跟小商小贩五毛一块地讨价还价；卖红枣的跛子又在跟卖发糕的女老板不着边际地调着情，让她坐到自己那条断腿上；之前卖羊肉汤的小贩，现在也改卖小龙虾了。

他先去鱼档上称了三斤花鲢，让老板杀好切片，然后买了香菇和娃娃菜。水煮鱼、鱼头汤、白灼菜心，都是李怡珊喜欢的菜式。对了，还要做一道木耳肉片，小春和好久没吃这道菜了，也不知道现在还合不合他口味。

之后，他回到家，先把菜放好，然后开始打扫卫生。他把小春和扔得满屋子都是的玩具放回柜子里，全屋吸尘和拖地，还启动了扫地机器人跟自己一起。他甚至开启了一项艰巨的任务，换洗全屋的床单和窗帘，然后擦拭所有的柜子。

看着家里渐渐变得整洁起来，他觉得自己终于勉强算是一个活人了。

下午五点不到，他已经完成了大扫除，准备好了晚餐，就等妻儿回家。他并没有催促，自己怠惰了这么久，忽然催他们回来，一定会猜到自己有所准备。

下次……下次我一定要跟他们一起去玩儿，带小春和去游湖，带小春和去动物园，他最喜欢去动物园了……

他要给他们一个惊喜，弥补自己犯下的错和所有的亏欠。

此刻，所有事情都做完了，他又重新陷入抑郁之中，难过和痛苦再度袭来。但他觉得这一切都是可以忍受的，因为妻儿马上就要回家了。这仿佛就是一场马拉松的最后阶段，只要熬过去，就可以抵达幸福的终点。

七点了，妻儿还没回家，他的忍耐到了极限，又去吃了几粒度洛西汀，勉力维持着自己的心理状态。

八点，期待的推门声依旧没有出现。他实在忍不住给妻子打了电话，没想到竟然是关机状态。

这一刻，他感觉终点消失了，前路无边无际。他出了门，来到自家的车位上，只有空空如也的白色方框。他又来到停车场的入口，可等到九点依然不见踪影。

他想着妻子是不是从别的入口进来，于是又回到车位上，可依然没人。

那晚，菜肴凉透了，而他狂躁地围着小区不断找人，把平时常去的小公园、商场，甚至有摇摇机的几个小店都反反复复找了个遍。

没有踪影。

难道还在游湖吗？不可能玩儿这么久啊。

直到十一点，他已经筋疲力尽。坐在路边休息时，他借着路灯的光打开了微博，一起游船互撞沉湖事件登上了热搜榜……

沈禹铭在湖边等了一天一夜，那艘游船才被打捞上岸。

当游船被重型机械吭哧吭哧地拖上岸时，遇难者的亲属都涌了上去，但救援人员死死把大家拦住，恳请家属保持冷静。但如何冷静得了呢？就因为经营游湖的商家想要多赚钱，同时让这么多船只航行，而且还给游客使用面料劣质的救生衣，在挣扎中很快就滑移开裂，这才导致了如此严重的伤亡。

而最关键的是，并不是所有人都死了呀，为什么离开的非得是我的家人呢？

沈禹铭拼了命地往前挤，甚至挥手推开别的家属和救援人员，只为撕开一道口子，看一眼李怡珊和小春和。

眼看他就要得手，却被两名辅警摁倒在地，另外一名辅警拿着钢叉限制住他的行动，一边怒斥沈禹铭，一边劝阻别的家属："救援和办案都要讲程序！大家不要急啊！"

然而，哪怕被摁倒在地，沈禹铭依然在拼死反抗。辅警看这名家属如此激动，留在此处很有可能会出事，便把他带去了景区的休息室，还专门找了人照看他。

沈禹铭被关在房间里的时候，又是砸东西，又是捶墙。可他不知为什么，总有一种奇怪的抽离感。他现在很愤怒，但仿佛只是表现得很愤怒。他现在砸东西，也仿佛只是为了给别人表演自己多爱妻儿。

他甚至有种身体不受控制的感觉。

悲伤是深沉而真实的，疯狂也是他此刻应有的体征，可沈禹铭总觉得自己的意识跟身体有着某种微微的分离，像是在逃避什么。

几个小时过去了，沈禹铭早已没了力气，呆坐在墙边，像一个芯片完好但能量耗尽的机器人，呆呆地看着周遭的一切，什么也做不了。

这时，门开了，辅警示意沈禹铭起身，闷闷地说："去大厅认人吧。"

沈禹铭像失了魂一样被辅警带着，来到那飘荡着号哭声的游客大厅。这里被临时征用来放置遗体，之后会有车过来统一送往太平间。

沈禹铭排进了遇难者的家属队伍，慢慢地朝前移动，跟所有人一样等待罹难家人的出现，就像在等待领取自己的一部分灵魂。

这是不是一个梦？沈禹铭总觉得走到最后，也不会出现妻儿的身影。李怡珊会忽然跳出来一拍他肩膀说："吓呆了吧？叫你不跟我们来玩儿！"

可幻觉还没消散，妻儿的身影就出现在他的面前。

他们看上去好白啊，妻子的脸和四肢上都布满了擦伤，孩子则少了很多。警察告诉他，妻子一直抱着孩子，直到溺亡的最后一刻。可是，他们看上去都不像死了呀，他们就是摔了一个大马趴，然后睡着了而已呀。

真的只是睡着了而已呀。这跟电视里演的死亡完全不一样啊。

沈禹铭跪在地上，先将妻子抱起来，继而把孩子扶到自己怀里，身体忍不住地颤栗起来。

没有眼泪，之前的几个小时他早把眼泪哭干了。

但他知道自己在哭,如果有灵魂的话,整个灵魂都在哭泣。

此刻,他终于意识到为什么之前自我和身体会分离,因为他的大脑在回避真正的事实——妻儿已经死去,再也无法回来。

可就在见到妻儿尸体的那一刻,沈禹铭再也没办法骗自己了。

往后所有的日子,他再也无法跟他们朝夕相处,所有亏欠也都无法弥补,唯有带着无尽的歉意永世懊悔。

事故发生两天后,警察继续调查,律师开始介入,整个互联网发起关于景区安全的大讨论,再也没人记得一个多月前的成马。而沈禹铭要做的事情只有一件,那就是办好妻儿的葬礼。

因为妻儿的意外离去,沈禹铭的父母二十年后再度同处一室。看见他们同时出现,沈禹铭心里直觉这是一场大梦。

父母得知消息之后,不顾他的反对,立马跟单位办了请假手续,第二天就来了。他们说要比亲家到得早,虽然我们都失去了最爱的人,但最痛的一定是他们。

然而,等他们在警察局办完手续,陪着沈禹铭送妻儿来到殡仪馆时,两位亲家已经先他们一步来到这里。

虽然每年过年都回家,但沈禹铭跟岳父岳母接触并不多,自己的父母与他们接触得就更少了。大家不是一个地方的人,天南海北凑到一起,难免生活方式不一样,相看两厌。

最关键的是,当年李怡珊的父母并不同意她远嫁成都,希望她留在浙江找个本地女婿,这样生活才安稳,女儿有什么事也好照应。

那几年,为了跟沈禹铭在一起,李怡珊背负了沉重的家庭压力,就连结婚也没有得到父母的祝福。直到他们生活稳定下来,跟李怡珊父母的关系才渐渐缓和。

见到两位老人,沈禹铭下意识地喊:"爸妈——"可关心还没说出口,两位老人就越过他们一家,径直来到丧葬车的面前。他们看着女儿和孙儿的遗体,豆大的眼泪滴落而下,哭声却很轻,就像往不见底的深渊扔下一枚石子,那小小的灵魂登时被巨大的悲伤所吞噬。

工作人员把遗体搬到殡仪馆里去时,李怡珊的母亲一直跟着女儿和孙儿往里走,想要陪着他们,送他们最后一程,而她的父亲则转身来到亲家和沈禹铭面前。

沈禹铭的父亲刚想说点什么,可对方看也没看他,只是抬手让他不必多说,一双充满恨意的眼睛盯着沈禹铭,"葬礼结束后,我要把他们带回去。"

沈禹铭看着这个只见过数面的老人,只觉气短,却又不愿意让妻儿离开,只好自顾自地说:"我会陪着他们的。"

"你有陪他们吗?"老人一句抢白,"你真的陪好他们了吗?"

沈禹铭回答不了这个问题,一阵沉默后,只好哀求道:"爸,对不起,可我这次——"

"唉。"老人叹了一口气,让沈禹铭别说了,"天灾意外,我们也怪不着你。当年活人你带走了,现在变成一捧灰,给我们留个念想行吗?"

"我……"沈禹铭不知该如何回答,直到葬礼结束,看着两位老人带着自己妻儿的骨灰回到家乡,他依然不知该如何说服他们留下。

葬礼结束了,父母却没有离开,执意留在成都照顾他。

但对他而言,陪伴早已没有了意义。那天之后,所有人、所有事，乃至整个世界都跟他不在一个时间点上了。所有的科学理论都在告诉人类，时间是一去不复返的。甚至有科学家对时间感到无比疑惑，认为那是一个不同于任何物理量的存在。可沈禹铭知道自己已经彻底停在了那天，再也不可能前进一步。

他陷入了无法原谅自己的地狱，如果那天他能一起去，说不定命运会因此被搅动，至少可以跟妻儿一起走……

一起走……他默默思索着，母亲把今天的药和水拿了过来，小心翼翼地放在了旁边。她的眼袋明显重了很多，看上去憔悴了不少，沈禹铭看在眼里倍感心酸。

母亲虽然已到快退休的年龄，但跟年轻时一样酷，早已走遍了山山水水。妻子生前因为同样爱好旅行，跟母亲关系很好，甚至有撇开沈禹铭，她俩单独带上小春和出去旅行的经验。

这场突如其来的死亡划伤了所有人。

"妈，你放这儿吧，我过会儿吃。"沈禹铭每说一句话都痛苦万分，但他不再像之前那么狂躁，而是尽量伪装得像个人，不再释放心底的痛感。

母亲还想说什么，但只是把药和水放下，留沈禹铭独自待着。其实，从母亲连夜赶来的那晚开始，他们就处于这种状态，没有多余的对话，只有陪伴。

母亲是想作为自己的牵绊吧，但这一缕连接太细了。

之后，母亲开始做家务，擦拭那些并不脏的家具和地板。母亲这辈子也没每天做家务吧，她明明也可以请保洁的，但身处这压抑的空间里，她也需要做些什么来透气。

趁着母亲去其他房间做家务，沈禹铭把药物塞进了裤兜里……

到了中午，母亲背着包出了门，"明天见。"

不多时，父亲带着饭食跨进了门，另一缕连接开始发挥作用。最近，父母总是这样轮流出现，责任二字已不足以概括这种周期性，那是一种本能，将另一个个体的生命与自我等同起来。

这种紧密性让沈禹铭很不适应。自从父母离婚，自己去外地读书，他已经跟家庭切割很久了。他和妻子组成家庭，去构成一个集体，某种意义上也是为了对抗自己的原生家庭。

他有时会特别阴暗地想，当自己的家庭出现情感上的真空时，之前的母体就涌上来占据这副身躯。

他觉得自己有病。两个老人来照顾自己，他却觉得这是新一轮被占有，占有自己这具行尸走肉。这就是父母之爱吗？可以忍受着腐尸气，照料着自己创造的生命。

父亲今天为他做了一些清淡的小菜，沈禹铭理智上产生了一些食欲，但身体的疲惫感仍然压得他动弹不得。这样的身体状态更是让他产生了对生存的厌恶。可他还是拿起了碗筷，将食物一口一口送进了嘴里。

"多吃点。"父亲是一个木讷的人，这辈子就围着灶台打转，温和而沉默，"身体要紧。"

在过去很长一段时间里，他和父亲都没有话讲，一旦对话便是争执。争吵到现在，沈禹铭甚至可以接受小春和把他放在第二位，并且做好了未来被反叛的准备。他只希望自己是一个优质的值得被反叛的对象，能让小春和在对抗的过程中，实现真正的成长。

但现在，这一切也都是虚幻了。

最近大家吃饭都很安静，与生命有关的话题太过沉重，彼此都不愿提及。当沈禹铭机械地进食时，忽然感到一阵生理恶心，仿佛被人将催吐管插进了喉咙里。他连忙放下碗筷，跑进厕所将门反锁,然后大口呕吐起来。

饭菜、眼泪、痛苦、自我厌恶,都混在一起涌进了下水道,等吐无可吐之后,他靠在墙上不停地喘息。在父亲的敲门和安慰声中,他一边说着没事,一边把兜里那些治疗心理问题的药物也扔进了下水道。

离他们更近了吧,每天把药物扔掉的那一刻,沈禹铭都这样想。

从洗手间出来后,他已经没有胃口吃饭,便打开电视放了一部纪录片。知识性的纪录片是他最近唯一可以用来打发时间的东西,因为任何一点含情绪的内容,都会引起他的难受。

就这样,父亲一直陪他到了晚上。为了让父亲早些休息,沈禹铭早早上床。他知道,每天晚上父亲都是看他入眠后才去睡觉。可今晚他无论如何也睡不着,情绪汹涌如怒潮。他就是那绑在桅杆上的奥德修斯,听着来自地狱的海妖歌声,却又不能随她而去。

就在这时,李希打来了电话。自从发生不幸后,大忙人忽然有了时间,每天都会主动打电话跟他闲聊一会儿。

"今天的实验结果依然很拉垮,用不了。"李希在电话那头吐槽,"万幸的是比昨天要稍微好点。"

"真的,我下周找个时候来看看你哈,正好收到一瓶特别靓的酒,这酒啊……"葬礼之后,李希绝口不提李怡珊,仿佛一切都没有发生过。

沈禹铭知道,李希只会解决实际的问题,并不善于安慰别人,面对人生中的那些惨痛的回忆,他永远只会转移话题,当那些事情没有发生。

"不用了,我睡了。"沈禹铭打断他,然后挂掉了电话。

从认识李希到现在,他就是一个话很多的人。但沈禹铭此刻听完李希的唠叨,心里确实好受了一些,竟然渐渐睡着了。

他做了一个梦,就跟最近每天晚上的梦一样。他梦见自己回归了正常的生活,正常地起床,正常地工作,正常地吃着自己带去的午餐,正常地跟同事开玩笑,正常地下班后去看电影,正常地回家读几页书再睡觉。

梦里,一切是那么宁静,阳光和风都很舒服,日常生活再度往前推进了。

可他挣扎着大喊着醒了过来,梦境或者某种未来跟身体发生了排异反应。父亲听见他房里有动静,连忙起身敲响他的房门,就像最近每个夜晚一样。

"我没事,"沈禹铭擦了擦额头上的汗,"你睡吧。"

他躺回床上,暗暗打定主意:不能再拖了。

等他再度醒来,父亲已经离开,估计又是回短租房眯会儿,然后买菜做饭。母亲已经买好了早餐来家交接班,热腾腾的发糕和牛奶冒着香气,早晨的药冷冰冰地躺在一旁。

这顿饭他吃得很认真,很正式,有种初始的意味,有种虔诚的仪式感。

吃完饭后,他当着母亲的面,把药吞了下去。他知道药物已经不起作用,没什么可以阻断这一进程,连他自己也不可以。

到了中午十一点,他先给父亲发了一条信息,说自己想吃鱼。

"好!马上去!"他看得出父亲因自己忽然表露食欲有多么开心,心底涌起一阵心疼。

然后他发了一个收件码给母亲,气若游丝地说:"妈,帮我取个快递吧。"

"你让你爸顺道取回来不就行了吗?"妈妈是个怕麻烦的人,可转念一想,这是儿子这段时间提的第一个要求,"好吧,我去取。"

"这个件送错了,在隔壁小区。"告别时,他给妈妈挤出了一个微笑。

父母都被自己支开了,现在他大概有半个小时的独处时间。

足够了。他从装药的柜子里拿出头孢和安眠药,然后开了一瓶白酒猛灌下去。

这瓶酒开了很久,是李怡珊去年过生日时买的,倒了几杯后就再也没碰过。猛灌了大半瓶后,不知道是酒精烧胃,还是药物开始起作用,他感到腹内火烧火燎地疼。

沈禹铭本来就酒精过敏,此时一边捂着肚子,一边躺倒在沙发上,竟然有了昏昏欲睡的感觉。

这就结束了……是吗?他渐渐失去了意识。

当沈禹铭再度醒来时,他闻到了一股让人作呕的味道,是从自己嘴里发出来的。那种腐败的充满死亡气息的味道,让他觉得自己确实活在地狱之中。

之后,他从医生那里得知,是父母打了急救电话送他来医院洗胃,这才保住一命。

眼看儿子被救活,两位老人自然松了口气,但也被深深的疲惫感打败,都在病床两侧坐着睡着了。

沈禹铭看着憔悴的父母,一万个于心不忍,可想到之后还会做梦,还会无休止地痛苦,一股巨大的无力感再次击垮了他……

院方在了解他的情况后,安排了心理医生来会诊。医生认为他现在的心理问题，很可能存在器质性的病变，哪怕心理上不存在诱因，身体层面也会感受到切实的痛苦。

在了解这一情况后，接下来的几天里，父母更加严密地两班倒照顾他，准确地说，是看管他。就在医生同意出院的前一天，也是母亲正准备跟父亲换班的时候，李希出现在了病房里。

"伯母好。"大学时，李希曾去沈禹铭家里小住几日，跟母亲有过一面之缘。

"你怎么会知道我在这里？"沈禹铭虽然毫无精神可言，可看到老友出现，也不由得吃惊起来。

李希就跟看傻子一样，"老子为了找你费了多少劲，你他妈知道吗？我从你家物业，问到居委会，然后托医疗系统里的朋友到处打听，才知道你住院了。"

"你会想不到我进了医院？在医院里找个人对你来说有难度？"沈禹铭对他习惯性夸大自己的不容易早已免疫。

母亲在一旁看着，脸上露出了浅浅的微笑。儿子已经太久没跟他人接触过，太久没跟人斗嘴了。人如果不跟外界发生摩擦，没有源源不断的反馈，便无法在这世界长久地生存下去。

"伯母，我想跟沈禹铭单独聊聊，您看方便吗？"在讨长辈欢心这件事上，李希堪称天赋异禀，永远那么彬彬有礼，举止得体，还有某种可以激起母性的脆弱感，"您放心，不会有事的。"

"那你们聊，我去外面等着。"母亲看了看沈禹铭，像是在告诫他别干傻事，然后走出了病房。

"所以你真的想死吗？"转头，李希收起了刚才的嬉皮笑脸，变得无比严肃。认真起来的李希是那样直接，毫不掩饰。

"想。"

"为什么？"

"因为真的好痛啊,每时每刻无休止地痛。"

"那你是怕痛,不是想死。"李希像个侦探似的,在思维的迷宫里寻找漏洞,寻找求生的突破口。

"除了死,我想不出别的办法了。"

"反正都要死了,敢不敢最后赌一把?"李希问出这个问题时,沈禹铭仿佛听到来自深渊的问话,他不敢回答,不敢回应,却又无法否认,只是点了点头。

李希见好友这般坦然,竟自顾自地宣告了自己的未来,想到那注定到来的宿命,轻轻叹了口气。

这时,他从兜里掏出了一个小药瓶。

沈禹铭不解地问:"这是什么?"

"我压上全部身家开发的新药,应该可以帮到你。"

"这药……有什么用?"

"它能把你切到下一个时间点去。"李希眨了眨眼睛,像是开了一个小玩笑,又像在述说全宇宙最大的秘密。

第二章

幻　影

II

一周后，沈禹铭的病情终于有所好转。但在出院回家的第一天，他便经受了三次情绪浪潮的摧残。

又是劫后余生的虚脱，他的衣服已经让冷汗浸湿，脑袋像是被铁锤砸过后阵阵发蒙。他看着天花板，回想起妻儿游湖那天的种种场景——自己的不想出门、低落扫兴，以及妻儿的丧命，新一轮自我厌弃的浪潮又汹涌而来。

现在，他的床头柜上摆着两瓶药，一瓶装着医生开出的七粒安定，另一瓶是李希带给他的新药。

此刻，那充满不确定的药有一种神奇的魔力，让他想要将其一口吞下。看着那个小小的药瓶，他的脑海里浮现出一周前在病房里李希对他说的话。

"你这药到临床了吗？"沈禹铭看着李希，忽然感受到了一丝疯狂。

"没有。"李希满不在乎地说，"但这跟你没有关系，不是吗？"

"你犯法了知道——"

"我当然知道这是违法的，可我怎么办？看着你去死吗？"沈禹铭还没质问完，就见李希摆摆手打断了他。

此刻，病房里喧嚣吵闹，他俩之间却仿佛横亘着一根细细的弦，静默地从时间尽头降临。

"这是抗抑郁的药物吗？"沉默之中，沈禹铭轻轻触动那根弦，紧绷的世界便因此舒展开来。

"不是，"李希耸耸肩，"但它能让你跳过想自杀的时间段。"

"跳过？"

"这种药物本质上是一种自溶性纳米机器，会帮你实现意识的时间穿越。"

"时间穿越？这怎么可能呢？"沈禹铭觉得李希只是在利用安慰剂效应哄他开心，心里竟然生起一些怒意来，"我只是病了，并不是智商有问题。物理学的基本知识我还记得，且不说科学上对时间机器的原理还没有定论，哪怕真的实现，也应该是黑洞啊、加速器啊这种大家伙吧，小小的纳米机器怎么可能。"

李希揉了揉太阳穴，看上去有些疲惫，"原理解释起来有些复杂。有兴趣听吗？"

此刻出现的李希就像一根救命稻草，能跟他聊聊天分分心也是好的，因此沈禹铭点了点头。

"电子还记得吗？"李希解释问题时总喜欢把对面的人当成学者。

"现在的物理学，已经可以借助加速器轰开质子和中子来研究夸克，但无论怎么研究，还是显示不出电子的内部结构。可以说，电子在标准模型的基本粒子中，算是个另类。因此，关于电子有了各种各样的假说，例如有人认为，整个宇宙其实只有一个电子，所有实验观测到的电子不过是它的一个片段，或者说投影。"

"这么说的话……真正的电子是电影，而实验观测到的只是一张胶片。"曾经的记忆在沈禹铭的脑海里苏醒过来，哪怕他此刻非常虚弱。

李希笑道："看样子，你还没有把物理还给老师。我接着讲。你知道自我意识是什么吗？"

"这么难的问题吗？"刚被痛苦洗礼后的沈禹铭显然不擅长

思考,"最简单来说,生物学告诉我们,意识只是大脑的电化学过程。"

"那把你的大脑挖掉一块,你还是你吗?"李希立刻追问,言语里有几分显而易见的不满意。

"当然……"沈禹铭下意识要回答,却又想到很多患者的部分大脑被切掉后并不影响生活的案例,一时语塞。

"关于自我意识到底是什么,有着各种各样的假说。甚至有人认为,意识不过是由人体向大脑'映射'的过程。类比一下,电脑的操作系统,没有装入电脑时,它不过就是一堆代码;安装完成后,它却可以控制整台电脑运作。由此可见,重要的不是代码本身,而是电脑硬件根据代码运行的这一'过程'。"

听着听着,沈禹铭有些理解了其中奥妙,心里也生出一丝颓唐的希望,"而我最需要的,就是能把自己格式化。"

李希没有接他的话,而是继续说道:"两年前《细胞》[1]上发表了一篇非常轰动的文章,它认为人类从出生到死亡的意识是一个'整体',而此时此刻的感受不过是一个'片段',就像那个假说中的电子一样,并且给出了一些可靠的实验证据。这篇文章还做出了大胆的假说:平行宇宙中存在同样的个体,他们全部的意识都归属于同一个'整体'。为了证明这一点,作者用四维膜理论进行了方程式推导,但想也知道,我根本看不懂。不过这篇文章发表后,立即有许多课题组跟进研究,我就是其中之一。"

那些读过的书在沈禹铭的脑中自顾自地翻开,"我看过一篇叫《蛋》[2]的科幻小说,故事里讲,地球上的所有人类,包括古代

---

1. 《细胞》(Cell)是国际权威学术杂志之一,主要刊登生命科学领域最新的研究发现。
2. 《蛋》是美国科幻作家安迪·威尔创作的短篇科幻小说。

的、现代的、未来的,其实都是同一个人在不停转世。是不是这个意思?"

"不太一样。你的任何一个'片段',也都是你沈禹铭,不可能是李希,也不可能是李……"李希险些脱口而出"李怡珊"的名字,却立即意识到不对劲,连忙打住。

"总之,成为'整体'的是所有的你,而不是别人,明白了吧?"

沈禹铭机械地点着头。

"终于说到关键点了。我的这项技术得以实现的关键,是'时间量子纠缠态'。"见沈禹铭一副不解的样子,李希耐心解释道,"量子纠缠态知道吧,相互纠缠的两个粒子,无论相隔多远,只要一个发生变化,另一个立刻就会随之变化。这种经典的纠缠态,因其纠缠不受空间距离限制,我们不妨称其为'空间量子纠缠态'。而'时间量子纠缠态'则是指,不同时间点上的同一个系统,可以跨越时间实现同步。"

说到这里,李希看到沈禹铭眼里生出震撼的光彩,眉眼里也露出了一丝喜色,"而我的技术,可以帮助你的意识实现这种'共鸣'。就你的主观感受而言,就是意识从一个时间点,跳跃到了另一个时间点。"

这……简直是神的力量和手段啊。沈禹铭的身心都陷入巨大的震惊中,自己的好友竟然实现了这种堪称"意识冬眠"的技术!

然而,在大学里受过严谨自然科学训练的沈禹铭,在科技公司长期负责逻辑严谨的商务工作的沈禹铭,意识到一个必须解释的地方。

"等等。你的这种'共鸣',总需要一种触发条件吧?而你的纳米机器又如何准确识别触发条件呢？"沈禹铭问道。

一时间，李希仿佛看到过去那个可以跟自己探讨问题的老友，也忍不住开心甚至兴奋起来，"聪明！想想我为什么不敢做临床试验呢？就是因为触发条件很难识别。想想看，你本来想在吃太饱时触发，结果喝了两口啤酒就穿越了，不仅毫无意义，还伴随着极高的危险，这毕竟是用来骗过时空之神的药物，不知道会引来怎样的天谴……"李希深吸一口气，"但是！有一种条件几乎不存在错误识别的可能，那就是痛苦到极限的濒死体验。我只需要把纳米机器的识别阈值调到很高，就能真的帮你跨越痛苦的时间！"

说到这里，李希的眼神有些暗淡，情不自禁地叹了一口气，"我知道，这很危险，我甚至没有充分的应急预案，但这也是我唯一能帮你做的事情了……"

沈禹铭看着好友落寞的样子，愧疚让他心生歉意，"谢谢。"

"总之，不到万不得已不要吃……"李希看着好友的眼睛，认真嘱咐道，"指不定有什么副作用。"

"我知道了。"听沈禹铭说完这句话，李希准备转身离开。

看着李希的背影，沈禹铭还想说点什么，可忽然心里一阵酸楚，"你怎么想到开发这么一款药？"

"这要是成功了足以拿诺奖啊，哈哈哈哈哈。"李希没皮没脸地笑起来，"不过说真的，我发现，但凡是人，就会有想要跳过的某段时间。"

"这是刚需。"沈禹铭附和道。

"可不嘛。"记忆中，李希的这句话里饱含着某种痛苦……

此刻，当时的对话在沈禹铭的脑海中不断回响着，他忍不住问自己：现在是否已经到了万不得已的时候呢？

这瓶药就放在他的手边，近在咫尺，散发着某种致命的诱惑。

他不会是想拿我当小白鼠吧。沈禹铭脑海里冒出这个阴暗的念头，随即觉得自己很可笑。李希虽然是一个很骄傲的人，但还不是个疯子。

为什么不在死亡的道路上前进一步呢？紧接着，这个念头又跳了出来，沈禹铭想要控制，却无能为力。

沈禹铭伸手拿起装着安定的药品，继续睡吧，睡着了就好了。他倒出一粒，想要直接吞咽下去，可又近乎本能地恐惧着。他害怕自己再度陷入梦境，再度满身冷汗地苏醒。

想到这里，他放下安定，转手拿起了那个透明的小瓶，对着天花板晃了晃，黄色的胶囊无声地碰撞着。

他吞下一粒胶囊，然后躺在床上，一边忍受着新一轮情绪浪潮，一边等待着药效发作。

渐渐地，他感觉自己进入了一个不一样的世界。那个世界什么都没有，宛若宇宙大爆炸之前。就在他快要融入虚无时，他感觉自己被某种巨大的力量朝前推进，就像子弹猛地射出一般。

就是这个方向吗？一刻不停地向前流动着的时间的方向。

转眼间，他像是回归肉身般醒了过来，窗外的天色尚未发生明显的变化。这一刻，他感觉身体很轻松，什么都没有发生似的。

沈禹铭想起之前医生劝他服药时说的话："一切的心理问题都是生理问题，情绪浪潮往往伴随着某种器质性损害。"很显然，承载他意识的那艘小船，已经熬过了风浪，目前平稳地航行着。

他拿起手机看了看时间，发现已经过去了半个小时。难道自己真的穿越了吗？自己真的跳过了一段难挨的时间？

沈禹铭下了床，双脚站在地上，有种逃出生天的感觉。正当他想要开门出去，父亲恰好推门进来。父子四目相对，一时只觉尴尬。但沈禹铭能从父亲的眼里，看到老人暗暗松了口气。

"我没事，你别担心。"沈禹铭说得很轻，像是害怕点破这一难得的默契。

"哦。"父亲最近明显更加沉默，但也变得更加温和，"那……你想不想吃点什么，我给你做。"

"就喝粥吧。"沈禹铭说，"别的我也吃不下。"

"好，我这就去熬。"父亲说着往厨房走去。

沈禹铭跟着父亲走出房间，目光扫过客厅，真是一尘不染，比妻儿还在的时候都要干净。因为工作太忙，每天下班回家做饭、带娃哄睡就已经筋疲力尽了，哪怕沈禹铭还挺热爱做家务，但也只在周末才有时间大扫除。

妻子是一个不喜欢打扫卫生的人，沈禹铭做家务时，她就带着小春和学习、做作业。虽然只是幼儿园中班的年纪，小春和已经会做两位数的加减法了。毫无疑问，这全是李怡珊的功劳。小春和做作业并不老实，很容易被别的事情分心，比如窗外的飞鸟、手边的玩具，甚至有时自己还能开开心心地编故事。所以每到学习的时候，妻子总要恩威并施，小春和才会在别别扭扭之后，飞快地完成习题和练字。

"不错不错，拿去给爸爸检查吧。"李怡珊每次都会这样告诉小春和，做完作业的他则会立刻跑到爸爸面前邀功。

然后妻子还会提醒道："还要跟爸爸说辛苦了。爸爸太热爱劳动了，是不是？"

可现在，客厅依然放着小春和那张靠窗的书桌和家长陪读时的那张独凳，但已经没有不想做作业发出阵阵赖皮声的小春和，以及耐心教导的李怡珊。

他别过头去，不想去看这一切，可当他瞟到那倒扣着的合家欢相框，以及靠墙的那台跑步机时，心里又被刺痛到，刚才已经退去的情绪，又渐渐从四周蔓延而来。

一时间，他想要回头，想要回到卧室里把自己彻底隔绝起来。他甚至转头看向门前那根踢脚线，那金属的亮片就像隔绝着什么一样，房间里是另一个世界。然而，他终究还是深吸了一口气，以稍显平稳的身体，去面对不知何时又会复燃的灼痛感。

当晚，他强忍着内心的不适，安安静静地跟父亲吃了顿饭。呕吐感依然存在，但身体还勉强应付得来。

吃完饭，他站起身来，想陪着父亲洗洗碗。父亲刚想说不用，沈禹铭一不小心就把碗摔在了地上，碎成了几瓣，有几块碎片溅得很远。

我什么也做不好。

我是废物。

这个念头瞬间在他脑海中开出了一片花海，无尽的恶之花散发着自我厌恶的气息，快速绽放的同时又迅速枯萎，然后结出了一颗颗沉甸甸的果实。

每一颗果实都有着难以追悔的苦涩味道。

沈禹铭强忍着痛苦，不想让父亲看出而担心，随即蹲下身子开始收拾。

"没事没事，我来收拾就好了。"父亲从沈禹铭手里接过碎碗，然后拿出笤帚清扫，"你去休息嘛，没事的。"

他全力控制着自己，木愣愣地往旁边走去，无暇顾及自己有没有骗过父亲，只是静静地在沙发上坐着，等待一切结束。

不多时，一只手拍在他的肩膀上，终于让他回过了神来。

父亲捏了捏他的肩膀，宽慰着给他鼓劲："只是碎了个碗，没关系的，没事。"

对抗痛苦已经耗掉了好不容易积累起来的体力，沈禹铭只能轻轻应着："嗯，爸，我先去睡了。"说着站起身来，慢慢地向卧室走去。

躺在床上后，沈禹铭听见父亲按下门把手的声音。但父亲没有推门进来，想来是怕他反锁房门干傻事。

可父亲越是关心照顾他，沈禹铭心里就越是难受。自己死还不够，还要连累一位老人陪自己受折磨吗？

他也不管李希的药有没有时间限制，当即吞下一粒，想要逃出这段时间。

等他再度回过神来，时间已经过去了差不多一个小时，情绪的浪潮已经退去。他走出房间，发现父亲正在看电视。电视盒子接收的频道存在延迟，父亲用起来很不习惯，摁遥控板换台时显得很费劲。

沈禹铭也坐到了沙发上，将目光集中在电视上，控制着身体对周遭环境信息的摄入。

"儿子，你有想看的节目吗？"父亲和沈禹铭已经各自生活很多年了，他并不知道沈禹铭几乎不怎么看电视，电视买来也是为了投屏看电影，或玩那些艺术价值极高的游戏。

但他总得说点什么，以此从尴尬的氛围里，挤出一息尚存的父子相处空间。

沈禹铭想要补偿父亲，哪怕只是一种表演，"我陪你随便看看。"

在之后的一个多月里，沈禹铭通过李希开发的特效药，有意掩盖自己的情绪，片段化地表现得像个正常人。虽然沈禹铭每天有不少时间都在睡觉，可父母看他不再整日呆坐或者陷入痛苦，整个人越来越稳定，也渐渐感到一些欣慰，终于松了口气。

不过，这特效药的制造工序极其复杂，需要的纳米元件非常依赖进口，纵然李希是公司的核心人物，但按沈禹铭的吃法，每次提供的量最多也就够吃一周。每到断药的间隔期，汹涌的病情依然将沈禹铭折磨得痛不欲生。但想到这药正在来的路上，他至少不会再寻短见了。

一天早晨，父母毫无目光对视地完成交班后，母亲把早餐装盘放好，轻轻敲响了沈禹铭的房门，唤他起床吃早饭。

但房里没有丝毫反应，仿佛墓穴。母亲过了一会儿又敲了敲门，可仍是一片死寂。母亲心急如焚，也顾不得儿子高不高兴，只能推门而入，却见房里空无一人。

"儿子呢？"母亲拨通电话质问父亲。

"就在房间里呀。"父亲显得有些错愕，不知是因为前妻打来电话，还是因为儿子没了踪影。

母亲看着空荡荡的房间，心中火起，"你——"

话还没说完，只听见密码锁发出一串细碎的声音，母亲连忙挂断电话走向门厅，只见沈禹铭手里正提着一袋包子进了屋。

母亲从沈禹铭手里接过口袋，言语里透露着愠怒："你上哪儿去了？"

"这家包子好吃，想买给你们尝尝。"沈禹铭买了三个包子，母亲只吃得下一个，还有两个是给父亲的。

父母照顾了他这么久，沈禹铭也希望自己能为他们做点什么，哪怕是分享自己喜欢的早餐。

这时,母亲发现他进屋时走路有些异样,"你是跑着去的?知不知道你现在不能跑步?"

沈禹铭摇摇头说没事。他也不想跑,虽然不运动时已经不怎么感受得到疼痛,可一旦活动,下肢的异样感还是会困扰自己。但这一路上熟悉的风景实在让他难以忍受,每条路上都有妻儿的回忆,比如小春和总喜欢去一家养生馆前骑店家门前那头小小的石狮子。妻子是坚定的饭后散步派,总是拉着小春和跟自己一遍遍轧过小区周围的人行步道,然后去超市买点小零食或者第二天的早餐。

看着这些,他怕自己会发病,怕自己出了门就再也回不去了。

但当他跑起来,那种熟悉的畅快感又确实回来了。那是一种生理反应,是一种本能的愉悦,大脑不由自主地开始分泌内啡肽。

奔跑过程中的幸福感,既治愈他,又让他感到内疚。

吃早餐时,他一边跟母亲有一搭没一搭地闲聊着,一边在心里反复咀嚼刚才的感觉。吃完饭,他站起来收拾碗筷。

母亲的最后一口豆浆还没喝完,"我来嘛。"

"你歇着吧。我又没瘫。"沈禹铭想要开自己的玩笑,虽然很蹩脚,但母亲依然能感受到。

中午,父亲特别开心地吃完了包子,说下午煲个靓汤。那天,沈禹铭强迫自己打开话匣子,从自己上大学时开始讲述,讲这些年发生的许多事。他发现自己已经很久没跟父亲说过自己的生活了。父亲听着他说,眼里透露着陌生和兴奋。

沈禹铭一边述说着,一边觉得时间过了太久,久到仿佛那些回忆已经是上辈子的事情了。

当天晚上,他回到房间里,跟父母分别发信息:"我已经好了。爸妈可以回家了,不用担心我了。"

各有家庭,各有工作,两人一同来到自己这里,家里的另一位难免不高兴,工作上也不能一直这么拖着。

父母自然是放不下他,可他不想永远这样下去——永远被看护,永远被照顾,直到拖垮另外两个家庭。

在他坚持不懈地说服了一周后,父母见沈禹铭确实渐渐好转,家里和单位的压力也越来越大,于是离开成都,回到了遥远的家乡。

父亲走之前,把后面两天的饭菜都做好了,热一热就可以吃。母亲离开前,把家里收拾干净,还往花瓶里插好了鲜艳的花束。与此同时,父母俩都给他打了一笔钱,维持他的生活用度。

沈禹铭不知道父母是不是希望自己重新去找一份工作,但他们什么都没说。

或许,相较于重新工作,他们更希望儿子能够振作起来正常生活。

沈禹铭看着空荡荡的家,这个不再有人陪伴的空间,仿佛连唯一的热源也消失了。他咬着嘴唇,虽然之前有足够的心理准备,但身体的感受却是那么真实凶猛。

没关系。没事的。都会过去的。沈禹铭蜷缩在沙发上,希望李怡珊一手挑选的柔软的纺织品可以包容自己,给自己一点温暖和安宁。

一切都会好起来。沈禹铭在心里一遍遍告诉自己。好起来了,就回家看看爸妈。

就在沈禹铭以为生活终究会向好时,李希打来了电话。

"你等等。这种药需要一种海外生产的纳米元件作为核心原料,因为打仗,现在国外一团乱,工厂都停工了。我正在加紧联络。"一向不惧变化的李希,此刻语气有些焦急。

"我知道了。"沈禹铭感觉自己给朋友添了麻烦,强打精神说,"我已经好多了。不着急的。"

"把自己照顾好。等等我。"李希咬咬牙说道。

"我会的。"沈禹铭说着,暗自深呼吸。

他靠着抗抑郁的药物和安定,在家里撑了一周。家里有充足的食物,可他完全没有进食的欲望。游戏和电影存了好多,但他一如既往地没有想玩或想看的冲动。这些已经成为他的患病日常,除了身体的活力完全消失殆尽,膝盖的异样感依然困扰得他想要发疯。在身心的折磨下,给父母打电话报平安就显得无比痛苦。

表演是需要充足体力支持的,但随着身体越发虚弱,沈禹铭已经不由自主地露出疲态。他生怕父母看出自己的病情反复,于是就表演得更加费劲。

在又一次视频通话后,他躺倒在沙发上,开始阵阵喘息。愧疚、痛苦、自我厌恶一阵阵涌上心头,就像有人用一个又一个枕头捂住他的脸。

真的熬不过去了吗?

经历过一次死亡后,他对死亡这件事更加慎重。他不止一次觉得之前太莽撞,要是死在家里,房子就会变成凶宅,卖不起价,能留给父母的就更少了。哪怕要结束生命,也应该把一切安排好。

一定要熬过去。沈禹铭不断告诉自己，不能死在家里。

这时，他看到那台早已蒙尘的跑步机。这是妻子生前给自己买的，方便自己雨天也能跑步。很长一段时间里，这是家里他刻意回避的存在，对房间里的大象视而不见。

痛就痛吧，至少不会死。他给自己找理由，压抑着心中那种想要跑步又愧疚的矛盾心理。自己搞垮了一切，还要从亡妻的遗物里寻找力量吗？

他不知道，只觉得自己很浑蛋。

他启动了跑步机，然后将速度调到了每小时五公里。虽然运动强度很低，但也会加重他下肢的不适感。

在跑步机上运动不如户外奔跑有快感，那种无数信息量涌进大脑的快乐，显然不是在一个固定空间里可以获得的。相反，一旦在跑步机上运动，那种身处某一固定空间的感觉就会更加强烈，但他现在显然没有选择的余地。

当他开始奔跑，身体运动起来，下肢的不适渐渐开始覆盖心理上的疼痛。也可能是多巴胺的效果吧，他也不清楚，只是继续缓慢地跑着。

就在沈禹铭艰难运动时，有那么一瞬间，他感觉眼前出现了某种奇异的幻觉，如同一道海浪划过了眼前的空间，所有事物都开始扭曲。他以为自己只是许久不跑，加上疏于锻炼，眼花了而已，于是摇摇头，继续奔跑。他希望这样能加强身体的存在感，让脑海里的那些苦闷和幻觉自行消散。

可就在那一瞬间，他听到有人打开门，脱了鞋，提着东西走了进来。这突如其来的闯入，让他险些摔倒，慌乱中按下跑步机暂停键，立刻朝门口望去。

没有人进来，门也关得好好的，难道自己不仅出现幻觉，还产生了幻听？那种尚未检查出来的器质性病变已经严重到这种程度了？

沈禹铭不知发生了什么事，惊魂稍定后，他再度跑起步来。可他没跑多久，就再次感受到那种波浪划过空间的异质感。这一次，他不仅听到了关门的声音，还有一声无比熟悉的话语响了起来：

"脱了鞋赶紧去洗手。"

沈禹铭猛地跌倒在地，脑袋撞到了墙壁上，伴随着跑步机的履带声，他看到玄关那里出现了一个略有些朦胧，但对他而言无比熟悉的影子。

李怡珊和小春和出现在了门口，就像过去每天回家时一样。

沈禹铭心里恐惧万分，但某种本能让他死死盯着妻儿。只见李怡珊把一袋零食"猫耳朵"放在桌上，然后转身将食材放进了厨房。小春和洗手后从卫生间里跑了出来，迫不及待地打开口袋，去拿妈妈准备的点心。

可下一瞬间，他们消失了，什么都没有发生。门依旧静静地关闭着，玄关处没有鞋，厨房里没有食材，桌上更没有那袋并不起眼的"猫耳朵"。

这一切到底是怎么回事？沈禹铭颤巍巍地走向玄关，看着空无一人的黑白格子地板，来来回回走了好几圈，脑子里一遍遍回想着刚才看到的影像。

难道真是自己眼花了不成？

那天，沈禹铭没再踏上跑步机，但幻影在脑子里挥之不去。对他而言，这意味着病情加重，脑子里的那些器质性的问题，正在产生新一步的病变。为了不至于最终崩溃，他将不得不前往医院，但对现在的他而言，出门是一件很难的事情。

当天夜里，沈禹铭吃过药后，躺在床上想要尽快入睡。可那个幻影依旧徘徊在脑海，往日种种又涌上了他心头。

若妻儿的意外没有发生，已经走过的漫长岁月就只是会慢慢淡忘的回忆罢了；可此刻，过往的时光成了最毒的解药，而他一口吞了进去，明胶在胃液里溶解，时间钻进了身体的每一个细胞，有限的时间仿佛被切割成无数的碎片，不断循环，影响着一具平凡的身体。

这些过往一边治愈着他内心的创伤，一边进一步啃噬他的灵魂。

他知道，往后余生，或许都要活在回忆里了。

幸好，睡前吃下的抗抑郁药物和安定开始发挥作用，时间的碎片正在短暂地失去活性，他也在痛苦的余韵里渐渐睡去……

沈禹铭陷入了梦境，但这次的梦境并非空荡荡的未来，而是在他小区周围。他发现自己正在跑步，双腿没有不舒服的感觉，微风不断拂过他的身体，有一种久违的舒适感。他不是没有怀疑自己为什么又在奔跑，但就是放任身体不断前行，甚至感到无比真实的发热感。然而，跑到那家熟悉的包子铺前时，沈禹铭忽然停下脚步，问老板要了三份早点。

从老板手里接过热气腾腾的包子后，他忽然自言自语道："他们不是已经走了吗？"

一丝理智和清醒混了进来，就像一只大手将沈禹铭从梦里扯了出来。

此刻，阳光已经透过窗户，直直地照在他的凉被上，仿佛要将他烘干似的。

难怪梦里越跑越热。他摸着被阳光烤出干燥感的被褥，从自己的身上拉开。

沈禹铭看着窗外的灿烂天光，看了看手机的时间，心想自己已经许久没睡这么长时间了。这时，他想到昨天的幻影，忽然感到一丝安慰。是因为妻儿的出现，安抚了自己那汹涌的潜意识吗？

他起床来到客厅，空荡荡的客厅再度引起他的不适。他走进卫生间，希望通过洗漱分心。然后，他去厨房给自己热了一杯牛奶，煮了一颗白水蛋，端到桌上静静吃着。一边吃，他的眼泪就自顾自地涌了出来。虽然他已经对毫无缘由地流泪习以为常，可心里挥之不去的痛感依然鲜活，就像永远都是新的伤口一样。

李怡珊喜欢吃白水蛋，小春和喜欢吃蒸鸡蛋，还要蒸得稍微嫩一点。

他强行吞咽着食物，强迫自己不要吐出来。借着一杯温水，最后一口蛋白混着早晨的药，一起滚进了身体里，就像一颗顽固的石头。

吃完饭后，肠胃有种难挨的肿胀。为了不吐出来，他在家里来来回回地走着，想要帮助身体消化下去。可就在行走的过程中，他的目光最终被那台跑步机吸引了。

沈禹铭站上履带，以缓慢的速度行走着，身体的紧张和肿胀慢慢得以纾解。他不自觉地提高了配速，哪怕穿着拖鞋，哪怕下肢的异样感依然明显，也渐渐奔跑了起来。

没跑一会儿，他感到空间再度出现异动，难道昨天的一切都不是幻觉？只要奔跑起来，妻儿就会回来？他下意识地回头看向了玄关。

门安静地紧闭着，那熟悉的身影并没有带着孩子推门而入。

就在他感到落寞时,一串急促的脚步声从房间里传来。只见小春和从他的卧室里光脚跑了出来,手里拿着没见过的新款变形金刚,嘴里喊着:"变身!"

"你快点把袜子和鞋子穿好!"妻子拿着袜子跟在后面没好气地训斥,"还出不出门嘛!"

看着客厅里的妻儿,沈禹铭整个人都惊呆了。

可接下来,更让他吃惊的事情发生了,只听有人老好人式地劝说:"不着急嘛,慢慢穿,还有时间。儿子,你乖点,别惹妈妈生气。"

只见另一个自己微笑着从卧室里走了出来,一边从妻子手里接过袜子,一边把小春和抓住,"这么大了,袜子自己穿嘛。"

小春和逞强地说:"我会穿,你们等我一下嘛。"

这……这是怎么回事?看着这一幕,沈禹铭渐渐停下了脚步,呆呆地看着眼前这一切。

因为自己的出现,他打消了这是妻儿鬼魂的妄念。自己还活着,怎么也出现在了幻影里?可还没等他沉迷思绪太久,眼前的影像就再度消失了。看着一家三口的影像渐渐淡去,他着急地大喊着"喂",但客厅执拗地回归空荡。

他渴望再度见到亲人,脑子里开始琢磨这两次出现的时机。都是自己抑郁发作的时候,但之前发病的时候为什么没有看见?就在他想不明白的时候,他盯着眼前的跑步机,心里有了打算。

沈禹铭再度在跑步机上奔跑起来,想要验证一下自己心中那个疯狂的想法。

真的疯了。这怎么可能呢?他知道这是自己的狂想,但又忍不住要试验一下。

假如是真的呢……

不多时,他仿佛再度穿越了空间,但眼前已经没有他们的身影。难道理解错了?可就在怀疑自己的判断时,他听到了身后关门的声音。

难道是出门了吗?联想刚才听到的对话,沈禹铭顾不得膝盖的旧伤,立刻跳下跑步机,踉跄着朝门外飞奔而去。他什么也没有带,更不管自己邋里邋遢会吓着人,仿佛现在什么都不在乎了。就在他身处过道转角处准备进入电梯间时,他听到了电梯关门的声音。

他们下楼了,根据过往的经验判断,如果是带孩子出门,一定是会开车的。他想要赶紧乘坐电梯追下去,却发现电梯键竟没办法摁下分毫。眼看另一部电梯已经下到中段,他转头进了楼梯井,想要走楼梯追上他们。事实上,下楼比上楼还要费膝盖得多,休养了许久的下肢开始出现明显的疼痛。可他现在顾不得这些,只想追上他们,叫住他们。

可是,叫住他们之后呢……沈禹铭来不及去想。

然而,就在他下楼时,隐约感到墙壁有些奇怪,仿佛有某道光影闪过。但因为一心想着奔去车库,有些变化就被他的右脑直接选择性忽略掉了。

一来到地下车库,他便立刻朝着车位跑去。只见自家的车已经开了出来,然后平稳地朝出口而去,只留下他若有似无地感受着汽车排放的热浪和尾气。

他们要去哪里?他生怕妻儿就此一去不回,想要用双腿追上他们。可汽车转眼就消失在停车场出口处,他无力地停了下来,心里萦绕着颇为奇异的感受。

到底怎么回事?那些是幻觉吗?抑或自己才是幻觉?

自己在失控的情绪里挣扎了那么久,早已失去了存在的实感。或许现在的自己只是虚构出来的某个人格,一切变故其实都没有发生。

幻影消失后,他开始往回走,想要回到家里,重新思考眼前这一切。当肾上腺素退去,他的大脑清晰无误地接收到下肢的痛感。他不敢让膝盖进一步劳损,走得小心翼翼。

可当沈禹铭走过自己的车位,却惊讶地发现自家的车停在车位上。它显然许久未使用,哪怕地下车库采用了全胶铺地,车体依然盖着满满一层灰。而且,因为渐渐入夏,物业开了空调,车位上方的冷凝管凝结出许多水珠,在车上滴出一道夺目的痕迹,好似摩西分隔的红海。

这跟昨天妻儿开门和放置"猫耳朵"一样,一旦自己停下奔跑,一切就会恢复如初。此刻,眼前的小轿车仿佛成了沈禹铭确认自身存在的坐标。

不论自己是否是幻影,至少现在已经回归了现实世界。

可有太多疑问在他脑海中徘徊,沈禹铭一边思考,一边来到车库的电梯间。就在他下意识地摁下电梯时,只觉指尖一阵诡异,刚才不是摁不动吗,现在怎么又可以了?

叮。电梯门开了,看起来没有任何异常。他小心地走进去,电梯门关上的一刹那,有种与世隔绝的错觉,仿佛他即将进入幽闭的地狱。

但是,他忍不住感到开心!

回想着这两日发生的所有事,沈禹铭在深感诡异的同时,心底又隐隐欣喜起来。

他终于又见到了妻儿,以一种意想不到的方式。

在妻儿离开的这些日子里,他陷入了漫长的自责。为什么在生前没有好好陪伴他们?为什么当天没有跟他们一起死去?而且，他还一次也没有梦见过他们。虽然每天看到各种事物，总会想起他们，但一次都没有梦见，就像自己在潜意识里已经将他们抛弃了。所有的思念都不过是一种表演，是一种社会属性的延续。他也不是没想过，这是大脑防止崩溃的结果，但他更愿选择鞭挞自己，辱骂自己是个废人。

可现在，他又见到了妻儿，那份追逐的冲动是那样真实。在刚才的试探和奔跑中，他再次确认自己爱着对方，那种强烈的、想要留住对方的冲动是装不出来的。

但问题依然悬置着。他们从何处来，现在又去了什么地方？触发幻影的条件真是自己开始跑步吗？

就在沈禹铭沉迷思绪时，电梯门已经开了好一会儿了。他回过神来，伸手按住开门按钮，心里隐隐期待着刚才那种完全摁不下去的情况。

那是否意味着妻儿回来了？

然而，本要关上的电梯门打开了，那奇异的现象并未出现。

等他疲惫地把手指按在密码锁上、失魂落魄地回到家里，才发现丢在茶几上的手机有好几个视频通话的提醒，想来父母应该等着急了，甚至可能已经胡思乱想起来。他赶紧洗了把脸，调整了一下状态，然后分别跟父母完成了今天的通话。

看得出电话那头的父母在刻意压制着担心，没问他的病情，只跟他分享最近家里的趣事，还有一堆有的没的八卦。当这些充满烟火气的生活细节向他涌来时，他的内心渐渐平静了下来。挂掉两个电话后，他不经意间看到了锁屏上的时间。

这才上午十点。

沈禹铭联想到刚才一家三口的出行，忽然隐隐明白了什么，一个计划在他的脑海中浮现出来。

这一天剩下的时间里，他都等待着，时不时看看手机。虽然有些焦躁，但他已经许久没有对某个未来有所期待了，身体主动融入不断向前的时间，想要前往某个即将抵达的时间点。

为了给计划提供充足的时间，他一直躺在沙发上恢复双腿，看着电视盒子推荐的电影。他甚至把十二卷《火鸟》全部搬了出来，放在身边打算重温一遍。

等书和电影都看得烦了，他从电视柜里翻出了许久未曾玩的游戏。看到《分手厨房》时，他心里一阵难过，那是他和妻子过去玩得最多的双人游戏，虽然因为自己技术太菜，老是被妻子骂，但他们总是玩得很开心。

过去的美好回忆就像砒霜一样，将他缓缓销肉化骨。趁着自己还没血肉模糊，他赶紧拿出了平日里最让自己放松的游戏《塞尔达传说：旷野之息》。

当他进入海拉鲁的世界时，一反常态地没有去爬山、烹饪、看异世界的灿烂风景，而是想要干掉盖侬，救出公主。

终于熬到了下午四点，他开始在跑步机上奔跑起来。恢复时间太短了，不适感几乎立刻出现在膝盖和脚踝上，他下意识地降低了配速。不一会儿，他就感受到那种并不真切的空间扭曲。

可是，客厅里依旧只有跑步机发出的声音，哪怕在他跑了二十分钟后，依然没有变化。

强烈的挫败感让他再度陷入自我厌弃的旋涡。沈禹铭下了跑步机，看了看时间，一边凭借理智强行安慰自己，一边等待六点钟的到来。

在等待的时间里，他开始看《火鸟》第四卷，跟随"我王"这个身体和灵魂具是残缺的主人公，开始一场自我救赎的旅程。

不知道为什么，过去看这本书时，沈禹铭只觉这个故事无比精彩，峰回路转间深邃尽显。

可此刻，他竟然产生了一种代入感。

那无人得见的凤凰啊……就跟他追寻不到的妻儿一样……

等他从书中脱身时，时间已经快到六点半了，沈禹铭再次奔跑起来。

难道自己的判断是错的？他在跑步机上跑了二十分钟后，依然没有出现任何幻影，只有腿部越发不支。

这时，他彻底陷入抑郁中，本来还算平静的一天，在此刻翻江倒海起来。他蜷缩在沙发上，就像遭遇海难后被冲上孤岛的幸存者，任凭痛苦的潮水来回冲刷。电影、书、游戏都不再有意义，他连拿起来的欲望都没有。

还要再试一次，他吞下今天最后一道抗抑郁的药物，等待新一轮发作过去。他甚至伸手去拿李希的药瓶，里面空荡荡的，没有奇迹发生。

迷迷糊糊地忍受了好几个小时的情绪冲刷后，沈禹铭终于觉得自己稍微恢复了一点。

虽然被恶劣的情绪折磨得奄奄一息，但他还是记挂着妻儿，还在心里不断问自己：这就认输了吗？

在半个小时的大喘气后，沈禹铭强迫自己站了起来，摇摇晃晃地开始奔跑。他一边喘着气，一边强行推动自己前进，执拗地前往下一个时间点。他不知道现在几点了，但外面天已尽黑。他强忍着病痛长时间的折磨，眼前只觉一片迷蒙，就算客厅里真的多出人来，他也怀疑自己根本意识不到。

沈禹铭本能地奔跑着，全然忘记了时间，只等下肢的疼痛突破阈值将他唤醒时，才发现自己几乎只是在行走了，而客厅里依然空空如也。

已经接近五十分钟了,这是自他受伤以来,连续运动最长的时间。但他的判断失误了,他以为只要跑步就能见到妻儿,以为他们的存在轨迹遵循着过往的日常规律,周六外出游玩,晚上总会回家。

可是他错了,之前的一切不过是巧合,一切只是幻觉,是他大脑的病变。

许久未曾运动,体能疯狂下降的沈禹铭满头大汗,轻薄的睡衣已经被汗水浸湿。

然而,多巴胺的分泌帮他抵抗着内心的痛楚,虽然无比失落,但他还没有感受到强烈的抑郁,只有深深的疲倦。

不论如何,今晚至少能睡个好觉吧。他安慰着自己,忍受着膝盖的疼痛,慢慢向卧室挪动着。

就在他推开卧室门,来到床边时,眼前的一幕让他惊慌不已——

床上躺着两个人!

惊魂未定的他连忙打开床边的灯,暖色的光芒瞬间将室内照亮,只见自己和妻子在床上酣睡着。自己像个孩童一样,一如既往地拥抱着妻子,把头埋在她的肩上。更让沈禹铭感到不可思议的是,妻子显然被开灯的声音以及突如其来的光亮惊醒了,推搡着另一个自己。

沈禹铭见妻子竟然有反应,吓得连忙逃出了卧室,仿佛这里并不是自己的家,而自己是一名闯入者。

就在他逃出卧室时,发现一点异常——小春和卧室的门竟然关上了。他无法自控地悄悄推开,借着门外的亮光,只见小春和静静地躺在床上,他还是那么可爱,承载着无限的未来。

这时,身后传来穿拖鞋的声音,看来是另一个自己下床检查情况,看家里是不是进贼了。

但看着儿子的脸,他也顾不得自己撞见自己会发生什么可怕的事情,仍然推门走了进去,想要抚摸孩子的脸。

就在他正要伸手时,孩子消失了,卧室变得空空荡荡。他猛地回头,房间再度漆黑一片,一切回归了本来的模样。

然而,他现在丝毫没有挫败,心里反而无比振奋甚至幸福。他敢肯定自己的判断是正确的。一旦开始奔跑,他就能看到一家三口的幻影,而他们正过着自己的生活,正过着一切都未崩溃时的生活。

而沈禹铭自己,甚至还能影响这些幻影。

但这一切究竟是怎么回事,涌进他脑海里的新情况太多了,他透过黑暗,看向窗外的万家灯火,陷入了沉思……

第三章
时　空

启动主机时，沈禹铭有种微妙的熟悉感。

自从离开公司，家里这台电脑几乎没再用过，更没有像之前一样打理，现在已经盖了厚厚一层灰。过去常用酒精棉片擦拭的键盘，如今也因灰尘重新显露出按键的痕迹。沈禹铭扫视书房里的一切，有种与世隔绝的感觉。

过去，在把小春和哄睡后，他总在这个房间里待着，埋头工作到深夜，哪怕妻子唤他休息也要磨蹭半天。虽然妻子的收入不错，而且还是工作室的合伙人，但她夜里加班的时候并不多，甚至要求工作室的其他同事也不加班，总是鼓励大家尽可能在工作时间内完成手里的事情，把剩下的时间留给生活。

"工作不是全部，一定要好好生活。"李怡珊总把这句话挂在嘴边，说给每个人听。

现在想来，如果当时能多花些时间陪妻子就好了，如果能多花些时间和妻儿好好生活就好了……

因为变故，他已经很久没有踏进过这里。书房一直以来都由妻子打理，他的那些工作资料，那些书，妻子比他还要熟悉。过去，在他翻箱倒柜找不见东西时，总是呼唤妻子帮忙。李怡珊就像有魔法，能把不存在的事物凭空变出来。与此同时，书房里也塞满了妻子的收藏品，有好多二次元手办、旅行途中的纪念品。好多买回来也不拆，但光是看着，就见她眉眼弯弯露出笑意。

时间真有过滤细节的本领，此时此刻，那些被他忽视的生活场景一一再现，就像在精读人生这本大书。

等电脑启动完毕，他熟练地打开SWOT脑图工具，开始梳理解决思路。虽然这次的事件太过诡异，但至少探出了一些线索。

他首先重新开始思考这一切是不是鬼魂作祟。

大学时，他曾跟李希讨论过有没有超现实的"鬼魂"。好友认为，只要能看见，那就有光子进入视网膜，那就受到现实物理规律的约束。按照这样一个观点进行推演，只要引入一个新的视角，如果都能观测到，那就证明这一切不是幻觉，更不是所谓的鬼魂，一切都是现实存在的。

可如果不是鬼魂，那又是什么呢？

想到这里，沈禹铭感到头有些痛。自从生病以来，他发现除了那些让自己感到痛苦的心绪外，稍微想一些别的事情，身体就会疲惫，好像大脑本能地抗拒跟外界接触。但现在，他告诉自己必须克服这个障碍，既然空想得不到想要的答案，那就继续往前探索。

他不断变换关键词在各个网站上搜集相似的案例，从中国到外国，从古代到今天，虽然有一些自称穿越的人分享经历，但细节跟沈禹铭的经历完全不一样。然后，他开始翻相应的研究论文，但几乎没有帮助。这些捕风捉影的故事，除了博一些眼球，发一些普刊外，实在毫无价值。

时间一分一秒地过去，就在沈禹铭看着纷繁无用的信息陷入焦躁时，电脑屏幕忽然跳出一个花哨的界面。界面上是他熟悉的蜡笔画，画的中央还涌现出一行颜文字："老公公！十二点啦！快睡觉啦！"

这是李怡珊专门为丈夫设置的定时屏保，是她专门为沈禹铭打造的"防沉迷工作系统"。画是李怡珊手绘的，动态效果是李怡珊一帧一帧地做的，这一行字更是她每晚在卧室里喊出来的原话。过去每到这时，他就去喝杯奶，接着洗漱后钻上床，抱着李怡珊陷入安眠。

想到这里，沈禹铭只觉得心里好怀念，期待着李怡珊还能站在他面前，伸出手牵着他进卧室休息。然而，当他真的来到卧室里，这冷冰冰的空间却既没有李怡珊，也没有准备好的牛奶，只有睡前要吃的阿戈美拉汀片和盐酸米安色林片。过去他总不喜欢南唐后主李煜的词，总觉得是一个失败者的哀叹。但谁不是失败者呢？谁不是在流沙般的生活上幸福幻灭呢？原来这就是物是人非啊……沈禹铭一边想着，一边拿起药来准备吃，可就在这时，他的注意力被床头柜的空药瓶吸引。那是李希提供的药物，可以帮助他逃出时间的工具。

突然间，他仿佛被什么击中了，猛地注意到之前并未察觉的思维盲区。

沈禹铭总认为一切发生在两天前，是因为跑步缓解身心痛苦，所以看到了幻影。但此刻，因为这个药瓶，他开始回溯妻子走后的所有时光。

他猛地察觉到，两天前的奔跑并非这段时间的第一次奔跑，只是通过奔跑实现了第一次触发。因为在沈禹铭服用李希提供的药物期间，他也曾有过奔跑的经历，是为了给父母买早点。

也就是说，这次跑步所产生的幻影，来自自己停药之后。

沈禹铭忽然意识到，李希的药物或许成了他人生的分水岭。

想到这里，他拿起了眼前的药瓶，借助顶灯的光观察着，心里生起一丝复杂的情绪。这些药物显得不再单纯，甚至有些别有用心。这个已经有些磨损的瓶口，成了一切幻影的源头，成了一扇穿越时空的门。

难道这一切都是因为停了药？

不论真相如何，他现在最需要做的，就是找到李希，问清楚这到底是什么药。他是不是早就知道这一切？

自从李希说有制药原料到不了后，他们就没了联系。沈禹铭在日常生活中非常不愿意麻烦别人，更何况好友已经明确表示了难处，自己就更不好意思打扰了。

但为了真相，他发起了微信语音通话，但一直没人接通。片刻后他又拨打了电话，但语音提示对方关机。

虽然时值深夜，但李希毕竟是公司高层，平时除了开发，自然少不了应酬，现在指不定在跟哪些大人物喝酒谈事，接不到电话也算正常。但不知为何，沈禹铭心里有了不好的预感，就像这神秘的药物一样，李希也仿佛笼罩着不祥的气息。

一定要回啊，他一边暗暗期盼，一边给李希的微信留了言。留言的内容很直白，把自己遭遇的幻象和对药物的猜测都告诉了他。这要是看见了，没理由不回。

沈禹铭还特意把来电铃声调到了最大，做好了半夜三更被好友吵醒的准备。

随着药效发作，他的身子昏沉起来，一步步向梦境滑落。

梦中，他回到了大学的课堂上。语文老师正在讲着不知哪位古人的作品，同学们睡倒一大片。对他们这些理工科的学生而言，大学语文就是用来补瞌睡的。甚至，早有某些老师明确表示，他们系就该取消大学语文这门课，把时间留给专业课。沈禹铭毫无疑问也是其中一员，只是他并没睡觉，而是在赶另一门课的作业。

这时，他听见身后传来一阵轻微但愉快的笑声，那是一种发自心底的快乐，似乎比课题拿了奖还开心。

"千里江陵一日还。"沈禹铭转过头去，只见李希盯着老师的

PPT，喜不自胜地诵读了两遍。"这怎么想出来的，写得太好了，怎么读都诗意饱满，余味不减。"

李希虽然是系里拔尖的人才，但向来不是书呆子，爱好堪称广泛。大学语文这堂课上，授课老师很多时候就对着他一个人讲，仿佛他是此时此刻此地唯一的知音。

看着李希开心的模样，沈禹铭有些失神，想问这有什么值得高兴的，说出口的却是："你怎么不接我电话？"

瞬间，他的清醒击碎了梦境，睁开眼时，天已蒙蒙亮。他拿起手机看了看时间，六点五十，是他往常起床上班的时间点。

就在他想不明白自己怎么会梦见李希时，忽然意识到手机锁屏界面空空如也，什么信息提示都没有。

他猜测信息可能有延迟，尚未刷新出来。可是，点开手机的锁屏界面，等了几秒后，跟李希的对话还是没有任何变化，连一条撤回痕迹都没有。

沈禹铭感到焦灼无比，也不知道是愤怒李希没有回自己，还是隐隐担心着这个唯一的朋友。

想到这里，他连忙起床穿衣，一番洗漱之后出了门。

这个工作狂。沈禹铭在心里暗骂，决定直接去他公司找人。

上次去李希公司，还是沈禹铭约他吃饭，结果碰上李希加班，等到了晚上十点。转眼已经过去好几年了。不过，他们公司几年前就落户环球中心，还花重金装修了几层写字楼，大概率不会轻易搬走。

要想去往目的地，沈禹铭得在火车南站转一号线。今天正值周一，可能等个十趟车能够挤上去。虽然进入人群密集的封闭空间很可能会诱发病症，但为了找到李希，他现在已顾不了许多。

一番拥挤后，沈禹铭强忍着内心的恶心，终于出了地铁站。

围着环球中心走了大半圈,才好不容易来到写字楼的入口。现在正值上班高峰期,他跟随着上班族的人流,混进了上升电梯,来到李希公司所在的楼层。

没想到的是,跟前台说明来意,对方各种转线,接通李希办公室的电话后,却依然是无人接听。前台进一步了解了情况,然后告诉沈禹铭:"李总已经好些天没来公司了。"

"又出差了吗?"沈禹铭急切地询问。

"应该没有吧。"对方看起来也拿不准。

沈禹铭一边跟前台道谢,一边按捺住心头的担忧。既然不在公司,那就只好去砸他家的门了。

虽然李希总是全球到处飞,但应该不至于搬了家也不告诉自己。沈禹铭坐在此刻已经不那么拥挤的车厢里,默默在心底盘算着。他在脑海里一边做着理性的判断,一边向更深远的记忆漫溯。

李希虽是成都本地人,但自从上了大学就没回家住过,毕业之后就是各种租房。可当他混到可以买房子的时候,却放着一堆新房不选,反而挑了桐梓林的一间老公寓住。

当年李希买房时,沈禹铭和李怡珊就力劝选在他们家附近的楼盘。凭李希的经济能力,不仅高层任选,就连洋房和别墅也完全可以全款购入。毕竟,谁不想爱的人在身边,好朋友住隔壁呢?

从大学入学开始,沈禹铭和李希就喜欢一起讨论各种疯狂的话题,成了很好的朋友。后来李怡珊加入,甚至让三人的感情更加牢固。他俩正式向李希宣布在一起的那天晚上,李希拉上他们去校外的露天烧烤摊上庆祝。

"你俩整天眉来眼去的,真当我看不出来?还说什么是好朋友,没有感觉到我很努力在为你俩创造二人世界吗?最近去图书馆我都不叫你。"李希说着,大笑出来,席间还说了好多开心的话。

沈禹铭看李希的样子,总觉得他在跳舞,那密集的话语仿佛潺潺的瀑布,为他伴奏着。

就在烧烤摊周围没有别的客人,大家也已经说够了话,陷入了短暂的沉默时,沈禹铭依稀听见李希说:"真好啊……能找到懂的人……真好……"他说话时轻轻看了沈禹铭一眼,闪着光芒的双眼里似乎涌动着复杂的情绪。

其实在很久之前,沈禹铭就知道李希心底埋藏了许多过往,也知道他跟家里关系很不好。李希之所以拼命学习、赚取国家级奖学金,也是因为他不想碰家里的钱,不想跟家人有瓜葛,甚至有一年他出了车祸,也绝不开口问家里要一分钱。情急之下,还是沈禹铭向家里开口,借了钱来给他应急。

沈禹铭问过他为什么要跟家人切割得如此干净,他只回了两个字:"恶心。"

伴随着已经有些淡忘的记忆,沈禹铭终于来到了李希的家门前。门关得死死的,和自己家一样,也是用的指纹密码锁。他按下密码锁上的自带门铃,门铃一遍遍响着,宛若未知空间的心跳。按了一阵没用后,沈禹铭越发急躁起来,直接开始砸门。一遍又一遍,宛若西西弗斯,守着注定的结局,义无反顾地推动巨石。

沈禹铭也不知道砸了多久的门,反正是直到隔壁邻居探出头来一探究竟时,才回过神来。对方看他一脸颓相,虽然觉得他不是坏人,但也怕惹火烧身,瞄了一眼就立刻缩了回去。直到这时,沈禹铭感到无比泄气,被短暂忽略的下肢痛楚再度发作起来。他有些无力地背靠房门坐在地上,决定哪儿也不去,死等到李希现身。

如果今晚都不见他的人影，那就报警。

然而，事实证明，他的想法只是单纯的一厢情愿，现实很快让他的计划破裂。

沈禹铭从早晨一直等到中午，就连随便应付的外卖都写的李希家的地址。那是一家最近很火的豆汤饭快餐店，据说吃了的人会感到幸福。反正他现在只是吞了下去，没别的什么感受，可能是情绪过于压抑了吧，再多口腹之欲也填不满。沈禹铭就像个无家可归的流浪汉，在紧闭的门前吃着盒饭，时而靠墙站着，时而蹲在地上。手机也在消磨时间的战役中败下阵来，他因此陷入更强烈的焦虑中。

可是，中午刚过不久，他就意识到自己犯下一个大错：他从早晨开始就没有吃药，也忘了把药带在身上。他现在正处于艰难的治疗期内，药是不能停的，早晨因为找李希，竟然忽略掉了这个情况，现在猛地意识到，早已积蓄的情绪浪潮立刻涌了上来。

沈禹铭感觉自己像是被拳击手猛击了头部，整个大脑都快从颅内飞出，那种强烈的、令人厌倦的痛感瞬间打垮了他。他没来由地开始恶心自己，恶心现在所做的一切。为什么要吃这些连临床都没过的药物？为什么任凭幻觉操纵自己？为什么自己搞垮了生活，还要像个傻子一样等李希？

他把所有的错误都归到自己身上，就像把一支又一支利箭插进身体里，可他哭不出来，仿佛泪腺已经坏死。下肢的痛感信号被神经放大，转眼传遍了全身。他紧紧抱着自己，希望这一阵痛苦可以尽快过去。他后悔自己的愚蠢，想要赶紧回家。

也不知过了多久，楼道窗外的天已经完全黑了下来。他像石雕似的等着，快要熬到病痛结束时，电梯门开了，有人朝他走了过来。看来邻居实在无法忍受有陌生男性在家门口发疯了，纵然再不愿生事，但危及安全时也必须要保护自己。

"你是干什么的？怎么一直守在这里？"只见一名满头银发的保安询问道，身后还跟着一名稍显年轻的中年保安。

沈禹铭气若游丝地说："我……我来……找人的……"

"找人？找什么人！无缘无故待在这里这么久，我看你就不是好人。"中年保安抓着沈禹铭的胳膊把他往上提，可他没有力气支撑自己。

"你扰民了知不知道！还想耍赖是不是？"中年保安心想这是碰着个难缠的了，在跟银发保安对了一个眼神后，拿出了对讲机准备叫人上来。

"真的，我真是找人的，"沈禹铭察觉对方打算用强，于是打起精神说，"他叫李希，就住在这里。"

这时，那中年保安为了让自己显得名正言顺一点，用力砸了砸门，"你看，没人，先跟我们去保安室——"

然而，他话还没说完，就被突如其来的开门给打断了。

"你们在干吗？"只见无比疲惫的李希一脸茫然地看着保安，仿佛刚睡醒不久。然后他低下头，发现了瘫坐在地的沈禹铭，就像一条无家可归的野狗。

在李希跟保安解释的短短几分钟里，沈禹铭因为心中愤怒，迅速恢复着元气。要不是大庭广众下给他一拳不体面，沈禹铭真想把李希摁在地上打。

李希虽然完全不知道发生了什么事情，但看沈禹铭以这般模样出现在门前，想来一定不是串个门那么简单。李希凭借模糊听到的对话，迅速编出个理由，一边把沈禹铭扶起来往门里拽，一边机敏地把保安哄走。

就在李希解决掉眼前的烂摊子,把门关上的那一刹那,一只手猛地拽住了他的后衣领。

此刻,沈禹铭终于按捺不住,抓住李希往后扯,对方始料未及摔在地上,后脑猛地撞上地砖,发出一声闷响。接着,沈禹铭扑到李希身上,揪着衣领把他拉起来。

"为什么不开门?为什么躲着我?你说!"沈禹铭像是找到了情绪出口,愤怒地咆哮着,"你到底在做什么见不得人的事情?!"

李希一边忍受着头部的痛楚,一边听着沈禹铭那嘶声的怒吼,"你在说什么?什么见不得人的事情?什么躲着你?你先冷静点。"李希说着话,想要用手推开沈禹铭,可还是被一头怒兽拼命压制着。

"你到底给我吃了什么药?为什么会看见他们?"沈禹铭死死拽着李希,狂躁让他使出一身蛮力。

听到"药"这个字,李希仿佛摸到了杂乱线索的线头,尤其联想到自己的奇特遭遇。但在这种情况下怎么可能良好沟通,因此他选择暂停对话,以沉默对抗。

见李希不说话,沈禹铭更是气不打一处来,"你说话呀!说话!"

"你先冷静,先放开手。"李希努力振作疲惫的身体,重新调动五感。

"你先说清楚——"

"再不放开,"李希打断了他,"我要还手了!"

"你还——"

沈禹铭话还没说完,只感觉李希猛一抬手,这一下显然拼尽了全力。早已脆弱不堪的他被李希推到一边,撞在了背后的门上。

"冷静！"李希厉声呵斥，"有什么事我们可以一起解决。"

一时间，两人之间拉开了一点距离，玄关处的静默昭示着这场冲突的结束。

李希松开双手，喘着粗气将沈禹铭扶起来。然而，沈禹铭并不领情，站起来后便死死盯着李希。

"为什么不开门？"沈禹铭拍了拍身上的尘土，想要挽回一点脸面，"别用你在睡觉这种烂理由搪塞我。我已经在你门口站了一天了，门都快被拍烂了。"

见沈禹铭这般模样，李希露出一丝苦笑，"某种意义上说，确实才醒来。"

"你编，接着编。"

李希一边深呼吸，一边自顾自地走进厨房，"我饿了，你要不要也吃点？"

就在沈禹铭还想继续追问时，李希从冰箱里拿出一盒冷饭，然后打了几个鸡蛋，手法娴熟地炒了起来。没一会儿，他就端着两碗让人颇有食欲的蛋炒饭走了出来。在餐桌上摆好碗筷不算，他还从泡菜坛子里抓出一根腌萝卜，切成片麻利装盘，作为小菜。

"吃点儿。"李希在餐桌前坐定，微笑着看向好友，"边吃边聊。"

在刚才的对抗中，沈禹铭已经将情绪宣泄得差不多了，被李希晾在一旁，气差不多已经全消，但依然咬着牙说："不吃。"

然而，他的肚子却在此刻不争气地咕咕抗议起来。

发病时，他什么都吃不下，但恢复之后，身体就会意识到能量的缺失。

而且,最关键的是,他"认得"这碗蛋炒饭。

当年他们所读的大学虽然非常好,但校区是一个新校区,食堂吃得很差,周围的商业街没有修起来。因此,每当家长来看望,总会带孩子去城里吃饭。有趣的是,每次李希的母亲来看望他,李希都会叫上沈禹铭一起去吃大餐。可就连沈禹铭都看得出来,李希和他母亲之间有着一种微妙的尴尬氛围。而且,不论每次吃什么大餐,李希的妈妈都会准备一碗蛋炒饭,她跟沈禹铭解释说:"李希一直很喜欢吃家里的蛋炒饭。"

看来,他继承了家里的手艺。

"别死要面子了。吃饱要紧。"李希说完尝了一口萝卜,迅速连吃了几口饭,"没有卖豆汤饭那家的定制泡菜好吃,泡太久了,酸。"

你们怎么都爱吃那家豆汤饭?沈禹铭想到李怡珊生前也提过,忍不住腹诽。可听到"酸"这样的字眼,沈禹铭本能地咽了口唾沫,心想他把自己害得这么惨,不吃白不吃,索性坐了下来,风卷残云地吃起了蛋炒饭。

一碗饭见底,李希满足地长舒一口气。直到这时,沈禹铭才发现李希的状态也不太对劲,像极了刚从深潭中挣扎出来的溺水者。

"说吧,出什么事了?"李希擦了擦嘴,认真地看着沈禹铭,瞬间进入工作状态。

看着李希那专注的眼神,沈禹铭没来由地觉得自己刚才的发火很可笑,一时间竟有些尴尬,连忙调整状态把情况细细说了一遍。从自己发现幻影,到初步探索的过程,甚至自己的推测,都逻辑清晰地说了一遍。

"所以你觉得这些都是我故意搞出来的?"听完沈禹铭的说

明，李希直接点出了最敏感的问题，一点也不像开玩笑。

"我……"面对好友，沈禹铭的第一反应是辩驳，想要掩盖自己对他的不信任。

李希露出一丝不易察觉的苦笑，说道："就算拿你当小白鼠，你也不可能是我的第一只小白鼠。"

听到这里，沈禹铭脑子里冒出一个新的问号，难道……

见沈禹铭有些尴尬，李希笑着说："我自己就是那第一只小白鼠。想也知道啊，没试过怎么可能给你用。"

好友竟然真的为了自己以身试药？这不叫临床，这叫活体实验……李希自己做了小白鼠，却被他怀疑。一时间，沈禹铭感到无比羞愧，而那种强烈的震惊，更是加剧了自己的负罪感。

"不至于，不至于。"李希猜到好友所想，摆了摆手，"我自己开发的药，心里还是有数的。"

就在沈禹铭想要辩解两句时，李希自顾自地讲述起来，关于自己为什么突然失踪，为什么明明在家却不开门，以及最近发生的一切。

李希虽然平时很忙，可看好友遭受妻儿离世和病痛折磨，还是把新药的开发提到了第一优先级。因为国外动乱，制作药剂所需的关键材料无法进口，他着急得火烧火燎，却毫无办法，只能等待。

当得知沈禹铭把药吃光后，他就陷入了深深的忧虑中。既然好友向他讨要药剂，就说明自己开发的药确实起了作用，而且应该没有什么不良反应。但现在已经断药，虽然好友什么也没说，他也知道沈禹铭的内心又要遭受旁人无法分担的痛苦。

比绝望更甚的是得而复失，李希比谁都清楚这种感觉。

为了帮好友把药续上，李希决定使用另一种纳米元件作为原料，虽然功能差不多，但有没有危险真的不好说。如果这种药已经通过论证到了临床阶段，他可以找到海量的试用者。可他现在等不起，现阶段也不能让任何人知道他把药用于活体。

于是，李希决定再冒一次险，将自己作为试验对象，就像之前那次试药一样。

还是会有好运的吧。李希心存侥幸。

由于更换了原材料，出于对自己的保护，李希在制药时同样将纳米机器的触发阈值调到了较高的水平。他之前半开玩笑举的喝酒导致穿越的例子，其实就是他之前试药时的亲身经历。

一天晚上八点，李希完成了所有的工作，将完成后的制剂偷偷带回了家。因为不确定服药后会发生什么，所以将自己关在一间空房里，确保一切安全后就开始试药。

实际上，纳米机器远没有宣传得那么智能。它虽能够通过大脑电信号的强弱来识别情绪的强度，却无法准确分辨这属于哪一种情绪。针对这个问题，涌现了许多理论研究以及大数据拟合的文章，但实验上的成功率依然不如人意。

为了激发脑中的纳米机器，李希回忆起自己那灰暗的少年时代，回想那再也没有回去的原生家庭，甚至回想起自己的第一次异装……总之，他尝试了各种情绪，开心的、痛苦的、激动的、羞涩的，却久久未能成功。

果然不行啊……李希顿感懊恼，心里只觉愧对好友，给人希望，却又亲手把光掐灭。他甚至想到，沈禹铭要真是没熬住走了，自己可怎么办……

一念及此，正当他急切地想要去公司重新调整配方时，那种熟悉的感觉再度袭来。

李希的意识再次跃进了那条时间之河，他的内心感到无比喜悦。

沈禹铭有救了！

可是，这种喜悦很快就淡去了。因为李希发现，这一次没有进一步跳跃，没有回弹，而是一直身处绝对安静、无边无际的时空中。

紧接着，他的耳边出现了幻听。

李希想喊出声，但发现自己完全控制不了，只有无边的寂静陪伴着他，周围的空间仿佛也在缩小，朝自己疯狂挤压而来。

自己会被压扁吗？

这是怎么回事？！恐慌如潮水般向他疯狂涌来！

可就在他以为自己会永远困在这里时，忽然感受到那股熟悉的推力，使他朝某个方向飞跃而去。等他回过神来，外面的天色依然全黑，仿佛一切都没有变化。

难道是无力感？那一瞬间李希好像明白了，这次激发纳米机器的情绪开关是什么。

可就在他满头大汗地拿起手机，看自己跳过了多长时间时，整个人都呆住了，时间竟然显示：19：53！

比他开始实验时还早了七分钟！

时间倒流了？这怎么可能？古往今来最伟大的头脑都证明了时间是线性往前推进的，怎么可能出现时间倒流的情况？

李希用力拍了拍因胀痛而变得不灵光的脑袋，尽管"时间量子纠缠态"在原理上并没有禁止逆时间箭头而行，但实验上的观测一次都没有。

这时，他连忙将视线扫过手机上的日期栏，果然已经过去了整整一天。

李希看到那跳动的数字，心里生出一丝由衷的喜悦，世界还是正常的，他没有变成疯子。

可想到刚才的幽闭，他知道这种药剂太过危险，连忙将药瓶扔到一边，决定想别的办法。

第二天，准确地说是第三天，他强打精神上了一天班，可脑子里还是在想药剂的事情，什么工作都处理不了。

拖着疲惫的身子，李希回到家里，就在准备冲个澡、稍微缓解一下紧张情绪时，他竟然再度陷入了那个空间，而且时间明显延长了许多，感受到的痛苦也增强了不少。

人类总想逃到一个绝对安静的环境里，逃避世俗的纷扰，可绝对安静的环境其实是炼狱般的存在。有科学家做过研究，大多数人无法在绝对安静的环境里待上十分钟，吉尼斯纪录目前的保持者，也仅仅挺了一个小时出头而已。

更何况是这样一个无比诡异的空间。

就在他以为自己再也出不去时，却再次被弹了出来，这次又是过了将近二十四小时。事后李希分析，这一次可能是"疲惫"到达了阈值。

"延迟。"李希用力揉了揉自己的太阳穴，脸上露出无奈的微笑，"而且困在那个恐怖空间里的时间越来越长。尽管清楚原理，但实际上我并没有办法控制药物何时起效。或许，它已经对我的意识造成不可逆的损伤。"

"所以你刚才……"沈禹铭完全没想到好友为自己做到了这一步。

"我才刚弹回来，这次我有一秒一秒地计时，这能让我不至于疯掉。"李希摇了摇头，用手搓了把脸，"三千三百六十八秒，五十六分钟零八秒。就快逼近人类身体承受的极限了。"李希冷冷地说。

沈禹铭险些脱口而出让李希去看医生,却立即意识到这根本不是医生能够解决的问题。沈禹铭太熟悉李希这个朋友了,他是那种天塌下来也不忘嘲讽几句的人,因此光是听着李希诉说,沈禹铭就能想象他承受了多大的痛苦。但他依然明白,那种心理创伤,不是自己可以切身感受到的。

"对不起……"沈禹铭嚅动着嘴唇,最终只说出了这三个字。

"你对不起什么?"李希的目光变得深邃,那是他陷入回忆时的神情,"也不只是为了你开发、试药的。"

沈禹铭不解地问:"那你是为了谁?"

李希看着沈禹铭,好几次欲言又止,继而反问道:"你生病的时候,想想谁最难过?"

"难道……跟李怡珊有关?"沈禹铭说话时,声音甚至有些颤抖。

李希的眼神有些闪烁,"你知不知道,你之前在家里玩颓废的时候,她有多担心、多痛苦?"

"李怡珊那么爱你,就在出事的前一天,还特意来问我有没有什么治疗抑郁的特效药。"李希的目光里流露出一丝苦涩,"心理疾病真要有特效药,中国也不会有近一亿心理病人了。所以,我才另辟蹊径开发这种药物帮你减轻痛苦。"

听到妻子的名字,听到妻子在生前所做的一切,沈禹铭的心情复杂到不知该如何接话。

原来,这一切都是李怡珊安排的。

她在所剩无几的生命里,依然在拼尽全力拯救自己,但自己甚至不愿意陪她去乘船游湖……现在一切都晚了……沈禹铭下意识握紧了拳头。

"李怡珊走得太突然了，这算是她的遗愿吧。"李希一只手拍在沈禹铭的肩膀上，"我想完成它。当然，我现在只希望能帮你走出来，走出……那些阴霾。"

一时间，千言万语都堵在沈禹铭的喉咙里，想说却说不出来。他看着老友沉默半天，最后只说了句："谢谢。"

"嗨，别说这些。幸好你今天来了，"李希一扫刚才的颓势，笑了起来，"虽然你看起来简直惨过一条狗。"

面对好友的玩笑，沈禹铭没有心思反唇相讥，只是疑惑道："我来有什么用？感觉什么忙也帮不上。"

"你现在不也出现异变了吗？这就是最大的用处！"李希的眼中重新闪耀着希望的光芒，"你知道做实验最怕什么吗？那就是无法重复。不能被同行重复的实验，在科学界是不被认可的。"

沈禹铭想了想，"也就是说，药物同时在我们俩身上见效，就可以证明其有效性了。"

李希点了点头，露出了自信的微笑，"虽然从药物临床试验的角度，还差得远，因为那需要大样本随机双盲实验才能证明。但有了我们两个的经历，我几乎可以确定，因为药物而经历的这些奇异事件并不是我们的妄想或者幻觉，而是真实发生的事情。这样一来，我就可以进行下一步的研究了。只要找到一切问题的根源所在，不论是你的幻影，还是我的延迟，或许都能得以解决。"

沈禹铭听得惊心动魄，但也明白了好友的意图，"所以你现在要怎么做？"

"跑起来。"

"啊？"沈禹铭微微一愣。

"谁知道我下一次陷入延迟是什么时候,你还不赶紧跑起来!"李希的言语里满溢着欢乐,仿佛新年的第一束烟花,即将由他点燃。

不多时,他们已经坐上了网约车,开始穿越城区,前往沈禹铭位于城郊的家中。

夜晚的成都才是真正舒展的时候。沿着护城河,许多生意兴隆的酒吧、烧烤店里人满为患。RiverSide奏起了欢快的爵士乐,白天陷入俗务的人们,开始享受短暂的欢愉。而更多苦哈哈的上班族,哪怕是些996的社畜,现在也已回到家里,享受亲人的温存。

"我们确定了药物的有效性,也清楚纳米机器的触发机制,这是第一步。"李希解释道,"第二步,搞清楚你看到幻影的触发机制。"

"为什么不研究你的延迟?"沈禹铭弱弱地问。

"因为在那个空间里,我什么都不能做,或者说做什么都没有用。对比下来,显然是你这边可以操控的变量更多。"李希说这话的语气,活像科幻电影里那些为了研究而舍弃一切的疯狂科学家,充斥着某种不容辩驳的意味,"单单一个跑步,我们就可以控制奔跑的场所、跑步的速度、跑过的距离、奔跑时的加速度……还记得控制变量法吗?简而言之,就是只调节一个变量,控制其他所有变量保持不变。因此,我们要回到同样的场所,也就是你的小区;你用相同的速度奔跑,并且在奔跑过程中尽量不要加减速。这样一来,我们就能够研究出奔跑距离和看到幻影的关系。"

沈禹铭机械地点了点头。

到达目的地后,李希提议自己等在小区门口,而沈禹铭则围着小区奔跑,一旦看到幻影,就立即手机联系。可他没有想到的是,沈禹铭在一圈之后直接不见了踪影。李希先是顺着他奔跑的路线搜寻,然后想到自己脚力不如这名马拉松运动员,于是反方向跑起来,想与他碰头。

可是,不论正反,他都没有撞见沈禹铭,直到失去耐性去拨电话,可语音提示对方不在服务区。李希只好在小区门口等,十几分钟之后,他才等来同样在寻找自己的沈禹铭。

"看到幻影了吗?"李希径直问道。

"没有,一切照常。"沈禹铭擦了擦汗,抖了抖发痛的膝盖说道。

"可站在我这个观察者的立场上,却是你消失不见了。"李希说道。

"那怎么办?就算我真的消失过,也不知道自己何时消失的啊!"沈禹铭叹气道。

"这次我们一起跑,我尽量跟上。"李希建议。

入夏后,夜风里裹挟着闷热,吹得他俩阵阵难受。三圈过后,什么也没有发生。体力不佳的李希已是上气不接下气,示意沈禹铭停下来。

"这是怎么回事?有人在身边我就不会消失吗?"沈禹铭疑惑道。

"……速度。"李希喘着粗气答道,"为了将就我,你一定放慢奔跑速度了吧!也许是这个原因,导致了触发条件没有达成。"

沈禹铭想了想,提议道:"要不然,我去借邻居的电动车来,你骑在后面跟着我?"

李希被老友的主意逗乐了,他笑了两声,拍拍沈禹铭的肩膀,

"没那么麻烦。你家里不是有跑步机吗?"

"对哦!"沈禹铭连忙答应,"可能真要在跑步机上才能看到幻影呢。"

不多时,他们回到了沈禹铭的家中。就在沈禹铭急着想要踏上跑步机时,李希想起了什么,连忙出口阻止:"先吃药。"

经由好友提醒,沈禹铭这才想起自己已经一天没有服药了,身体在一连串的期望和失望中,变得疲惫不堪,随时处在崩溃的边缘。他下肢的疼痛也越发清晰起来,虽然在车里休息了一阵,可现在再度奔跑还是有些吃力的。

沈禹铭一边配齐药物,一边混着对好友的感谢,吞了下去。

等抗抑郁的药物开始发挥作用,下肢也得到进一步的休息后,他们开始了今晚的第二次观测。

时值深夜,小区已经安静下来,沈禹铭强忍着身体的不适,再度在跑步机上奔跑起来。

跑了不一会儿,沈禹铭就清晰地看见了空间那轻微的异动。

可就在下一秒,整个客厅彻底暗了下来。

借着户外的昏暗灯光,沈禹铭看向跑步机的一旁,却发现那里并没有李希的踪影。于是他又拿出了手机,但屏幕右上角赫然显示着不在服务区。

难怪在小区奔跑时,李希说看不到自己。

现在该怎么办呢?沈禹铭身处黑暗之中有些惊惶,可他脚下的跑步机依然运转着。继续跑吧,假如有什么新发现呢?

沈禹铭只能通过不停地行动来给自己寻找一点安全感。

可就在他继续奔跑了一会儿后,沈禹铭惊奇地发现:卧室里亮起了灯光。

他想起李希曾叮嘱过,如果再次来到另一个世界,一定要探索自己和世界的互动机制。于是他小心地往卧室走去，谨慎地转动把手。可是，与上一次不同，把手根本转不动。不是那种门被反锁，无法推门而入的感觉，就像那根本不是门把手，而是刻得栩栩如生的石雕。

房间里有男女的私语轻轻传出来，仿佛是一曲诡异的配乐。

"怎么回事？"李希不在身边，沈禹铭只得自己面对这一切，思考眼前的情况。

可就在这时，卧室里传来了开门声。

沈禹铭一惊，本能地想要藏起来，可脑子里却浮现出"你看得到鬼，就能影响到鬼"的理论。既然自己无法影响到这个世界的存在，那么反过来，这个世界的存在是不是也不能影响到自己？

赌一把！

沈禹铭鼓起勇气在客厅里站定，等待另一个世界的居民到来。

不一会儿，一个男人的身影从卧室走了出来，沈禹铭立即辨认出那就是另一个世界的自己。只见另一个沈禹铭打开了客厅的顶灯，在屋子里找了两圈，最后拔下餐桌上的充电器，走回了卧室。

呼……留在客厅的沈禹铭松了好大一口气！虽然只是短暂的一两分钟，却仿佛有一两个世纪那么漫长。

他活生生的一个成年人就杵在客厅里，可另一个世界的自己自始至终都没有发现。

为什么自己可以看到对方，对方却看不到自己呢？沈禹铭想了一会儿便放弃了，这么复杂的问题还是留给李希吧。

但眼下身处这一诡异的世界里，有一个关键问题需要沈禹铭去想明白，否则这次真是无功而返——

为什么上次自己能够开门，这一次却不能呢？

沈禹铭又想到了李希提过的控制变量法，思来想去，这一次和上次唯一不同的变量是……

奔跑时间。

想到这里，沈禹铭再次站上了跑步机。也不知是什么原因，整个屋子里似乎只有这台跑步机和自己来自同一个世界，可以操控。沈禹铭再次奔跑起来，不知跑了多久，直到膝盖发出抗议才停了下来。

他走到茶几前，带着紧张的心情向玻璃烟灰缸伸出手——

拿起来了！

沈禹铭十分兴奋，再次奔跑后，他与这个世界的互动法则发生了变动，从"看客"变成了"访客"。这意味着自己深入另一个世界的程度，与自己奔跑时间的长短，或者说奔跑的距离有关。

一个大胆的想法在沈禹铭的脑中诞生，并疯狂生长起来——

如果继续奔跑，会发生什么？

会不会与这个世界的自己融合，取而代之？

如同被恶魔驱使着一般，沈禹铭再次踏上了跑步机。随着跑步时间的拉长，膝盖处传来剧烈的疼痛，生理和心理上的痛苦联合起来向他发出了抗议。但回归美满家庭的诱惑实在太过强烈，他凭意志压制住了所有的痛苦，继续奔跑。

嘭的一声，他从跑步机上摔倒下来，双手捂着自己的膝盖，痛苦地靠着墙壁。他睁开眼睛想要确定周围的世界，耳中却传来了李希的声音：

"45分16秒。"

仿佛从美梦中被唤醒般，沈禹铭一下子泄了气。他有气无力地问道："你说什么？"

"你从这个世界消失了这么久。"李希随即追问，"你刚才看到——"

"你简直不敢相信我发现了什么！"沈禹铭虚弱又兴奋地大喊道。

没等李希回复，沈禹铭就事无巨细地将自己在另一个世界的经历告诉了李希。

"干得漂亮。"李希赞许道，"尽管无法确认，但我已经有了大概的猜测。"

听到这里，沈禹铭深感自己的努力没有白费，一时间竟感到了深深的脱力，整个人爬起来瘫倒在沙发上，"是吗……那就好。"

"我来试着解释一下吧，"李希眼睛里闪耀着光芒，"你，还有我，正在遭遇的一切。"

第四章

异　变

Ⅳ

听完李希的所有猜想后，沈禹铭整夜未眠，难得清澈的夜空也多了几分不真实。

"介入，你在介入另一个世界。"李希说道，"我说过的，'时间量子纠缠态'理论上可以跨越平行时空实现连接，我认为你经历的，正是这种现象。"

看得出沈禹铭有一肚子话想说，李希连忙将其打住，"你听我慢慢解释！"

李希问沈禹铭要来纸和笔，在纸上画了一个大写的"X"，又在上下两个相对的锐角区域涂上了阴影。

"先来考你个基本概念，你知道什么是平行时空吗？"李希问道。

"顾名思义，就是永远不可能彼此联系的时空呗，因为平行线永不相交。"沈禹铭立即答道。

李希点点头，"实际上，并不一定需要去往另外的宇宙，就算身处我们自己的宇宙中，也存在着永远无法发生因果联系的时空。但你能明白，这是为什么吗？"

沈禹铭皱着眉头想了半晌，最终还是举手投降。

"因为光速极限啊！光速极限，也就是信息传输的最高速率，它限制了不同的时空区域，不可能比光速更快地产生因果联系。如果把三维的空间和时间在四维空间中画出来，就是'闵可夫斯基光锥'，通常简称'光锥'。"李希拿笔在"X"的阴影区域上用力地点了点，"光锥内的区域，也就是可以和我们发生因果联系的区域，叫'类时空间'；光锥之外的区域则叫'类空空间'。理所当然的,平行时空的闵可夫斯基光锥,与我们所在的光锥是没有交集的。"

说罢,他在上方代表光锥的阴影区域内写上了"S",另一个区域则写上了"S'"。

沈禹铭不禁失笑,李希果然是天生的科研工作者思维,连命名的习惯都和做物理题时一致。

"明白了吗?"李希写完,用恨铁不成钢的眼神看着好友。

"你继续讲。"沈禹铭也在尽全力调动着脑细胞。

"下一个问题。你明明是S时空的存在,却能够观测到S'时空。你在这张纸上能不能找到一个区域,能够同时观测到两个光锥内的信息?"

沈禹铭看着绘图努力思考着,突然恍然大悟道:"在纸上并不可能。但如果走出纸面,例如处于你我的位置,就能够做到!"

李希开心地拍了拍好友的肩膀,"没错!我们所在的位置,对应到光锥就是所谓的高维时空。"

沈禹铭疑惑道:"这么说来,我是去往了几维空间?五维?还是六维?"

"二十六维。"李希说出了一个让沈禹铭惊讶到合不拢嘴的数字,"弦理论你一定听说过吧,它假设时空的维度不止四个,而是有很多高维度,卷缩在微观的尺度内。但维度的数目并非多少都可以,必须是十一或者二十六,弦理论自身才能协调。我之前看过一篇文献,作者利用弦理论做了计算,当时空的维度为二十六时,时空方程恰好有一个解,对应着'时间量子纠缠态'连接到不同平行时空的情况。"

沈禹铭试着想了想,可最后还是放弃想象二十六维空间的样子。但与此同时,他又产生了一个新的疑惑,于是问道:"但是,我作为低维生物，应该无法感知更高维的空间才对吧！为什么我所经历的高维空间是那个样子？"

"问得好。我有一个猜测，那就是你所经历的'鬼魂'状态，也就是只能看、不能摸的状态，并非真的观测到了高维时空，而是平行时空的信息通过高维空间传入了你的大脑，你的大脑凭空创造出了去看、去摸的过程。"李希解释道。

"你的意思是……这一切都是我脑补出来的？我脑补出了一个真正的异世界？"沈禹铭再次为李希的推测所震撼。

"不尽然，但也差不多。你的大脑在高维空间接收到了来自平行时空的信息，然后自动过滤掉了无法理解的部分，并根据我们的生活经验，将剩余的信息补充成了我们最易于接受的样子。实际上，我们大脑补缺的能力是非常强的。你看没看过一个实验，说给你一篇英文文章，文章里的每个单词都是错的，但大脑能够自动将其矫正为正确的单词。"

沈禹铭点点头，他做过类似的测试，结果是顺利读完了全篇文章。

李希在"X"的中心点上画了个圆形，"我们就把这种状态，定义为平行时空之间的'幻境'吧，可以联系不相交光锥之间的'幻境'，一种真实存在的'幻境'，虽然我很想叫'李希幻境'……但还是算了。"

"你所经历的延迟，也是'幻境'的一种吗？"沈禹铭问道。

李希点点头，对好友的理解力表示赞赏，"根据大脑结构的不同，我们对高维空间的感知也不同，因此会经历不同的'幻境'。"

"对于'幻境'的感受，会和什么有关呢？"沈禹铭问道。

李希挠挠头，努力将思路从物理学切换回脑科学，"我只有一个猜测，这可能和每个人潜意识中最强烈的愿望有关。你渴望一个妻儿健在的世界，所以……"

沈禹铭努力思考着，终于接受了"幻境"的概念。

"接下来依然是我的猜测，因为毕竟缺少更多的实验数据。根据你和'幻境'的关系，服药后的状态可以分为四个阶段。"李希继续解说道，"第一个阶段，即没有和'幻境'发生联系，而只是穿越了一段时间。这对应了你刚刚服药，以及我之前试药时的状态。第二个阶段，你进入了'幻境'，处于观察者的状态，可以接收平行时空的信息，但只能去看，无法真正影响。这对应你刚刚经历的'鬼魂'状态，以及我所经历的延迟。"

沈禹铭试着总结道："看样子，我不停奔跑就是进入'幻境'的触发条件。那你的触发条件是什么？"

"我暂时也很难确定。总之，每个人经历的'幻境'是彼此独立的，这就解释了为什么我们在小区里无法碰面，也解释了为什么你在跑步机上奔跑会消失。"李希在心里其实已经有了隐约的猜测，但他并不想面对那个真相。"如果你继续奔跑，就会进入第三个阶段。这一阶段，应该类似于网络论坛中的'游客'，你的'游览'是有时间限制的——例如这次'游览'是45分钟，一旦超过这个时间，你就会被那个时空'驱逐'而返回；同时，平行时空还有着另一个沈禹铭。"

沈禹铭心中无比纠结，究竟要不要问出自己最想要知道的那件事。

"第四个阶段，"李希刻意加强了语气，"你将突破'游客'身份的限制，将另一个世界的自己取而代之。但我劝你不要这么做，首先，我所说的一切都还停留在猜测阶段；其次，没有人知道这会造成什么后果。"

话到这里，沈禹铭和李希都陷入了久久的沉默，房间里安静得可怕。

"接下来你打算怎么办？"李希靠在窗边，从衣兜里拿出一盒烟，抖出一根，轻轻点燃。他用力吸着，身体可见地慢慢舒张，飘散出的烟雾宛若群山一样将他包围，形成一方清净地。

这是沈禹铭第一次见他吸烟，心里隐隐有些惊讶，可更多的是抱歉自己给好友添了很大麻烦。

"我也不知道……"沈禹铭喃喃道，气息轻薄得就像日落前的最后一线余晖。

"不知道？"李希没来由地冷笑起来，"别以为我不知道你心里在想什么。"

见好友这样的态度，沈禹铭感到有些不舒服，本能地抵触起来，"你别以为你聪明得什么都知道。"

好友一语道破了沈禹铭的心思，那话听起来确实粗暴，但也确是实情。沈禹铭下意识地把膝盖捂得更紧了，"我只是想，哪怕只是对那边的沈禹铭施加些许影响，让他不要——"

然而，李希并未就此打住，"就算你影响得了又怎样？别忘了，你才是他们生活的闯入者，是那个看不见的幽灵。

"你自己的生活崩塌了，难道还要去搞垮另一个自己的生活吗？"

一个抱枕猛地朝李希飞去，砸中他的脑袋时，发出一声闷响。沈禹铭宛若困兽般看着他，泥潭般的无能为力让他失去了理智。如果他手边有水杯，李希的脑袋恐怕已经破了口。

李希重重地叹了口气，用手碾碎了烟头，仿佛那不是火的余烬，而是冰冷易碎的结晶，接着转身朝门口走去。

按下门把时，他的语气变得轻柔："我只是希望你别做傻事。

我会继续想办法……"关门的声音把这句话拦腰截断，留下此行的句点和余响。

那晚，世界仿佛被灌满了水泥，就连时间也被死死锁住。

李希的警告在他脑海里反复回荡着，就像女妖的歌声一样。他现在只想用布蒙上自己的眼睛，将身体束缚于挺立的桅杆上，在暴风雨的洗礼中，沉醉于那绝美的迷梦。

他当然知道，李希一反常态地刺痛他，只是为了打消他那无比虚妄的念头。可妻儿就在眼前，他哪里放得了手。

现在，他就是回乡的奥德修斯，明知前方是归家的路，可以回到日常那可贵的秩序中，但他偏要在茫茫大海的中央放下船锚，拒绝解脱的光。

好友离开后，沈禹铭全身力竭，在沙发上呆坐了一整夜，直到天边泛起鱼肚白，心里的郁结依然没有消退。就像人类一次次朝着宇宙发射信号，但依然空无回响。

那种无奈真就是一口咽不下去的苦药，吞不进去，吐不出来，痛苦不已。

他有些茫然地看着客厅，那无比熟悉的一切，让他心生强烈的厌恶感。这个家本已是他最后的堡垒，但现在，他只想逃离，只想跳下这艘载着他在残破人世间漂泊的小船。

要离开！要逃得远远的！

清晨，沈禹铭满心难受地出了门，穿过小区中庭，走出了那充满廉价感的仿罗马式大门。一直在这里执勤的保安老杨发现他面色不对，连忙问他需不需要帮助。他摆了摆手，然后向着未知的远方走去。

沈禹铭只觉自己成了这个世界的一团异物，秩序井然的环境系统因为他的存在而产生了排斥反应，将他越推越远。

他走过了熟悉的包子铺，走过了离家不远处的CBD停车场入口，走过了无数次穿行的斑马线，走过了以往时常光顾的美食街。此刻正是清晨的上班高峰期，车辆川流不息，人们行色匆匆，有个穿着高跟鞋的女士，甚至抱起孩子奔跑着穿过花坛，送到街对面的幼儿园。大家都在抢夺因为疲倦赖床而错过的几分钟，仿佛这短短的时间决定着一整天的意义。

沈禹铭走出了熟悉的生活圈，来到一条大道上。那是前往成都周边卫星城的路，也是一条跟所有行人背道而驰的路。他痴痴地走着，目光投向无限的前方，遥远的山影偶尔崭露头角，仿佛预示着不可能永远前进下去。

可隐喻般的劝告并没有阻碍他的前进，反而引得他心中愤怒。他的步速渐渐加快，然后跑了起来。下肢的不适感不仅没有变成阻碍，反而成了他愤怒的源泉。转眼间，他甚至超出了比赛时的奔跑速度，冲刺起来！

沈禹铭也不知道是想逃离这个世界，还是想抛弃自己的双腿。

"啊！"他摔倒在地，死死抱住了自己的膝盖，一边抽搐，一边撕心裂肺地呼喊。

不到一分钟，他就已经坚持不下去了。

笔直的大道上往前奔忙的车辆不计其数，但无人有暇停下来关心他。他肆意放声痛哭，只觉身于无限而又逼仄的空间里，天地间就只剩他一人。在患病的日子里，他时常流泪，可那是抑制不住的泪流，就像身体的某种应激反应。现在的他却是被命运打了一套组合拳后，痛苦得无力还手，仿佛被烈火灼烧着。

火海无边，只能永受苦灼之刑。

103

他不知道前路在哪里，不知道自己到底想干什么，只觉得真的已经失去了前行的力量。

哭累了，哭到没有泪水了，他才感觉回到了现实中。一个大男人躺在步道上，实在太过不雅。可下肢的疼痛让他进退两难，于是艰难地移动到身侧的花坛，一边止住哭声，一边喘气恢复体力。整夜没有休息，加上早晨的慵懒日光，让他顿感疲惫不堪，竟不自觉地睡了过去。

可能是清凉的晨风混入了阴冷的梦境，沈禹铭久违地梦见了小春和。

梦中，他们父子俩身处一片雨后的草坪。那只是一片小小的草坪，有着几棵刚移植过来不久的小树，四周都用木头固定住。小树下还有几蓬茂密的植被，在雨后的早晨静静休憩着。小春和看起来不过两三岁，正拿着个小小的挖掘机玩具，蹲在地上忙碌着。沈禹铭则站在草坪外，静静看着孩子玩耍。小春和不断捡起草地上的树枝，放到用玩具挖出的小洞里。过了一会儿，他又把这些树枝扔开，找寻新的目标。

小春和的小手上总是沾染着湿润的泥土和植物，他显然很讨厌这种感觉，过一会儿就跑回沈禹铭的身边让他擦，之后更是直接擦在他的牛仔裤上。之前似乎下过一场雨，肉眼可见泥土里蓄积着雨水。小春和踩在这样的泥土上，总觉得自己的鞋子进了水，时不时跑来沈禹铭面前说："爸爸倒水。"

他一次次把小春和抱在自己的膝盖上坐着，不厌其烦地脱下小春和的鞋子，往外倒着并未渗进去的水，周而复始，甚至超出了他应有的耐心。

沈禹铭感到某种巨大的安宁，小春和那副快乐的模样，温暖着他的心。

记忆中,小春和总是快乐的,哪怕有烦恼,也总是很快被另外的趣事吸引。此刻,这小小的一方草坪,被他玩出了大森林的感觉,就像这里有着无数的秘密需要他探索。没有被人类社会侵蚀的他,跟大自然有种天然的亲近感,万物都在温柔地对待他。

沈禹铭渐渐看痴了,也不知过了多久,小春和跑到他的面前说:"爸爸,我们回家吧。"

梦境消散了,沈禹铭也睁开了眼睛。炎热的夏日骄阳高挂在天上,仿佛为他披上了一件外衣,以免着凉。

沈禹铭站起身来,大大地舒展了个懒腰。下肢的不适感还未消退,却不再那么让人烦躁了,仿佛在告诉他:"回家休息吧。"

沈禹铭决定听从身体的需要,不再硬撑着走回去,而是打开手机,叫了网约车。他在路边等车时,看着已经不那么忙碌的街道,内心感到些许宁静。之后,网约车司机见他迈步困难,热情地问需不需要帮忙,他谢过,脸上挂着淡淡的微笑。

回到家中,他先服用了药物,然后从橱柜里拿出即将过期的饼干和牛奶,一个人吃了起来。

这个过程很平静,那种久未有过的平静,仿佛梦境释放了大量的布洛芬。这或许是大脑的保护机制,通过代偿免于崩溃。但他更愿意相信这是小春和的安慰。

就在他享受着大脑的安慰和片刻的安宁时,发现微信上竟然有人加自己好友。看到联系人的头像和ID时,他微微一愣。

那是他过去联系最密切的跑友武林。成马之后,尤其是在变故发生之后,他把过去的跑友都删了,再也没联系过,哪怕对方在发生网络暴力时,总是冲在第一线为他说话。沈禹铭没有状态去面对曾经的同好,只想着离跑步越来越远,武林在多次尝试添加他后,应该也是灰了心,便真的断了联系。

沈禹铭本以为自己这辈子都不会再跟对方有交集，毕竟他害怕想起跑步这件事，更不知道该如何跟对方说一句……抱歉。

可那种强烈的平静，让他感到一丝久违的轻松。沈禹铭的心里竟然生起了一点勇气，不论对方打算对他说什么、做什么，他都要去说一声抱歉。

加回好友后，沈禹铭却有些开不了口，好像很多话都卡在嘴里，想说却无法吐露半分。

"不好意思打扰你。"对方小心翼翼地试探着，显然顾念着往日的交情，以及沈禹铭的状态。

可越是这样，沈禹铭就越觉得愧疚，一时间只盯着微信的对话界面发呆。

看沈禹铭没有回复，武林便没有继续寒暄，而是直接开门见山地问道："有个人想见见你，不知道你有没有空？"

了解情况后，沈禹铭跟对方道了谢，但那声抱歉依然没有说出口。如果说以前没法表达歉意是因为愧疚，此刻则是因为自己牵挂着另一件事。

沈禹铭约在了两天后的周六跟那人见面，一方面是需要为这场会面做足心理建设；另一方面，是自己的身体和精神状态需要进一步的恢复。

这两天里，他有意识地加大进食量，而且强迫自己进入稳定的作息中，这都是为了让自己状态好一点，看上去别那么颓丧。

尤其是在战胜自己的人面前。

说实话，他是怎么也没想到基普洛特会主动约他见面，甚至还托人联系自己。

虽然在那些平静的日子里，沈禹铭算不上社恐，也常跟一些爱好跑步的朋友联系,甚至参加了好几次周末活动。可是基普洛特这个人却从未出现在他的视野里,甚至都没听说过。

他们唯一的交集就是那次成马,他作为一名失败者摔倒在对方的面前。

"你就当我多管闲事吧,"他想起曾经的好友在传达了邀约后的自嘲,"我只是觉得……心病还须心药医。"

久未联系的好友并不知道沈禹铭的病症早已发展成器质性的问题,心药什么的已无济于事,但这样的关怀依然让他倍感温暖。可是,好友有一件事理解错了,沈禹铭从未责怪过基普洛特,反而将他视为一座绝对的高峰。那位跑者赢得堂堂正正,光明正大,走不出来是他自己的问题,怨不得旁人。

不过,沈禹铭不打算说出自己的心绪,没有必要。而且,说出来对方也可能并不相信,反而会觉得他在强装体面和大度。

自成马以来,沈禹铭几乎跟外界断了联系。除了父母和李希,他几乎没有主动联系过任何人,自顾自地把自己封闭在小小的痛苦空间中。他不是没想过走出去,重新跟世界建立联系,但始终缺乏外力的推动,甚至指引。

如今,一座高山敲碎了核的外壁,虽然灿烂的阳光尚未透进来,但一缕缕细小而鲜活的气流,让沈禹铭有了走出去看看的冲动。

不论对方找自己有什么事,至少绝不是来羞辱自己的。沈禹铭别的不清楚,但对这件事万分笃定。

来到约定地点时,刚好十点半。这是一家叫樱园的餐厅,不远处便是成都最繁华的春熙路。虽然只隔了几条街,这里却完全是另一番景象。没有宽阔的大道和车水马龙,只有小小的街巷和无数上了年头的小店，街上的行人和小贩看起来都不着急，慢悠悠地走着，仿佛光靠行走就能得到某种享受。有趣的是，这家餐厅并非开在街面上，而是藏在一栋老旧办公楼里。等沈禹铭上楼后，才发现这里别有洞天。

这明明是一间餐厅，首先映入眼眸的却是一堆书，摆在一张古香古色的长桌上。书的种类也很丰富，有诗集，有文学批评，甚至还有科幻小说。接着，他往外走，那是一片种满植被的露台，栀子花盛开着，夜间浓郁的香气残留到现在。院里有许多鸟儿，不时飞落到餐桌上，看上去不仅不怕人，而且有种自己才是这里的主人之感。鸟儿们凭着心情鸣唱着，一副怡然自得的模样，让沈禹铭这位客人也放松了下来。

此时樱园刚营业没一会儿，除了一位皮肤黝黑的老者在品茶外，没有别的客人，在鸟鸣的衬托下更显幽静。沈禹铭来到这方餐桌前，还没来得及打招呼，就见一位女士走了出来。

"他就是你的客人吗？"女士显然是樱园的主人，看起来颇为和善，但言辞中又有种当仁不让的女主人感。

基普洛特站起身报以微笑，然后伸出手来，示意沈禹铭请坐。女主人上了新的茶叶后，便颇有分寸地回避了。

"你好。"沈禹铭好久没跟生人接触，努力调整着状态，想要让自己显得自然一些。

"你好。这地方不错吧，"基普洛特的语调沉稳，像是环顾着桃花源一般，"景致也好，茶也好。"

沈禹铭看着眼前这个外国人怡然自得的样子，心里有些好奇，"你经常来这里吗？"

"是啊，我就住在这附近。不过，我是因为参加了一场科幻小说的活动，才发现了这里。"基普洛特拿出了一些茶叶，白色的茶包上写着"明月松绿","这是特意从老板手里讨来的,市面上都买不到。"

说着,基普洛特娴熟地开始洗茶,然后泡了一壶,倒在沈禹铭的茶杯里,"这种好茶,经得起数泡,我们有足够的时间来说话。"

沈禹铭端起茶杯,轻轻抿了一口,哪怕他完全不懂茶,也感到唇齿间有一股淡淡的清香,"你今天找我是有什么事吗?"

"听说成马过后,你就不跑步了?"基普洛特话说得很轻,沈禹铭的心却一沉,他许久没跟生人打过交道,对于那次比赛更是讳莫如深。

"是的。"沈禹铭嚅动着嘴唇,猛地灌下一杯茶。身体已经出现了应激反应,之前做好的心理建设正在慢慢瓦解,"发生了很多事情。"

基普洛特又给他斟了一杯茶,薄雾般的水蒸气烘得沈禹铭脸颊发烫。

"我也听说了。"基普洛特的语调依旧平缓,看来像在斟酌,"我应该跟你说声抱歉吗?"

"不用。"沈禹铭的回答很清晰,他不愿把自己的失败怪在对手身上,这会让自己看起来更加失败,"你没有做错什么。"

基普洛特点点头,身子微微前倾,有着一种平等对话的意味,"你跟他们说的一样。"

"他们?"沈禹铭有些疑惑。

"成马结束后,我认识了一些参赛者,其中有不少是你的朋友。"基普洛特似乎觉得这样定义有些不太妥当,随即改口,"或者说熟悉你的人,他们说你是一个不服输的人。"

沈禹铭自觉朋友不多,发生一连串事情后,更是把所有责任归到自己身上，完全没想到还有人会谈起他，会这样评价他。

"大家得知你不再跑步后，都觉得非常可惜。不过我想，这应该不是出自你本人的意愿。思来想去，就想找你聊聊。"老者将杯中的茶水一饮而尽，言语里透露着尊重，"不过，真正促使我这样做的是你的妻子。

"她不仅是你的妻子，还是你的朋友吧？真让人羡慕。"基普洛特露出一丝微笑，神情颇为真诚，"不过，在她联络我之后，我也犹豫了很久。当我打定主意时，已经联系不上她了……"

一时间，沈禹铭只觉心神恍惚，妻子的情影在脑海里浮现，万语千言化为一片汪洋，但不知该不该道声谢。

我该谢谁呢？道谢还有用吗？

妻子真的为自己做了太多，自己却再也没有办法为她做些什么……

此时，一阵风刮过樱园的露台，栀子花的残香被风一扫而过，不留半点痕迹，"暗香残留"不过是世人一厢情愿的幻觉。

见沈禹铭没有反应，基普洛特笑了笑，然后又自顾自地说起话来："说实话，我是最近几年才开始参加比赛的，是移民中国之后。

"你们是不是觉得我们非洲人，或者肯尼亚人，天生就会跑步？你不用反驳，这也算不上歧视，顶多就是刻板印象而已。而且不光你们，美国人也这么觉得。所以像我这种肌肉组织萎缩的非洲人，总会被人嘲笑。"

"肌肉萎缩？"闻言，沈禹铭忍不住看向他的腿，肌肉线条非常匀称，根本不像是患病的样子。

"我十岁去的美国，在那之前，几乎没吃过一顿饱饭。我本以为那里是天堂，但孩童间的欺凌在人类的任何环境里都存在，不仅白人看不起我，就连黑人社群也排斥我这个坐轮椅的残疾人。这世界上哪有那么多所谓的普世价值。"

基普洛特一边说着，一边把目光投向远处，仿佛回望着遥远的过去，"虽然不是先天问题，但长期的营养不良，让我身体器官萎缩得很厉害，连政府都把我定义为残障人士。

"就在我以为这辈子只能拥有这样一具身体时，阴差阳错地看了一部电影，也因此改变了我的人生。"

"不会是《阿甘正传》吧？"沈禹铭本能地想起这部电影。

"哈哈哈哈，每次讲到这儿，我的学生都会猜是《阿甘正传》。"基普洛特露出一个狡黠的笑容，就像诡计得逞了一般，"我还不用被一个白人教做人。"

"你还有学生？"

"我是教人类学的，看起来不像是吗？"基普洛特饶有趣味地说道。

"不，不。"沈禹铭这才意识到打断别人的讲述有些不礼貌。

"因为身体原因，我选择了走学术道路。不过，选择人类学的时候，我什么也不懂，幸好斯特劳斯[1]说'人类学里不应该包含探险的部分'，我才得以逃过田野调查的空间，虽然因此没什么太大建树。

"可万幸的是，进入大学后，我终于逃离了原有的社群，进入一个多姿多彩的世界。那时，我加入了一个冷门电影观影会，这让身患残疾的我，每周会看很多电影。我就是在那时，看到了《千年女优》这部电影。"

沈禹铭在豆瓣的电影榜单上见过片名，但具体什么内容并不

---

1. 克洛德·列维-斯特劳斯（1908—2009），法国人类学家。

清楚。

"这部电影我也就看过一次,甚至故意没有重看。现在唯一记得的也就是女主为了追逐一个身影,不停地奔跑,最后跑出了自己的一生。

"那部电影,在我心里建立起了某种仪式感,使我沉迷于'奔跑'这个动作。用现在的话来说,感觉'DNA动了'。"这时,基普洛特看着沈禹铭的眼睛,"我开始厌恶自己这具孱弱的身体。

"从那天起,我便试着开始奔跑。"

"然后你就跑成了运动健将?"沈禹铭觉得不可思议。

"怎么可能?跑步的前十年,我甚至没办法一次性跑完一公里。人要讲科学,不是什么鸡汤都能瞎灌的。"基普洛特有意识地消解掉故事的热血与励志,尽量让那段经历回归现实。

"那你是怎么做到的?"

"三十年,我用了三十年的时间。前十年里,我的目标都是可以跑完那一千米。"

"你不是说你跑不完吗?"

"一次性当然跑不完,可我跑不动就停下来休息,而且有专业的复健医生长期指导我训练。"

就在这一刻,沈禹铭被这直白的、坦诚的、毫不藏私的话语击中了,就像脑海沸腾了起来,就像神轻轻地说了句:"要有光。"

他感觉整个世界都亮了,晴朗的天空灿烂了无数倍。

基普洛特没有察觉到沈禹铭的异常,继续说道:"直到现在,我跑了三十年了,甚至还能参加马拉松。"

说到这里,他又泡了一壶茶,想要为沈禹铭斟一杯,却发现后者有些发痴,于是稍微加重了声音:"喝茶。"

听到对方的呼唤,沈禹铭这才从出神的状态里醒过来,意识到自己的走神，连忙说抱歉。

"没关系。"基普洛特微笑着端起自己的茶杯，"喝茶。"

可现在的沈禹铭哪儿还顾得上喝茶，他急切地问道："那你是怎么坚持下来，最终可以跑这么远？"

"说实话，我并没有所谓的坚持，虽然奔跑会对我的身体造成巨大的负担，可我就是喜欢跑步本身。就像电影里的女主一样，她最终爱上了追逐的自己。

"总之，如果你还想跑步，不妨用一生来追逐，不急在这一时。"

说到这里，基普洛特看着沈禹铭的眼睛，"我还记得你跑步时的样子，真是天生的跑者，就是急了一点。"

急了一点？

听到这句话，沈禹铭感到一阵彻底的放松。如果这话只是一般人对他说，他恐怕只会觉得对方站着说话不腰疼，但由基普洛特说起来，却充满了说服力。

那是战胜生命的强者，一个近乎伟大的巨人，在向他发出召唤和呼喊。

"谢谢。"沈禹铭终于说出了这两个字，既是对眼前的对手，也是对爱他的李怡珊。

原来这个世界并没有放弃自己，自己依然有奔跑的空间和可能性。

而且，最关键的是，他想到了如何继续追逐妻儿的幻影！

在接下来的几天里，沈禹铭告诉自己一定要充分休息。

家里的书房并不宽敞，书柜只有小小的一排，除了特别喜欢的作品，他大多读完就二手卖掉。然而这些年过去，书柜还是被他塞得满满当当。他打开书柜,拿起了那些心爱的故事,一本本读起来。

看书的时候,他点开名为"我喜欢的音乐"的歌单,耳畔回荡着那些熟悉的旋律。他一直很喜欢重金属,萨满乐队的 *Khan* 那颇具史诗感的旋律为他制造了一个音场,帮他屏蔽自己内心的声音。

书看累了,他便打开电视,通过投屏看一些老片子。沈禹铭已经很久没有走进电影院,很久没有体验那种沉浸式的观影环境。但那些充满诗意的构图,准确而意味深长的剪辑,足以弥补观影环境的缺憾。他甚至把基普洛特提到的那部《千年女优》找出来看了一遍,女主一次次地奔跑,让他倍感安慰,深深地理解了基普洛特为何得到激励。

在这些日子里,他每天都沉迷于小说、音乐和电影。因为只有做些什么,他才能忘记自己的双腿,让它足够放松。他感觉双腿已不再是自己的一部分,而是独立于自己的一部分,就像是他的家人。

沈禹铭想起《饮食男女》里,郎雄饰演的父亲说:"其实一家人,住在一个屋檐下,照样可以各过各的日子。"如今,他和双腿都有了自己的生活,尊重各自的需求,保持着一定的距离。只有这样,在真正需要双腿时,它才能够跑起来。

就在强迫自己休息了好几天后,沈禹铭决定拜托这位不离不弃的"家人"验证自己的想法。

根据李希之前的猜测,只要他跑得足够久,或许就能真正进入那个世界。但当时沈禹铭最多只能坚持一个小时。

不过,这是基于正常的跑步速度。

如果自己将速度放到最慢,可以跑多久?

而且，沈禹铭之前因为害怕失去幻影，害怕离开那个世界，都维持着连续的运动。但就过往的经验来看，进入那个世界越久，对那个世界的影响越深，停止跑步后在那个世界停留得也就越久。

最初因为意外，他看到妻儿后摔倒在地，他们的影子很快就消散了。可李希在的那天晚上，他不仅目睹了另一个世界的自己走出来拿充电器，甚至可以拿起茶几上的烟灰缸。

既然如此，自己要想在那个世界停留得足够久，就一定要在介入和弹出间打一个时间差。

"我跑不动就停下来休息。"这是那日基普洛特给他最直接、最有效的启示。

时值盛夏，成都的夜晚就像蒸笼一样，哪怕万物静止不动，也会不遗余力地榨取体内的液体。尽管如此，沈禹铭却像收监已久的犯人那般，急切地想要外出放风，感受人间那有限的自由。

他有意放慢了奔跑速度，甚至告诉自己去享受奔跑本身。他本有些担心速度太慢，无法引发空间异常。可是，就在跑过一只流浪猫时，他感受到了轻微的时空扭曲。

介入进程开始了吗？

他连忙移动跑道，向着街道两旁的绿化带靠去。用手拂过灌木丛时，他的手竟有些吃疼，仿佛那些随风轻颤的绿叶如石头般坚硬，不愿为他退让分毫。

面对这个强硬的世界，沈禹铭没有因为手指的疼痛而停下脚步，反而庆幸以这样的速度，也是可以开启介入进程的。

腿部的不适感尚未特别明显，他开始朝着目标前进，朝着放置在路边花丛中的绿灯而去。

这是沈禹铭想到的，区分他原本所在的时空与平行时空的方法。绿色的灯光来自他珍藏多年的绿灯侠手办。这是一个限量版模型，他撞了大运才通过抽签买到，平行时空的自己拥有同样模型的概率很低。就算另一个自己恰好拥有同样的模型，他恰好在今天将模型藏在草丛里的概率已经无限趋近于零了。

换言之，只要能够在草丛中看到绿灯，他就依然停留在原本的世界；如果绿灯消失，他就来到了平行世界。

每跑一公里，沈禹铭就会折回藏有绿灯侠的草丛，确认自己身处哪个世界。一段时间的奔跑后，绿灯消失了，他进入了平行世界。沈禹铭兴奋起来，可还是强行压制着去寻找妻儿的冲动，将实验进行下去。

沈禹铭继续跑了一公里，然后折回，在空无一物的草坪中等待绿灯侠的出现。四十秒后，绿色的灯光亮了起来，这证明奔跑一公里后，能够在平行世界停留的时间不超过一分钟。

沈禹铭继续着实验。

此刻，他就像不断伸手触摸绿光的盖茨比一般，追求着那个无比遥远的梦想。

两公里、三公里……沈禹铭惊喜地发现，他能够在平行世界逗留的时间越来越长。当他跑到五公里时，时长已经达到了七分钟之久。难怪那晚可以见证另一个自己睡前的全过程。

七分钟，他几乎可以肯定，自己有充足的时间休息再跑。

沈禹铭心里涌起一股强烈的喜悦，自己的计划即将成功，他可以一直停留在这个世界，只要自己的膝盖能够承受间隔的奔跑。

就这样一直跑下去，直到与妻儿相见。

现在，他的膝盖和脚踝因为十五公里的测试，痛感已经非常明显了，但他沉迷于实验结果，肾上腺素飙升。他忘了自己要休息，要循序渐进，而是迫不及待地想要继续实验，在停顿后继续奔跑！

再跑一次，就一次，就三公里。只要还能停留在那个世界，今晚就结束。

沈禹铭满怀期待地跑起来，却没来由地想起李希好几天没跟自己联系了。他们的友情难道被那个抱枕击碎了吗？他当然知道李希是为他好，可听到那些话，他实在控制不住。如果自己介入另一世界的方法成功了，是不是就能借机跟他同步消息，跟他说话了呢？

想到这里，他多了一个奔跑的理由。

深夜里，这片城郊居民区有着与热闹繁华的城区不一样的寂寞。街道上虽然有车辆，但已不多，恐怕叫网约车都不方便。偶尔有机车呼啸而过，留下一串长长的引擎声，给夜的长袍刻下道道划痕。

跑完三公里后，沈禹铭又回到放置绿灯的草丛。夜幕之下，草丛里漆黑一片，没有绿灯的身影。他按照之前的记录设定了两分钟的计时，此刻不由得有些紧张，生怕那绿光在身边亮起，告诉自己实验落空了。

智能手环上，时间一秒一秒地走着。也不知是因为运动过量，还是因为内心紧张，他的心跳声无比清晰，就像有人拿着小锤，敲击着他的鼓膜似的。

一分五十五秒，绿光并未出现，他的脑神经再也按捺不住，释放出强烈的奔跑信号，驱动着全身的肌肉和关节，朝着前方奔去。

跑出一百多米后，他连忙回头看了一眼，绿光并没有出现。

实验成功！

他真的可以通过停顿休息的方式继续介入另一个世界！

跟妻儿相见的希望近在眼前！

可就在欣喜若狂之际，他发现身边出现了某种白光，这种白光在黑暗的夜里尤为明显。

这……这是怎么回事？

还没等沈禹铭明白过来，就发现四周开始变得不对劲。

他的身边出现了人。

虽然身处城郊，但小区周围依然有卖夜啤酒的大排档，按理说路上不免会有一些呼朋引伴的年轻人和借酒消愁的中年人。

可是，从他身边走过的，竟然是一名穿着职业装的女性，妆容正式而严谨，眼中有着强打精神的疲倦。接着，身边走过一个背着书包的小学生。借着路灯，书包上的学校名字清晰可见。然后，他看到远处有人推着小车不断靠近，直到走近了才发现，是热腾腾的肠粉。

没几分钟，步行道上竟然满是行人，大家显得匆匆忙忙，一副要赶去上班的模样。人群越来越拥挤，渐渐化为一片汪洋的人海。有些人因为站不下，竟然爬上了别人的肩膀，四肢曲张着像昆虫似的向前夺路而去。他们的脑袋甚至三百六十度旋转起来，仿佛因为找到捷径而高兴。这样的人越来越多，宛若蝗虫漫天席卷而过。

所有人都跟沈禹铭相向而行。

如此场景，沈禹铭哪儿还顾得上跑步，连忙避开身边的人，朝尚且空旷的车行道上跑去。

就在他踏出人潮、疯狂逃命时，却惊讶地发现，刚才那片人海竟然突然全部消失了。人行道上恢复了寂静，就像什么也没发生一样。

惊魂未定之际,原本平坦的街道猛然成了坑坑洼洼的土路,仿佛从未铺设过一般。这些土路夹在高层小区的中间,看上去是那么别扭、丑陋、不合时宜,就像一片长长的坟地。显然,有这种感觉的不止沈禹铭一个人,因为街道上出现了一个又一个修路工人。

他们显然是想把路面修平整,于是从土里挖出了一个又一个鼓起的石包。

可是,这些石头并没有用车运走,而是被工人捡起来直接往嘴里塞。

他们就这样把小石头直接吞了下去,整个脖子都鼓成了肿包。要是挖出大块的石头,就抱起来用牙齿硬啃,许多牙齿都被直接崩掉了。

他们满嘴包着血,血液顺着石头表面滑落下来,仿佛啃噬的是一颗颗石化的心脏。

可他们看起来似乎完全不知疼痛,眼中闪烁着幸福的光芒,甚至囫囵说着:"好饱……好饱……"

沈禹铭被眼前的景象震惊得一动不动,就在这时,两侧的高楼忽然齐刷刷地震动起来,所有窗户都猛地打开了。

只见许多人站上了窗台,嘴里一致念叨着:"我该去死,我该去死……"

这种情绪沈禹铭再熟悉不过了,那就是他抑郁时的样子,那些人的呓语仿佛说出了他的心声。

这时,一阵人雨落下,噼里啪啦地砸在地上,无数血肉转眼就把步行道给铺满了。一颗摔断的人头朝他滚了过来,长着一张跟他别无二致的脸。

"啊!!!"沈禹铭发出声嘶力竭的大喊,"啊!!!"

一连串的变故让他陷入巨大的疯狂,他仿佛来到了地狱——那个他早就该去的地方。

接着,血肉消失了,工人消失了,路面恢复了平整。

月亮出现在中天之上,静静照耀着世间万物。

他的身后,绿灯再度出现,散发着幽幽的光,宣示着一切如常。

第五章
屏　障

李希匆忙赶到沈禹铭家的时候，已经差不多晚上十点了。只见大门并没有关，好友正聚精会神地玩着游戏。

电视屏幕上，林克穿戴着防霜冻效果的衣服，在白雪皑皑的山壁上爬行着。在海拉鲁王国的极寒之地，林克执着而坚定地往上攀爬，仿佛只要来到最高处，就能够打败灾厄盖侬。

好友昨天半夜发来信息说有事要商量，此刻却如此反常地沉浸在游戏的世界里。李希一时竟不知道该不该打扰他。

自昨夜看到恐怖的幻象之后，沈禹铭始终无法入睡，那些诡异的情景就像烙铁烫在皮肤上，留下了深深的烙印。他在床上躺到日出中天，无法休眠的大脑就跟要炸开一样。实在没有办法，他才进入了《塞尔达传说》的世界，自顾自地爬起山来。只有遁入另一个美好的异世界，他才能够暂时脱离那个噩梦。

直到沈禹铭再一次爬上那座雪岭，看到那个孤独的洛可可，才终于发现身后站了一个人。

"你来了。"沈禹铭已经没有多余的体力来吃惊了。

"你……怎么了？"看好友这副模样，李希自然顾不上闹别扭，连忙询问怎么回事。

虽然一万个不想回忆，但沈禹铭知道，不去面对才是不理智的表现，因此把昨晚的实验，以及看到的幻象细细说了一遍。他一边说着，一边下意识地咬着嘴唇，仿佛生怕说出什么招来厄运。

李希听完，流露出担忧的神色，甚至有些不知所措，"你还扛得住吗？"

沈禹铭疲惫地摇了摇脑袋，努力振作着想要站起来，李希连忙去扶，可他摆摆手拒绝了。

"我的身体不重要。我就想知道这到底是怎么回事？"倦意盖不住沈禹铭眼中的坚定。

"我之前就跟你说过，现在不光是脑科学层面的问题，我们身处非常危险的境地，任何操作都可能带来无法挽回的结果。"李希想要劝他休息，但看他这模样，心知现在非顺着他不可，于是认真分析起来，"昨晚发生的这一切，显然就是危险的开始。

"那些景象消失后，还有没有再度出现？"

"没有。"沈禹铭确定地说。已经快要过去一天了，除了恐惧外，并没有出现实际的危险。

"也就是说，只要停止奔跑，恐怖的景象就会消退。

"那么，我们现在只要找到触发条件，就能避免这种情况发生。根据你的讲述，你是在短暂休息后又重新奔跑时，看到了这些景象。

"准确来说，你是在重复介入时，眼前会出现这些恐怖的幻影。"

沈禹铭听到这里，感到有些疑惑，"重复介入？可我明明就在介入状态啊。"

"不对。根据之前的经验，要么介入，要么弹出。你驻足休息时，其实是身处弹出过程中，也就是正在弹出但尚未彻底弹出之时。所以，你的这种……姑且叫它'二段跑'吧，本质上是在对抗弹出进程。"逻辑推导到这里，李希感到一丝恍惚，那是接触巨大秘密时才有的身心震颤。

李希低下头思索着，自言自语地发出天问："现在涉及一个更深层的问题，是谁在让你执行弹出这个动作呢？"

沈禹铭被恐惧折磨了一晚上,无力思考得如此深入,此刻经李希一点拨,猛地感到一种说不出来的异样,仿佛身处的时空中,有一双眼睛睁开了。

"这……"答案就在嘴边,沈禹铭却偏偏说不出口。

"宇宙!就是你正在介入的宇宙。"李希握紧拳头,对抗着从心灵深处涌现的压力,就像是徒手去堵一眼汩汩热泉,"你别忘了,'时间量子纠缠态'可事关两个宇宙的奥秘。

"你服用了药物,获得了介入另一个宇宙的能力。但别忘了,你是那个宇宙的闯入者,是不属于那个宇宙的存在。如果说,之前的介入算是无心之举,那你的'二段跑'就彻底暴露了你想要进入另一个宇宙的意图。"

"人择原理吗?"沈禹铭试着给出一个解释。

"不对,更像是……"李希在头脑中思考着恰当的比喻,"身体出现的排异反应。"

"你是说……那个宇宙……有自己的意识?"

李希沉默了,眼中出现了久违的游移不定。

沈禹铭感到无比气馁,好不容易想到的方法,竟然会引发另一个宇宙的对抗,甚至反扑。难道柳暗花明之后,依然是绝路不成?

"要不然……算了吧?"李希拿出一支烟来,在点燃之前,绝望地提议,"我不是让你忘记李怡珊,我们都无法忘记她。可我想,她也希望你走出来吧。"

算了?怎么可能算了?最多就是无能为力地怨恨自己罢了。

沈禹铭用手掌底部按住眼睛,带着惭愧轻声说:"应该还有别的办法——"

"别的办法?你是疯了吗!"这回换李希崩溃了。本以为经历如此大的挫折，沈禹铭怎么都会选择放弃。李希真担心还没找到安全稳定的介入方法，好友就在无数次尝试中把自己害死了。

　　李希双手搭在好友的肩膀上，用力摇晃了几下，"你醒醒。人死不能复生。"

　　沈禹铭一言不发地抬起头来，看着满脸关切的李希。他当然知道人死不能复生，不是谁都有机会前往冥府，把妻子带出地狱。可是，妻儿真的出现了，就存在于另一个世界里。而自己仿佛只跟他们相隔一张纸的距离，只要跑得再久一点，或许就能跟妻儿对上话，就能痛陈自己的自私和懦弱。

　　他不能错过这个机会。

　　"那些人并没有伤害我。"只听沈禹铭轻轻说着，李希感到颇为困惑。

　　"你说什么？"

　　"我说弹出的过程中，我并没有受到实质性的伤害。"沈禹铭推开李希的手，想要凭自己稳住身体，像个垂死的将军似的，立马横刀到最后一刻，"我还能再试试。"

　　说到这里，沈禹铭忽然意识到，这样的"二段跑"并不是第一次。之前自己一路追到地下室，过程中也有过短暂的停留后复跑，身边也出现过异样的光芒。可因为那次时间短暂，"噩梦"还未开始，自己就停止了奔跑。

　　如果真是这样，弹出效应就是可以重复实验的！想到这里，沈禹铭眼中迸发出狂热的光芒，仿佛一把将太阳拥入怀中，驱散了周身的寒冷。

　　真是疯了。李希看好友这番模样，明白已经劝不住了，但他还是要勒住最后的红线。

　　"行吧。如果你还要试，我就陪你试一试，但千万不要莽撞。"李希轻声说道,"在实验过程中,我们争取弄明白那些恐怖景象的成因。从你的描述来看,弹出过程本身是具有某种逻辑性的,我们想办法把逻辑起点找出来。"

听好友这样一说,沈禹铭僵硬的面孔上终于露出一丝久违的笑容,"那我们什么时候开始?"

李希瞟了一眼好友微微发颤的双腿,"等你休息好再说。"

对沈禹铭而言,休息是一件比跑步还要艰难得多的事情。

自发生变故以来,他所有的休息都可以看作是有目的的停滞。比如为了实验,强制自己的身体停止活动几天;为了等到幻影出现,用看书、看电影来分心。通过不断填充意义,建立一种强迫型休息。这让沈禹铭的生活充满了塑料质感,是一种自欺的伪装状态。

事实上,他的状态就像是一辆不可能完全刹住的车。沈禹铭可以通过费力踩踏板,让自身无限逼近停滞,可一旦右脚稍稍放松,车又会继续往前开,直到他再也无力踩下踏板,生活也就逐渐加速至彻底崩溃。

"我休息半天就好了。"沈禹铭明知好友的意思,但求得真相心切的他有意绕开。

"现在休息可不是单纯为了你好,"李希一眼就看出好友的心思,不疾不徐地展开攻势,"而是为了让你熬过弹出效果。"

沈禹铭面露困惑神色,"什么意思?"

"如果弹出动作是有意为之,那么你所遭遇的幻影就非常值得玩味了。如果硬要吓退你,为什么不直接使用怪兽、恐怖分子、核弹呢?从你的描述来看,你所遭遇的景象,更像是对你熟悉的现实场景的异化。"想要稳住沈禹铭,李希知道自己必须构建一条足够清晰的逻辑链条。

"从脑科学的角度来看，早期人类在非洲大草原上就形成了两种反应模式：面对明确危险的逃避反应，以及面对异常的观察反应。我猜测，弹出时之所以展现日常的异化，很有可能是为了激发你的观察本能，让你意识到潜在的危险。"

"你的意思是……这一切是为了让我停住脚步，让我自行弹出？"

"没错。这就好像利用兴奋剂驱虫[1]一样，通过刺激神经，让你受不了自己退出。你刚才也说弹出发生时，并没有受到实际的伤害。如果那些异化的建筑工人并不是啃食石头，而是拿着铁锹打你，你会不会拔腿就跑？"李希见沈禹铭已经陷入沉思，知道对方已经听进去了，果断进入正题。

"以此推论，既然弹出的目的是要你陷入静止，那么只要在异象发生时，你的跑步动作持续进行，或许就能完成再介入！"李希抛出这颗极具诱惑的苹果，同时也给出了此番分析的终极质问，"那现在的问题就变得很单纯了：怎么降低异象对你的影响？"

听到这里，沈禹铭已经隐隐看到了逻辑推论的终点，宛若透出云雾的神山之巅，"通过稳定我的精神状态，提升对异象的抗力？"

"没错！"李希的心底涌出一阵欣喜，由沈禹铭自己得出答案，比强行灌输的效果会好很多。

然而，李希不满足于完成这条逻辑链，他要再往前走一步，一锤定音。"而且，这些异化的现实高度依赖你的认知，你的抑郁

---

[1] 例如，使用除虫菊酯，它是一种合成酯类，作用于昆虫的神经系统，使之由兴奋、痉挛到麻痹死亡。

状态一定增强了弹出效果。只有通过真正的休息，在提高对异象耐受力的同时，降低弹出本身的异化程度，才有可能真正跑出那噩梦般的时空。"

面对李希的雄辩，沈禹铭想要反驳的冲动一点点消弭了。李希的推论看似无懈可击，但终究还是建立在推测上，如果质疑其底层逻辑，还是有讨论的空间。

然而，此刻的沈禹铭多希望这一切是真的呀。内心的渴望压制着理智，似乎就要掌控他的身体。

那个噩梦并不是牢不可破的。而且，救赎之道就在于自己。

他好似蒙冤入狱的安迪，找到了逃出肖申克的可能性，虽然耗时日长，凶险无比，但仍然愿意为了身心的自由而付出一生。

一念及此，他看着李希，轻轻点了点头。

那微小的弧度让神经紧绷的李希终于放松下来，他不动声色地在心里长长舒了口气，体会着助人悬崖勒马的刺激和快感。大脑里分泌出海量多巴胺，感知力正在扩张，身体器官纷纷配合起来。其中就有胃肠道的蠕动，那清晰的咕咕声，是人类战争史上的经典行为模式。对抗消耗了海量的热量和糖分，需要在接下来的庆功宴上补充回来。

此刻，那咕咕声清晰无误地响起，暴露了李希那点小心思。但沈禹铭并不介意，反而感怀于好友愿意为自己付出脑力，一次又一次。想到这里，他忽然意识到自己忽略了一件事情，那个早该关心、早该注意到的问题。

从发微信到好友赶来，几乎经历了一天时间。如果李希一直在线，肯定早就回复，早就赶来了。

"你的延迟……"沈禹铭痛恨自己的自私，忙着自寻死路，全然没有关心好友的近况。毕竟，李希的情况要严重危急得多。

李希摇了摇头，脸上浮现出问题解决后再也无法掩饰的疲惫感，"还在加剧。"

　　"没有稳定，甚至缩短？"沈禹铭在心里责骂自己。

　　"时间怎么可能缩短！"李希用手揉了揉太阳穴，言语里透露出无可奈何，"这么说吧，在那个绝对安静的空间里停留的时间，我已经超过吉尼斯世界纪录了。"

　　"那你现在……怎么样？"沈禹铭关心地打量着好友。

　　"如果是一般人，现在应该离疯掉不远了，可我是谁啊——"李希说这话时颇为得意，脸上竟然多了些苦中作乐的神采。沈禹铭见好友这般模样，心里不禁多了分佩服。李希确实不是一般人，有着超人的定力，确实是值得依赖的人。

　　"反正不超过二十四小时。我会在清醒的时候吃安眠药，在睡眠状态里被困，抵消心智受损的时间！"

　　话音刚落，李希见好友一脸无语，立刻猜到他在想什么，"拜托！大哥！那种环境里是个人都会疯掉。"

　　没错，这才符合好友的人生观，理智地对待一切，而不是像自己一味硬扛，总想靠一厢情愿扭转现实。

　　"不过我还是会在延迟状态中醒来，而安眠药的计量不可能无限增加，留给我的时间也不多了。"李希语重心长地说，"希望在一切崩溃前，我能帮你熬过去。所以，请你务必休息，我的朋友。"

　　那是一片大山深处的奇异密林。沈禹铭眼中所见的每一寸空间，都被各式各样的绿植塞满，就像有人把整座热带雨林压缩到了十平方米以内。

　　就在沈禹铭奔跑着穿梭其中时，那些绿植发出怪异的呜咽。

那是人群溺水之声，充斥着浓密的咕哝声和绝望的呼喊。大风吹过，冤魂索命般的绿涛阵阵涌来，那些哭喊像咏唱一样将梦魇推向高潮，直到沈禹铭一动不动地弹出。

见好友弹出，李希也有些泄气，这已经是这段时间来的第三次实验了。

"我都跟你说过了，你没有实现真正的休息！"李希有些气急败坏，"你这几次经历的弹出效果，摆明了围绕着你的抑郁症结来展开。"

事实上，自李希说服沈禹铭休息之后，沈禹铭确实有认真服药，并且尽可能多睡觉，清醒的时候也尽量做一些轻松的事情，自觉休息得很充分，每过几天就找李希来实验。

沈禹铭本以为之前的痛苦，来源于自己在熟悉的环境里奔跑，如果在一个完全陌生的环境里进行实验，可能弹出效果就没有那么折磨人了。

没想到的是，当他来到这片离家五十公里的乡间奔跑时，天空中的太阳仿佛变得毒辣了不少。光芒像针尖般，给他带来一阵阵刺痛感。然后，他发现明明万里无云的天空下，有些地方竟然下起了小雨。这样的降雨区域多且密集，最令人不解的是，每个降雨区域都只有一两人大小。

虽然眼前的情况诡异莫名，但毕竟没有对沈禹铭产生实质性的打击。于是，他强振精神，稍稍提速，朝着前方跑去，想要将那一块块潮湿的空间远远甩在身后。可是，就在他跑出几步时，雨中忽然出现了许多自己的身影。在那蒙蒙细雨里，他们跑着成马，然后纷纷疼痛倒地，身体不停地颤动，牙齿用力咬住嘴唇，发出泛着血花的呜咽。

那一个个不断倒地的自己，就像一块又一块巨石，化为无形的枷锁,影响着沈禹铭的精神世界。他虽然还在奔跑,但动作显然已经慢了下来。成马失败以及之后发生的一切,越发束缚沈禹铭的身心。拼命压抑的往日时光,从心底猛然泛起,就像直通地心的活火山喷发了一样。愤怒的岩浆汹涌地奔流着,仿佛要将沈禹铭这几十年的存在痕迹都尽数焚灭。

沈禹铭终于跑出那片降雨区域。阳光下,前方一片坦荡和晴朗,但他觉得终点已经消失,未来不复存在。沈禹铭宛若身处虚空之中,无数次的宇宙大爆炸让线性的时间断裂成碎片,他只能死守着断续的时空,直到末日降临。

"你难道还没明白吗?那些可怕的异象不是你闭目塞听就能逃避的,那是一种特制的精神屏障,一定会针对你的弱点产生影响。"李希重复着几天前得出的结论。

可是,第二次实验中,当他尝试对抗弹出时,发现跑步的小公园忽然扭曲起来。供孩子游玩的设施上,出现了无数小春和的身影。他们玩耍的样子,沈禹铭再熟悉不过。可现在,他们面色苍白,身上有被水泡过后的浮肿。但他们在开心地笑,叽叽喳喳的,就像是食腐的小鸟。

当时,沈禹铭拼命告诉自己,这些不过是幻觉,只要熬过去,自己就不会那么痛苦了。可当他想要穿过小公园时,这些小春和竟然都出现在他的身边,纷纷说:"爸爸,陪我玩。"

他们的身体虽然早已失去生机,但在跟沈禹铭擦肩而过时,眼神里却散发出纯洁而渴求的目光。最令沈禹铭无法忍受的是,他竟然能看清小春和们眼中的倒影——有全家在一起的快乐时刻,但更多的是自己拒绝沟通、无能发火,自私地把背影留给家人。

这些视觉信息,就像匕首一把把插进他的下肢,插进他的内心，逼他放慢脚步，陷入深沉的记忆迷宫中。

接连两次失败让沈禹铭无比沮丧，李希的神情也非常糟糕。截至目前，情况已经很清晰了，李希严肃地分析着，弹出效果植根于沈禹铭的精神世界，尤其善于抓取人生中的至暗时刻，并且跟周围环境结合起来。

如果不能真正面对自己的人生，不能真正战胜过去的痛苦，沈禹铭将无法熬过弹出效应，李希也帮不上任何忙了。沈禹铭难得见李希如此颓丧，作为一名科学家，坚信一切心理问题都是生理问题的死理性派，竟然说出了那句："心病还须心药医。"

"战胜痛苦吗？"沈禹铭听好友焦躁地分析着，脸上却露出茫然的神情，好像听不明白似的。

自从幻影出现后，沈禹铭就一直试着朝前奔跑，想要跑出一个全新的未来，想要追回妻儿。但过去的一切，他都想压制，只想逃得远远的。往前跑，是因为可以不回头，可以不那么痛。

他以为只要自己努力，只要拼命跑起来，痛苦就能离自己远远的。可直到弹出效应的出现，他才意识到痛苦如影随形，不是自己骗自己可以躲开的。

然而，他发现这是一个悖论，所谓的向前，只是一次次逃避罢了。

他知道，自己必须做些什么，不然只会重蹈覆辙。

因此，第二次实验后，他没有像过去那样，让自己陷入单纯的停滞状态，而是消耗着最后的存款，加入了一个户外冥想班。据说通过导师的封闭训练，人会获得直面内心的力量。那天，他从床下的柜子里，拿出了陪伴他们一家很久的野营背包。这个背包的容量非常惊人，不仅可以放入衣物和杂件，甚至可以放进特制的小型单人帐篷。

当他交了钱,登上大巴时,收到了李希发来的微信:"蠢货!"

如果沈禹铭不是脱离人群太久,他早该意识到,这所谓的户外冥想训练,更接近于一个小型的、隐秘的、属于中产阶级的放纵空间。为期一周的冥想训练,除了沈禹铭坚持按导师的要求训练,其他人几乎都在觊觎着什么,想要从别人身上获取一些当下或长远的利益。

活动组织者把所有人都带到川西的一处山中民宿,除了每天两个小时的冥想外,几乎都是自由活动的时间。学员们像甲虫一样游走在各个房间里,试探着,越界着,释放着。可沈禹铭每天都拿着登山杖,推开民宿的大门,独自一人在山里游走,感受着大山深处的隐秘气息。

他心疼自己的报名费,于是彻底执行着导师的训练要求。他知道自己跟别人不一样,他们可以无数次地报名参加,可以无数次地疗愈自己,但沈禹铭不行,他是无业游民,荷包已经见底。此次参团,像是赌徒红着眼睛拼死一搏。

可往往这种时候,赌徒都会输得精光,不论是生活的常识,还是李希每天的责骂,都在预示着此番尝试的结果。

直到第三次实验的失败,沈禹铭最后的勇气和期待都被碾碎了。

实验结束后,沈禹铭既不想回家,也没有出去走走的冲动,就在小区门前来来回回散步,甚至引来了值班保安老杨的关心。老杨一直是个热心人,可以说以一己之力提升了业主对物业的好感。他已经不止一次看到失魂落魄的沈禹铭了,每次都会关心。可现在,别人的关心并无作用,沈禹铭只觉自己陷入了两难的境地,强烈的束缚感让他越发难以动弹。他不知道接下来该怎么办,人生的一切都长满了痛苦的结节,让他倍感不适。

此刻,天空中无月无星,浓重的云层将这座千年古城压得死死的。面对深沉的夜,沈禹铭脑中不断闪回着那无法突破的障碍,深感自己的渺小和无力。无可奈何的心绪就像一台压路机似的,将他来来回回地摁在地上碾压,喉咙的干涸正在不断蔓延,仿佛全身都在脱水。

沈禹铭感到一阵气紧,脱力般地蹲在地上,用手捂住胸口,不断喘着粗气。他的余光瞥见包里那盏已经换了好几次电池的绿灯,还在尽忠职守地发着光。

那盏绿灯宛若自宇宙诞生便种下的路标,确凿无疑地告诉他还困在这个惨淡的世界里,别想逃离。

他猛地抄起绿灯,朝着不远处的花坛扔去,想要用坚实的花坛边缘将它砸个粉碎。没想到,他的力气太大了点,一条绿色的弧线砸进了花丛中,惊起一声轻微但确凿无疑的痛叫,绿光却依然闪烁着,没有半点消减。

想来是砸到小动物了。沈禹铭的恻隐之心为他注入了一丝体力,他带着自责小心翼翼地朝花坛走去。

沈禹铭向来不喜欢夏季的蚊虫,更别说昆虫聚集的植物丛了。在花坛里移动脚步时,他生怕沾染上什么不洁的东西。等他来到绿灯前,发现一只小奶猫正趴在绿灯上,用小小的爪子和脆弱的牙齿抓咬绿灯的表面,像要报仇一样,甚至没有注意到沈禹铭的出现。

沈禹铭没想会砸到一只小猫,一时间也不知该如何处置,于是小心地勾起绿灯的把手往上提,心想着小猫会自行掉落,然后跑开。小猫显然没有料到这盏灯会自己飞起来,光滑的亚克力表面没有任何抓握的地方,因此猝不及防地掉在了草丛中。然而,小猫并没有像沈禹铭以为的那样逃开,它就那样躺在了草丛里,左前爪以不正常的姿势颤抖着。

难道是自己把它砸坏了?沈禹铭更觉手足无措,"对不起啊……"

然而,就在这时,一个熟悉的声音从沈禹铭背后响起:"它的脚不是你砸坏的。"

沈禹铭连忙转头去看,只见保安老杨站在他的身后,"我今下午看见它的时候,它就一瘸一拐的。"

"啊……老杨……它……"沈禹铭没想到老杨会出现,不过刚才自己表现那么反常,又是砸东西又是引来猫叫,他这么尽责一个人,不出现才奇怪了。

只听老杨自顾自地说:"也是可怜,估计是因为先天畸形,被主人遗弃了。"

听到这里,沈禹铭的心里仿佛被什么揉了一下,挤出了一些泛着腥臭的回忆。妻儿没走之前,自己的所作所为何尝不是一种遗弃,以至于失去了最重要的陪伴,让生命再也无法完整。

他轻轻地把小猫捧了起来,想要给它一点安慰。小猫显然还有些戒备,用爪子刨着他的手掌。但它太小了,一点攻击力都没有,爪子划过皮肤,甚至连一点白印都留不下来。不过,它的身子依然很灵敏,柔若无骨地在他的手掌里挪动着,借着绿灯的照耀,就像一团不断变化的绿色云朵。

见沈禹铭捧起小猫走下花坛,老杨仿佛也放心了一些,絮絮叨叨地继续说起来:"流浪猫我真是见多了,有好多厚脸皮就待在小区里,撵都撵不走。但我今天听它一直轻轻叫唤,就来看了一眼。说实话,我都想带回家养了。但家里太小了,儿子和媳妇也跟我们挤一起,最近还怀上了孩子,我实在没法儿带回家,只能给它买了根火腿肠……"

然而,沈禹铭现在并没怎么听进老杨的絮叨,而是小心翼翼地抚摸着小猫那只变形的脚。一时间,沈禹铭有了同病相怜之感。

"老杨,那什么,谢谢你哈,我没事儿了。"沈禹铭拿定主意,"这猫我先带回去照顾吧,省得给你添麻烦。"

"你这是积功德啊,阿弥陀佛。"沈禹铭听老杨嘴里竟然念起佛号,微微感到有些诧异。

之后,沈禹铭一手提着绿灯,一手将小猫抱在怀里,朝着冷清的家中走去。

小猫仿佛感觉到沈禹铭并无恶意,也不再像刚才那样抗拒,竟然安安稳稳地蜷了起来,静待新生活的到来……

当天晚上回家,一切并不平静。

一身的臭汗让沈禹铭觉得很不舒服,衣服贴在身体上,有一种黏腻的不适感。他连忙摊开久未使用的瑜伽垫,把小猫放在上面,算是给它准备了一个窝。然后,见小猫闭着眼睛,恐怕是困了,沈禹铭找了一条毛巾盖在它的身上。一切收拾妥当,沈禹铭便进卫生间去洗澡了。

然而,当他洗完澡出门,却发现小猫蹲在卫生间的门口,发出微弱的呼唤。猫咪的身后有一条长长的痕迹,发源自瑜伽垫上的浓稠棕色液体在夏日的高温作用下,挥发出难闻的味道。看来是拉稀了。

沈禹铭不知道小猫对高盐的食物并不耐受,老杨是好心办了坏事。但眼下最要紧的,还是把这一摊恶物收拾妥当。沈禹铭从桌上扯出好些餐巾纸,跪在瑜伽垫上好一番收拾。这比他想象中要费劲很多，由泡沫发泡组成的瑜伽垫已经吸收了部分液体，细密沟壑的表面也阻碍着纸巾的擦拭。他不得不使出大力气才勉强将污秽擦除，可瑜伽垫上还是留下了一团浅黄色的污渍。

沈禹铭皱着眉头收拾时，猫咪在他的周围来回走着，不时碰碰他的脚踝，柔软而亲昵。

收拾完瑜伽垫后，他拿出拖把，在清洁的水里混入地面清洁剂，开始清理地面的痕迹。就在他醉心于打扫，近乎拖了整个客厅，直起身子发出轻微的喘息时，只见小猫不知何时跳到了沙发上，专心致志地用屁股来回摩擦着。

沈禹铭虽然从未养过猫，但也听说猫是一种特别爱干净的动物，不会让污秽停留在自己的身上。可没想到，它的洁癖会让自己做一次全屋大扫除。之后，他强迫自己打开了屏蔽已久的业主群，抱着微弱的希望在群里询问是否有人家走失了小猫，又忍不住稍稍抱怨了几句遗弃宠物的不负责任。之后，他拿起纸巾擦拭小猫的屁股，却发现已经不可能完全擦拭干净，有些猫粪黏在了它的毛上，稍微用力小猫就会挣扎。无可奈何之下，他只好先把猫放在一边，把沙发套子拆下，扔进了洗衣机。

这番折腾后，沈禹铭又出了一身汗。想到刚才的澡白洗了，心里不免一阵焦躁，也顾不得继续照顾小猫，只想赶紧再去洗个澡。本想收养它的念头正在溃败，他计划着明天查查有没有领养猫的机构，送过去得了。

夜晚，为了避免猫跑上床来，他久违地关上了卧室的门。可能因为一番劳动，他躺在床上并未像往日一样辗转反侧，没过两分钟便蒙头睡去。梦境并未出现，一夜到天明。

一番熟睡让沈禹铭第二天难得地晚起，一看手机，已经十点过了。不过对他而言，时间并不重要，本来也无事可做，只能浑浑噩噩地过着、熬着。当他睡眼惺忪地推门出去，看到客厅里的那张沾染着污渍的空瑜伽垫，这才想起昨晚捡了一只小猫回来。

去哪儿了呢？家里的大门关着，它又不可能跑出去，沈禹铭连忙搜索起来。等他来到厨房的生活阳台时，眼前的画面竟让他看痴了。

直到这时，他才明白为什么老杨想要把它带回家养。

在一缕阳光的映照下，小猫散发着洁白的光芒，身上均匀分布的银色仿佛点亮了周遭。它静静地蹲在地上，专注地看着落地窗外，小小的尖耳朵闪耀着鲜活粉嫩的光泽。

一时间，沈禹铭的感知被尽数放大了。那些始终遭受抑制的生命力在他身上涌动着，就像一摊死水忽然被引入一汪活泉。在美的牵引下，他再次注意到世界的丰富细节。对他而言，本已逼仄单调的世界，忽然具有了无限挖掘的可能。

此刻，小猫宛若一株初放的梨花，将整个春天带给了他。

"阿梨。"沈禹铭不自觉地说，"就叫你阿梨好吗？"

这个名字并不新鲜，因为在他抑郁难受时，妻子就提过养一只宠物，陪伴生病在家疗养的他。

"不要……我连自己都照顾不好。"沈禹铭那时只是一味拒绝。

李怡珊的态度却非常开放，"咱们学一学不就好了，假如养出感情了，你在家也有个伴儿。"

"我养不好的。"沈禹铭只觉内心有些撕裂，毕竟他连妻儿都照顾不好。

"又不要你养，你逗它就行了。"李怡珊越想越觉得可行，甚至唤来小春和问："儿子，假如咱们家养一只猫猫，你来给它取名字好不好？"

"好呀!"小春和露出了开心的笑容,那弯如月牙的眼睛,仿佛他那时真的拥有了一只小猫咪,"就叫它阿梨。"

要是早点养就好了,说不定那天就不会去游湖,而是在家逗弄小猫了……

思念的种子在心里落地生根,化为一片花雨,迅速将他淋湿。

"喵。"阿梨轻唤着,来到他的脚边,一遍遍蹭着,迅速将他拉回了现实。

一时间,沈禹铭感到有些饿了,于是从冰箱里取出一根玉米,想着煮了当早饭。可是,阿梨的叫声让他意识到小猫的早餐还没着落。昨晚小猫拉了稀,恐怕不能随便吃东西,得先找兽医看了才行。于是,他把玉米放进锅里后,掏出手机想要搜索小区周围的宠物医院。

就在这时,他发现业主群里有人回复了自己。

点开一看才知道,他昨晚那句发泄的抱怨,引来了许多业主的共鸣,大家纷纷讨论起来。有人说物业治理不到位,小区里流浪猫扎堆,害得自己不敢轻易放孩子出门玩;但更多的人都在夸沈禹铭有爱心,其中有一位业主回复他说,如果需要猫粮可以来找自己。

猫粮应该可以吃吧……听着阿梨喵喵叫,沈禹铭决定还是先把它喂饱,然后再去宠物医院。加上那位业主的微信后,竟发现就是自己这栋楼的邻居,他连忙乘上电梯找了过去。开门的是一位满头银发的老太太,看上去保养得很好,拿猫粮给他时,手背上的皮肤并不干燥,更没有青筋肿胀。

沈禹铭本以为这位邻居只是给他一些猫粮,可老太太还给了他一套养猫的器具——猫砂盆、食盆、半袋猫砂,甚至还有一小包猫用药物。

"这也太贵重了。"沈禹铭不好意思地说。

"没事的,我家那只长大了,这些都用不上了。"老太太微笑着,和蔼中透着一种很有分寸的亲近感,"小奶猫很娇气的,你喂猫粮别喂多了,一次最多这一小袋的十分之一。不知道你家的猫之前是喝奶还是吃猫粮,有可能肠胃不习惯。如果吃猫粮有点腹泻,你就撒上一点这种药粉,连续吃几次,应该就能好转。"

沈禹铭看着手里满满当当的物件,心里实在感激,这些正好解了他的燃眉之急。看来真有"同好"这一说,一旦有共同的兴趣,大家很容易结成某种互助群体。

"你之后要有什么不会的,随时问我就好了。"就在老太太细细嘱咐时,老人家的黑猫出现在了门边,警惕地看着门外的陌生人,像要保护主人和自己的领地似的,"养猫还是相对容易的。"

回到家里,沈禹铭先往食盆里倒了一些猫粮,然后撒上白色的药粉。阿梨用鼻子嗅了嗅,轻轻碰了碰猫粮,然后就小口小口地吃了起来。之后,沈禹铭把猫砂倒在便盆里,心想着怎么教阿梨用。

没一会儿,阿梨便把猫粮吃了大半,抬起头来舔了舔自己的前爪,然后来到沈禹铭的脚边蹭了蹭。沈禹铭想起过去玩微博的时候,总看各种博主说自己的猫很高冷,对自家主人都是爱搭不理,甚至主人出国一年,猫咪都意识不到。可阿梨这么黏人,甚至在沈禹铭摸它下巴时躺倒在地,任他轻抚,简直像极了宠物狗。

喂饱阿梨后,沈禹铭有种久违的满足感,感觉自己总算做了件正事。然后,他走向厨房,从锅里拿出之前煮好的玉米,独自在灶台边吃了起来。

就在这时，阿梨拖着不方便的腿脚，慢慢朝他走了过来，就像死死守护着自己的依靠，不愿意离开一步。

看着阿梨依恋的样子，想到自己为它赋予了小春和给出的名字，他的心里便涌起了一阵责任感。他观察着阿梨的腿脚，只觉一阵心疼，连忙狂啃玉米，想着赶紧把它带出去看病。

沈禹铭特意选择了一家并不算近，但APP里评分最高、评价人数最多的宠物医院。他将阿梨抱在怀里，小心翼翼地穿上鞋，然后朝着宠物医院走去。

走出门时，阳光洒在他的脸上，他忽然意识到自己是为了另一个生命走出了门。

这一次，他不是为自己，他终于有那么一刻确凿无疑地为别人付出着。这只猫咪是来救赎自己的吗？沈禹铭不知道，但他心里无比感激。

沈禹铭忍耐着下肢的不适，穿过小区的中庭，在保安老杨的注视下坐上了一辆三轮。他一路催促着师傅快点儿，来到店里，才发现这家店刚营业没一会儿。医生和护士都在做一些营业前的准备工作。沈禹铭挂了号，在诊室外抱着阿梨，安静等候着。此刻，阿梨在他的怀里打着滚，不断用爪子去钩沈禹铭的拇指，甚至用肉掌去摁抱着它的手掌，就像在睡前整理自己的床铺那样。虽然是一只流浪猫，但阿梨的毛发就像雨后的新绿般富有光泽。在等待的过程中，沈禹铭总是下意识地抚摸阿梨，宛若一件珍宝。

直到诊室外的指示屏叫起"001号"，沈禹铭才从片刻宁静中抽身而出，抱着阿梨走了进去。医生是一名女士，温和中透露着严谨，不仅衣着一丝不苟，说起话来也相当职业，给人一种她真在关心阿梨的感觉。

就在医生对阿梨的左前肢进行细致的按压检查时,沈禹铭小心地问:"医生,这还能治吗?"

"现在还在检查阶段。"医生继续着她的工作。

"我捡到它的时候,前爪就瘸了,应该是先天性的,不然别人也不会——"沈禹铭希望把情况说得详细一些,方便医生判断,但医生直接将一张单子交给他,让他带阿梨去照X光,以及做其他几项检查。

沈禹铭虽然有些恼火医生不听自己的讲述,但还是拿起单子去缴费,然后陪阿梨一样不落地检查起来。整个过程中,阿梨都无比温顺,任由护士摆弄自己,仿佛它也知道,这些人类是在为它好。

等所有信息都汇总到医生的电脑后,沈禹铭静静等待医生的宣判,并且做好了接受最坏结果的打算。

"不是先天性的骨骼畸形,"医生回头看了看阿梨,眼中露出复杂的神色,"左前肢的腕骨经受过钝物重击,软组织严重受损,骨骼也存在明显变形。"

虐猫!

沈禹铭脑海中猛地浮现出这两个字,过去在网络上看到的可怕新闻此刻纷纷投射到阿梨身上,迅速刺激着他的神经系统。

"那它是不是……"沈禹铭调整着措辞,"治不好了?"

"可以治,但需要时间。"医生看着沈禹铭,那眼神似乎意味着需要把"时间"替换成"钱","你愿意治它吗?说实话,它除了腿脚不方便,还是能够生存下去。"

沈禹铭陷入了沉默,轻轻地抚摸着它的前爪。刚才各种检查费,已经让他的存款彻底跌破五位数。之后还有打疫苗、买用具等各种支出,这一切都不是他这个无业游民负担得起的。

"治。"

沈禹铭清晰无误地听见自己说出这个字，不知是因为自己下肢的疼痛产生了共情，还是在阿梨身上投射了亲人的影子。他只知道，做出这个决定时，他感到一阵轻松，就仿佛降温加件衣服那般自然。

得到准确的答复后，医生也露出了欣慰的笑容，可能是见过太多人一开始就放弃了吧。她仔细地为阿梨开了处方，并且规划了完整的治疗方案，只要沈禹铭严格执行医嘱，虽然很不容易，劳心劳神，但确实可以慢慢恢复过来。

得到处方后，沈禹铭用最后的存款支付了医药费，然后将阿梨交给了护士去上药治疗。

听阿梨发出轻快的喵喵叫，沈禹铭仿佛对未来多了一分期待，那始终无法完成的"二段跑"，也再度有了尝试的勇气。

然而就在这时，他收到一条短信，一件当下更为紧急的事情被推到沈禹铭的眼前：

【龙卡账单提醒】您尾号4040的龙卡信用卡6月全部应还款额为人民币3555.8元，最低还款额为人民币3555.8元。若未还足最低还款额，您的信用将会受到影响……

第六章
抚 慰

早晨六点半，伴随着好久不曾响起的闹铃，沈禹铭按开了床边的灯。

他下床后先推开窗户，夏日清晨的凉风驱散了房间里的湿闷，也在唤醒他昏沉的精神。

一番洗漱后，沈禹铭拿出了久违的职业装。幸亏之前李怡珊套好了衣罩，此刻衣服依然整洁干净。可他好久没有打领带了，仿佛回到了大学毕业之初，手法极其生疏，堪称笨拙，非得李怡珊帮忙整理才能出门。

沈禹铭特意起个大早，不为别的，只是希望弥补之前给公司人事留下的坏印象。之前因为遭遇变故，沈禹铭在精神不稳定的状态下主动离职。可公司考虑到他过往的贡献，单方面地为他办了停薪留职，甚至每月都在为他缴纳"五险一金"。如今荷包见底，一人一猫都要饿肚子，沈禹铭只好觍着脸给负责人事的李姐发了回去上班的信息。对方也没有难为他，只是让他周一准时去报到。

去公司之前，他先给阿梨喂了猫粮，并且检查了夹板有没有被蹬歪，然后才背上包出了门。上班途中，沈禹铭的情绪很低落，虽然出门早，在地铁上占了个位置，但整张脸依然宛若被黑云笼罩一般。

大学毕业后，沈禹铭就放弃了技术岗，转而做起商务。毕竟对于他这种资质平平的研究员而言，还是做商务能给妻儿带来更好的生活。虽然他每年能完成不错的业绩，足以养家糊口，但终日跟人打交道，人情的磨损在他心里烙下了深深的疲惫。想到即将返岗,他内心隐隐恐惧着,恐惧善变的甲方,恐惧总是预备撂挑子的同事,而更让他疲惫的是不得不完成的KPI。

在那些平静的日子里,他因为工作而痛苦时,总会在妻子那儿寻找情感上的安慰,只要跟她待在一起,就会有种得救的治愈感。可如今,那疗伤的药剂已经彻底离他远去,沈禹铭想到自己未来的职业生涯,内心忐忑不安。

直到此刻,他才觉得过去取得的那点成绩真是毫无意义,在巨大的无力感面前,那些就像被嚼烂的口香糖一样,连一点提神醒脑的糖分也挤不出来。他认定自己是个失败者,自身存在的意义,就是给所有人垫底。理智上,他知道是病魔在作祟,可他就是没办法理智地对待这件事。除了自我厌弃、自我鞭挞外,他发现自己做不了任何事情。

然而,所有的担忧都被清晨的一次谈话给彻底粉碎了。并不是问题解决了,而是它们压根儿就不存在。

既然之前是办的停薪留职,沈禹铭当然有权回来上班,可过去的项目已经交给了别人,所有的资源和合作由新任负责人掌管。对方曾是他的下属,能力也不强,可屁股决定脑袋,他已经有左右沈禹铭的权力。

简单来说,沈禹铭如果确定回来工作,也是从基层干起,之前七八年的积累,已经化为云烟。可就算这样,新任负责人对于沈禹铭的回归依然并不看好,谈话过程中横竖挑剔着沈禹铭的问题,不信任和嫌恶溢于言表。

沈禹铭多次想要反驳,却发现自己根本开不了口,对方句句在理,直指痛处。沈禹铭只能受着,直到一败涂地。

"喂,你倒是说句话呀。"对方靠向椅背,不耐烦地跷起二郎腿。

直到这时,沈禹铭才从自我厌恶的泥潭里抬起头来,但周遭依然洋溢着臭气,令他难以招架。

"啊,我……"沈禹铭不知道该说什么,甚至不知道该不该反驳。

谈话不了了之,他的回归也不了了之。

沈禹铭知道自己不可能在这里干下去,今天出现在这里就是一件很愚蠢的事情。他在座位上枯坐到下午。周围所有人都在忙着打电话,敲键盘,不停地拉人进会议室开会,可他始终没有找到属于自己的位置。

自己明明已经主动离职了,为了钱低声下气回来,却连最后的尊严也输了个干净。

在之前的日子里,他都独自在家,现实意义上地与世隔绝。可今天,当他试图重回人群,重新融入规训和自由不断拉锯的人类世界,反而感受到更加强烈的疏离感。

他有一种感觉,自己所过之处都是无人区,所有的同类不过是上一次轮回后留下的鬼影。

等他回过神来,同事们已经陆陆续续离开了办公室,夜色穿过落地窗向他涌来,写字楼的灯光驱散黑暗,将他带出彷徨无措的境地。他想起阿梨还在家里,想到今天还要喂猫和换药。

沈禹铭把工牌放到桌上,扫视了一眼拼搏了好些年的公司,还有尚在跟客户斗智斗勇的同事,然后转身离开。

从公司走到地铁站大约有一公里的样子,他想要跑起来,看看另一个世界此刻是什么样,甚至还想着会不会因此碰见另一个世界的熟人,甚至妻儿。要说平时,如果自己加班,李怡珊还真有可能带着小春和来接自己。但下肢的不适让他放弃幻想,已经快要跌破三位数的荷包克制着他摧残自己的冲动。他现在不得不为了自己，为了房子，为了阿梨保养好自己的身体。

前往地铁站的路上要经过一个地下商圈，大多数商铺看起来都没有租出去，按说人来人往的繁华地段应该不缺客人才对。然而，就在他准备离开这里时，昏暗的前方竟然出现了一片光亮，有间商铺亮起了扎眼的霓虹灯，一道卷帘门被人从内部掀开了。只见那人从店铺里搬出一个木制立牌，上面写着今日的菜式——虎皮辣椒、豆汤饭。

看到木制立牌上的店名，沈禹铭发现自己曾吃过这家。就在去李希家砸门那天，他点了这家在成都很火的豆汤饭，没想到就连开张的方式都如此别致。

这家店最大的卖点并不是味道，而是号称吃了之后会获得幸福和平静。慕名而来者甚多，不过估计也是被网红炒起来的。

事实上，豆汤饭和虎皮辣椒是成都最常见的本土快餐，若是平时他肯定就走掉了。可在办公室里坐了一天的沈禹铭感到身心俱疲，现在食物很容易就能吸引他。他甚至还未闻到饭菜的香气，脑海里就已经浮现出菜肴的样子，不由自主地走了进去。

让沈禹铭感到不可思议的是，这里明明才开张，店里竟然有一半的位置已经坐满了人。怎么刚开张就有客人？莫非在进行什么集会？看起来也不像啊。饭店采用自助的方式，交了费之后，就可以拿着餐盘选择想要的餐点。虎皮辣椒和豆汤饭看起来都新鲜热乎，但其他的一些菜式就显得有些陈旧，比如凉拌豇豆、冷吃兔。

沈禹铭拿起手机，去扫二维码付账，却发现价位高得出奇，一个人竟然要支付上百元。沈禹铭看着身边跟他一起扫码的人，竟然没有一个退出界面，而是埋头操作着，仿佛这样的价位完全算不得什么。

就在沈禹铭一脸不解地打算离开店铺时,一个身穿工作装的小妹出现在他身边,一脸的笑容可掬。

"客人,您要是觉得自选菜不合口味,我们推荐自定义饭菜哦。"小妹看起来很阳光,说起话来毫不做作。

"你们这也太贵了。"沈禹铭嘟囔着,直白地抗议,"自定义饭菜又是什么东西?"

"您只需对我们开放自己的数据以及基因信息,就可以生成一份自己的菜肴。"小妹很善于推荐,一边介绍一边用手指了指小程序里的一个按键,"你看,大多数人都会选择这道菜。"

这时,沈禹铭发现大多数人付款之后,都直接绕过点菜区,来到取餐点等待着。最关键的是,当他点进小妹说的界面时,发现餐费竟然是零。

"这是什么拉新手段吗?"沈禹铭觉得很是费解。

"我也没请您办会员啊。"小妹笑起来的时候,眼睛变成了弯弯的月牙形,"您放心,不论来多少次,只要是点这道菜,就不会有别的费用。当然,您提供的大数据和基因信息也是绝对保密的,除去交给人工智能制定合适的菜式外,不会用于其他途径。"

"现在的基因检测速度已经如此之快了吗?"沈禹铭疑惑道。他虽然不熟悉生物学的知识,但也清楚之前的基因检测用时少说也要以周来计算。

"近期纳米孔DNA测序技术取得突破,个人基因检测时间缩短到了分钟量级。"小妹解释道,"而且,我们只需关联到您口味的基因,不需要您的全部基因组。"

"怎样通过基因判断我的口味呢?"沈禹铭追问。

"这就要交给人工智能和大数据模型了。"小妹微笑道。

现在的网红店已经能这么精准地用餐了吗？这要是普及了，那以后是不是都不用点单了？这也太不可思议了！

沈禹铭虽然不信任对方的技术实力，但在小妹的贴心推荐和腹中饥饿的推动下，还是开放了数据获取权限，还在小妹的帮助下取了皮屑检测样本，然后下了单。就在下单的那一刻，他忽然有种预感，似乎即将发生什么。

排队等位的过程中，他发现不少人都吃着独一份的菜式，比如海鲜什锦饭、肉酱意面、肉夹馍，甚至还有一些他叫不出来的菜肴。然后，他发现有个人直直走了进来，先是去免费添加的米饭盆里盛了一碗饭，然后来到一张空桌前，对着剩下的菜肴吃了起来。

经济已经差到这种程度了吗？沈禹铭见状不由得一阵惊讶。然而，那人并没来得及多吃几口。只见后厨里出来几名厨师，看起来都很壮，不似厨师更接近保安或者打手，没等那人反应过来，就从身体两侧架起他，扔到了店外去。

放在平时，这一定是场波及周围人的肢体冲突，但眼前的对抗发生得太快，简直堪称行云流水。那人被扔出去后，甚至没有叫骂两声就径直离开了，宛若被驱赶的蚊虫。

"这种事时有发生啦。"小妹见沈禹铭一脸吃惊，笑着安抚道，"您多来几次就习惯了。"

没一会儿就轮到沈禹铭了，可眼看着手机上的制作进度条就快加载到100%，取餐口却忽然发出一阵警报。沈禹铭有些手足无措地看着黑洞洞的取餐口，不知道自己是该离开，还是需要继续等待。然而，只见刚才照顾客人游刃有余的小妹，面色严肃地走进了后厨，警报随即关闭，然后一份蛋包饭从里面送了出来。

看着那份芳香四溢的蛋包饭，沈禹铭竟然不知道是否应该端过来。这时，小妹走到他的身前，把饭菜放在了沈禹铭的餐盘里，"请用。"

沈禹铭选了一张干净的餐桌，心想终于可以安生地吃顿饭了。

当他吃下第一口，就发现这份饭非同寻常。因为他竟然吃出了家的味道，就像是李怡珊亲手做出来的一样。与此同时，他的脑海里出现某种幻象。他看到一位老人，正坐在一个垂死的病人身边，紧紧握着病人的手。沈禹铭看不清老人的脸，同时看不清病人的脸，仿佛他们可以是地球上的任意一人，任意一对拯救者和受难者。

那老人看起来似乎想要背负病人的痛苦，但他做不到，只能一遍遍说着："对不起，对不起……"

沈禹铭一边听着老人的低语，一边把饭不断喂进嘴里。蛋皮非常柔韧，番茄酱甜度适中，米饭里藏着一些玉米和豌豆，和在一起咀嚼，有种能给人安慰的口感。

等老人的低语渐渐消散，沈禹铭已经把蛋包饭吃了个干净。

当他从桌上的抽纸里取出两张纸巾下意识地擦嘴时，发现自己竟然在笑。这顿饭吃完，他觉得心里空荡荡的，好像什么都想不起来了。沈禹铭抬起头向周围看了看，发现食客已经寥寥无几，而时间已经过去两个小时，快到十点了。

沈禹铭想要说点什么，但什么也说不出，仿佛有某种力量想让他安静下来，想要让他享受此时此地的人生，让他静处于这个完美的宇宙中，不再挣扎，不再焦躁。

"一顿饭吃这么久的，我还是第一次见到。"店里不忙，小妹坐到了沈禹铭的对面，饶有趣味地看着他。

"这到底是什么地方？"沈禹铭肯定这绝不是一间普通的快

餐店。

"我有保密协议，所以现在什么都不能说。"小妹向同事招了招手，只见同事从后厨端来一碗例汤，"喝口汤，回家吧，好好睡一觉，指不定什么时候我们还能见面。"

沈禹铭看着面前的这碗汤，忽然有些好奇，"这是什么汤？"

"我如果说是孟婆汤，"小妹月牙般的双眸里漾出狡黠的光，她笑起来的样子让沈禹铭想起了小春和，"你信吗？"

沈禹铭微笑着端起汤碗，一口气喝了个精光，脑海里想着：那这正是我需要的。

回家的路上，沈禹铭感到前所未有的放松，脑子里那些乱七八糟的念头一个也没有出现。他感觉似乎有个老人一直坐在旁边。那老人没有性别，没有个性，没有任何好恶，就像天边最常见的那一轮明月，静静地陪着沈禹铭，用无可辩驳的存在感昭示着一个事实：他在陪着沈禹铭受苦。

当沈禹铭打开家门，发现阿梨已经蹲在门前，对他喵喵叫着。想来是听到开门声，知道铲屎官回来了。看到阿梨的那一瞬间，他的心底涌起一阵酸楚，蹲下身来将它轻轻拥入怀中，嘴里喃喃念着对不起。

他也不知道这一声声忏悔到底是说给谁听的。放空一阵后，沈禹铭的身心变得松弛，变得柔软。脑海里出现了许多人，妻儿、父母、好友，甚至还有初中时无数次拯救他数学成绩的老师，以及总是笑眯眯在楼下卖油条的胖大爷。

沈禹铭怀念着那些平常的日子，想起在那些日子里自己错过的一切，忽然有种此生虚度的惆怅。

把阿梨照顾妥当，沈禹铭本想去卧室休息，可就在他握住门把时，却转身打开了书房的门。这间书房是妻子和他共同的空间，里面放满了妻子的收藏品和他喜欢的小说。相较于到处都丢着玩具的其他几间屋，这里更接近他俩的二人世界。不过，在小春和渐渐长大后，他们也把这个空间向他开放了，在很长一段时间内，小春和都喜欢关着门独自在书房里听故事、看书、玩玩具。

对小春和而言，那也是有着完全不同意味的世界。或许，他是下意识地亲近父母的味道也说不定……

那段时光宛若宝石般珍贵和静谧。

书房里的书大多读过，甚至翻阅过很多遍了，可他的目光落到了几本尚未拆封的书上。不知道为什么，他今天想要开启一场新的旅程，就像换一条跑道一样。

他忽然不想沉溺在旧故事里，想要看一些新的风景。

他取出其中最厚的一套上下册，绿皮的书封上画着一个神色忧郁的男人。故事的写法一点也不花哨，从县里的一名地主写起，讲述着他的漫漫人生。沈禹铭并没有读多久，只读到"现在放开了"的时候，就被那个乖戾放纵，甚至堪称邪恶的人物深深吸引，根本无法放下。阿梨好奇主人为什么不休息，但并没有打扰他，只是跳在他的腿上，蜷作一团闭目安睡。

那晚过得很快，沈禹铭难得在清醒的状态下，度过如此安静的夜。他甚至忘记了吃药，精神状态也没有崩溃。当读到那宗教法官审判一个男人时，他才被这个故事里的浓烈情绪、永恒的矛盾，以及深刻自毁所击退，仿佛这个故事用力推开他说："可以了，可以了。"

沈禹铭从书桌抽屉里拿出一张闲置的"书签"插进书中，那其实是李怡珊外出旅行时带回家的明信片。他长长出了口气，然后将书合上。此刻，窗外依然是深沉的黑暗，仿佛只过去了一瞬，但手机清晰地记录着时间的流逝。现在已经凌晨四点了，再过两个小时，东方就将迎来鱼肚白。

他终于感觉到了疲惫，万幸的是，这种疲惫并没有诱发身心的不适。他抚摸着身前的阿梨，知道现在可以睡一个好觉了。

"你也去床上睡吧。"沈禹铭说得极轻，珍惜着难得的宁静。

这一觉他睡到了下午两点，醒来后身体依然觉得轻松，那种随身携带的沉重感仿佛从未存在过。那如明月般的老人仿佛依然没有离开，成了他生命的一部分。

就在他准备洗漱时，发现手机里有好几个未接来电，而且都是同一个电话号码打过来的。这样的陌生号码沈禹铭向来是不接的，但连续给他打电话，恐怕真有什么急事。就在他犹豫着要不要拨回去时，他看到这个号码给自己发送了一条短信：

尊敬的沈禹铭先生，本公司诚挚邀请您参与一款内部产品的有偿测试，万盼回复。

沈禹铭没想到电话那头正是昨晚的服务生小妹，而自己竟然这么快又回到店里。

白天的这条商业街稀稀拉拉开着张，但那间快餐店紧闭着，好像故意要和周围的商家反着来一样。等他来到店门前拨通电话，小妹很快便从店里拉开了卷帘门，礼貌地将他请了进去。

等他掀开门帘，步入后厨时，眼前的景象让他有些诧异。

后厨异常洁净，仿佛没有受过一丝油烟的侵染，也看不到任何厨师，案板上空荡荡的。穿过后厨后，小妹带着沈禹铭坐上了一部狭窄的电梯。沈禹铭不禁担心起来，这里莫非是什么传销组织的窝点？但想起昨晚的蛋包饭，还是在好奇心的驱使下跟了过去。

电梯上只有两个按钮,沈禹铭感觉电梯下降了好久,才终于停了下来。走出电梯,面前是类似于更衣室的狭小空间。小妹找了件白底带黑色线条的衣服递给沈禹铭,告诉他这叫超净服。

尽管没有做过科学研究,但大学期间,沈禹铭还是跟着导师去芯片工厂参观过,因此大概猜到了这是什么地方。换好衣服后,两人来到风淋间,在巨大鼓风机的猛吹下,除净了身上的尘土。

风淋过后,两人终于来到了目的地。这里像是一间科学实验室,同样穿着超净服的人都在电脑前快速敲击着。他们时不时取下眼镜揉压双眸,不住地叹着气,看起来正面临巨大的难题。

所有人的屏幕都连在一台巨大的机器上。相较于周围人的痛苦,这台机器散发着强烈的安宁感,仿佛不论宇宙如何熵增寂灭,它始终保持着自身的存在。这是沈禹铭自出生以来头回从一台机器身上发现某种人性,甚至神性。

这时,一名男子来到了他们面前。

只听服务生小妹喊道:"文教授。"

相较于周围那些穿着宽大超净服的技术宅,文教授看起来很精致,身上的超净服显然是量身定制的。他戴着一副手工制作的小圆眼镜,仿佛刻意掩盖眼中的光芒似的,给人一种低调谦和之感。

"沈先生,你好。冒昧请你来店里,真是抱歉。"文教授轻轻点头,就像一株垂首的绿禾,就连歉意也透着几分温和与郑重。

"我看短信上写的是有偿测试……"沈禹铭话还未讲完,就见男人看了小妹一眼,小妹则狡猾地吐了吐舌头,一副古灵精怪的模样。

"我们当然会给你支付费用,只是工作很难用测试来概括。"文教授挑了挑眉,看着面前的沈禹铭,"你从昨晚到现在,感觉怎样？"

面对文教授的话锋转变，沈禹铭虽然有些被冒犯到，但还是思考起自身的状态，"比之前好多了，整个人都觉得轻松。而且，我感觉跟你们的定制餐有很大关系。"

文教授察觉沈禹铭想要在这场对话中掌握主动权，干净的脸上露出笑意，"没错，准确地说，应该是跟你的授权动作有关系。"

这时，文教授指了指沈禹铭眼前的巨大机器，"你同意了授权，纳米机器就混在了定制餐里。餐食被你吃下肚子后，它们顺着消化道进入了血液，最后经由血液循环固定在了大脑的神经突触上，让你跟这台受难器形成了链接。"

"受难器？"沈禹铭有些不知所措。

"没错，你感受到的那位老人，本质上正是这台受难器。祂可以根据纳米机器的摄入量，吸收接受者的痛苦。正因如此，你才会感觉良好。"文教授投向这台机器的眼神中透露着自豪和敬畏。

"听起来……我应该给你们付钱才对。"沈禹铭从未想过这世上会有这样的机器，但他知道天下没有白吃的晚餐。

"我知道你在想什么。这台机器我们已经开发了十年，你们的免费晚餐更像是内测，这半年一直运行良好。可没想到的是，因为你的出现，祂变得……不一样了。"

"怎么个不一样？"

"为了实现吸收痛苦的功能，我们始终将祂控制在单一状态，也就是说，祂一直是以奇点形式存在的。"文教授的眼中现出一丝忧郁，"但跟你接触后，祂竟然展开成了一个世界，就像……"那张自信的脸上露出少有的为难，"就像一场宇宙大爆炸，而这个崭新的宇宙正在超负荷地吸收你的痛苦。"

"我的痛苦……有那么多吗?竟然会超负荷?"沈禹铭感到有些不可思议。

提及这个话题,文教授竟然多了一丝修行多年的僧侣模样,"对于一个人而言,痛苦几乎是人格的主要构成部分,这台机器现在能做到的安抚,其实是非常有限的。我们计算过,要想完整承载一个普通人的痛苦,所需受难器的规模无比惊人。毕竟,承载一个人的痛苦,就等于承载一个人的灵魂。可现在,你的痛苦正在源源不断地丰富那个世界,我们用十年光阴完成的装置,即将毁于过载。"

听到这里,沈禹铭沉默了片刻,但并没有立刻提出帮忙的建议:"我很同情你们的遭遇,可我不知道我能做些什么?"

"我们会给你开放权限,让痛苦回流。"文教授盯着沈禹铭的眼睛,"就像逆熵,让宇宙重回一个点。"

"可是……"你们还真是简单粗暴啊,沈禹铭不是不明白这个道理,但他现在终于拥有了久违的轻松,为什么还要重回地狱呢?

文教授对沈禹铭的心声洞察秋毫,"如果装置崩溃,数据必定外溢,到时候,你将更难承受那份本属于你的痛苦。

"如果现在让痛苦回流,我们将给你配备最完善的医疗设施,全面辅助你的身心状态,将损害降到最低。"

见沈禹铭并未明确反对,文教授给出了最后一个说服理由:"如果回流完成,我们将提供一笔丰厚的报酬,聊表谢意。"

听到这里,沈禹铭知道自己已经没有别的选择。不论是即将到来的外溢,还是看在钱的分上,接受对方的提议都是最好的选择。

"怎么回流?"沈禹铭问道。

"为了稳定地反向输入，尽可能降低输入时的痛苦，"只见文教授露出一丝欣慰的笑容，"我们已经为你准备了一台精细完备的脑机接驳手术。"

听到这里，沈禹铭一边下意识地摸了摸头，一边跟随文教授朝实验室的深处走去。

这时，沈禹铭发现，原来这家看似狭小的店铺，竟然是绝对意义上的深不可测，内部不仅有巨大的空间，而且跟上层的写字楼连在一起。当他们坐上一部透明电梯时，电梯竟径直向下而去，而那台机器也逐渐显露真容。

可能是为了保持隐秘，也可能是为了精密仪器防震，那台受难器竟然藏在地下深处，其规模有几十层楼那般大，就像一个疲惫的巨人，蜷缩于寂寞的大地中，藏身于忙碌的楼宇内，与渺小的人类一同呼吸着。

等他们终于来到电梯的最底部，发现那儿是一间宽阔的手术室。房间里摆满了各种医疗设备，身着手术服的工作人员正有条不紊地做着准备。

在工作人员的引导下，沈禹铭完成了全面的消毒，然后躺在手术台上，一根极细的针管就在手术台的下方，等待进入沈禹铭那脆弱的大脑。无影灯让他忽然有种出离感，好像自己的灵魂站在了一旁，任凭他人摆弄自己的身体一样。这时，他听见医生说着"别紧张""很快就好"等话，耳边响起了滴滴滴的声音。不多时，滴滴滴的声音就加快了，那渐渐加快的频率惹得沈禹铭越发焦躁。

"还有十秒，你将开始接受痛苦。"医生如是说，宛若一场审判。

此刻，文教授已经离开手术室，来到了位于上一层的控制室。

那是跟科学实验室完全不同装潢的空间。在等待重要的结果时，他总喜欢通过这里看向手术室，看向忙碌的技术人员，仿佛在施加某种祝福。在那里等待中控台上的进度条慢慢到达100%，会让他感到更加安心。

转眼间，沈禹铭不知道是痛苦进入了自己，还是自己陷入了痛苦之中。他的眼前一片漆黑，随即陷入一片熟悉的空间，那正是之前服用李希的药物后介入的那个世界。就在这一刻，沈禹铭有些明白，为什么自己的数据会引发这么大的震荡，为什么一个点会成为宇宙。

或许，这一切都是因为服用那种药物留下了后遗症，自己的大脑已经变得跟别人不一样了。

除去他自己的人生外，他还连接到了其他千千万万个平行宇宙，将那些恒河沙数般的痛楚一并带了回来。

他感觉自己并未在那个空间停留多久，至少并未感受到时间的流逝，然后就是那股熟悉的推力，将他推回到了自己的身体里。

回来了吗？沈禹铭感到双腿生出受伤初期的那种疼痛。他挣扎着坐起来，却发现自己并未身处那间手术室里。头顶的无影灯不见了踪影，周围的器械也不复存在。接着，他察觉到某种小虫的啃噬声。

等沈禹铭彻底回过神来，竟然发现自己正躺在家里的床上。当那些啃噬声越发清晰时，他发现自己正在下陷，那张床宛若一个沙坑，正在不断吞噬他。惊慌催促着他连滚带爬地离开，甚至因为用力过猛，整个人跌到了地上。然而，还没等他惊魂稍定，竟发现地面也发生了变化，仿佛有一双手正在缓慢用力，将他摁进那不断下陷的沙坑里。

沈禹铭连忙站起来,哪怕下肢剧疼无比,也要让自己离这片诡异的地面远一点。可是,他还没来得及稍作喘息,就发现新站立的地面也开始下陷。沈禹铭下意识地抬起脚,站在了另一处。可是,新的沙坑又立刻涌现出来,开始缓慢地吞噬他。

直到这时,沈禹铭终于意识到,只要自己静止不动,就会被所站之处吞噬,而且每次深陷,他的心情就会跟着低落下去。这些沙坑不仅吞噬着他的肉体,也在消耗他的精神。

自己回到泥潭般的受伤初期了吗?

一念及此,他只好强迫自己强忍着身体的疼痛,快步逃到客厅。然而,他发现自己并不孤单,因为阿梨正在客厅走动着。很显然,它跟自己一样,一旦站着不动,就会陷入这奇怪的泥潭中。但它显然善于应付这奇怪的空间,蜻蜓点水般地行走着,如同行在水上,不断激起阵阵涟漪。

就在他为眼前的一幕震惊时,电子猫眼开始发出滴滴的声音,显示有人正在门前。紧接着,外面那人凭借指纹打开了房门,而与此同时,阿梨忽然消失得无影无踪。这时候,那人从门外走了进来。那是一张沈禹铭渴求的容颜,散发着旧时光的悠远气息。

李怡珊提着大包小包的东西跨进家门,身后还跟着小春和。

"爸爸!"小春和大喊一声,然后朝着他跑了过来。

沈禹铭也不管自己会不会深陷地面,几乎是本能地将儿子一把抱起来,死死地拥在怀里,眼里止不住地泛起泪花。

"好重,快来接一下菜。"李怡珊见丈夫就忙着抱娃,没好气地说,"今晚做一顿好的。"

听到妻子的召唤,沈禹铭连忙放下小春和,从下陷的空间里拔腿而出,几乎是奔跑着接过了李怡珊手中的大包小包。他想要拥抱妻子,但手里提着东西不方便,而且李怡珊已经转身进了厨房,开始准备今晚的饭菜。

看着妻子忙碌的样子,沈禹铭竟然说不出一句思念,反而迅速融入日常生活中,成了最自然的一点细节。

妻儿显然很适应泥潭般的地面,就像习惯面对生活一样自然。他们总在不断运动着,做着什么事情。在这样一个怪异的世界中,他们是如此游刃有余。

沈禹铭一边笨拙地应付着眼下的窘境,一边陪着妻子做饭。今晚的菜式照顾了一家三口的口味,每人都能找到自己喜欢的菜肴。而且,沈禹铭只要跟妻儿待在一起,地面的吞噬就会明显变慢。吃饭的过程中,大家只用站起来添一次饭,就基本可以摆脱椅子和地面对自己的吞噬。

吃完饭后,他跟小春和一起洗了碗,然后打开视频软件,找了部动画电影。还没看完,小春和就闹着要学习,沈禹铭便搬着凳子陪他坐到学习桌前,开始认几个生字,继而打开平板陪他学起了英语。

这样的日子已经消散太久了,沈禹铭一时有些恍惚。

深夜,在儿童房把小春和哄睡后,他来到了主卧,妻子也已收拾妥当卧床休息了。李怡珊看起来很疲倦,毕竟本来工作就很忙,还要买菜、接孩子,这让她渴望着睡眠。看着妻子安睡的模样,沈禹铭虽然有满肚子的话,却都卡在了嗓子眼里,什么也讲不出来。

他钻进被窝,从身后将妻子紧紧抱着,这是他今天最想做的事情,哪怕会陷入那奇怪的泥潭也不重要了。

妻子睡得很熟,沈禹铭感到一阵安睡的欲望。此刻的下陷已经不再那么可怕,反而有种温床的舒适感。

不多时,他便拥抱着妻子不断下陷,安心等待自己被这个世界彻底吞没,哪怕自己终会死去,也不要再跟妻子分开。

可就在即将被吞噬时,书房里那熟悉的铃声响了起来。电脑没有关,妻子为他量身定做的闹钟屏保继续恪尽着职守。

李怡珊迷迷糊糊地拖着疲惫的身子,准备下床去关掉,可沈禹铭拦住了妻子说:"没事,我去,又不是完全不能走路。"

一时间,流沙深陷的速度好像变慢了,仿佛这个世界正被重新建构起来。

自己终于做了一件正确的事情?

虽然妻子说着不用,但沈禹铭还是强撑着体力翻身下床,踏在稍有些柔软却也算坚实的地面上,就连双腿也仿佛没有那么痛了。

他来到电脑前,打开顶灯,关掉了闹钟屏保。可就在这时,他发现电脑桌的下方有两片纸。应该是妻子撕掉什么文件时不小心掉落的吧,他下意识捡起来,准备扔到垃圾桶里面去。然而,当他无意中瞟了一眼残片后,目光就被截断的条款上两个宋体打印字粘住了——离婚。

将它撕碎的人应该希望把它丢进暗无天日的垃圾桶里,永远也不要见到它。可沈禹铭还是看见了,那份《离婚协议书》的残片,就仿佛命运的安排一般。

那是一份应该被彻底粉碎的《离婚协议书》,一份充满痛苦和悔恨,仿佛不该存在却又偏偏存在的《离婚协议书》。

沈禹铭看着两张碎片,只觉得整个世界一片寂静,脑海里不断回响着:自己这是做了什么孽啊……

也不知过了多久,门边传来一个声音:"老公,怎么还不休息?"

看着沈禹铭手里捏着两张碎片,李怡珊也愣住了。

"对不起。"沈禹铭率先打破死一般的沉默。

"你不要这么说。"李怡珊显然已经意识到丈夫发现了什么,那两张碎片承载着自己的痛苦,自己的退缩,自己的正当需求,以及自己那看不到头的余生,还有深受父亲情绪伤害的小春和。

"都是我不好——"

"你闭嘴!能不能别在我需要安慰的时候,反而让我来安慰你!"只见李怡珊夺过两张碎片,在手里攥得死死的,"你这么说,只是想让我更难受对不对?让我产生更多负罪感对不对?"

"我没有——"

李怡珊流着不甘不愿、不清不楚的泪水,朝沈禹铭大吼道:"你总是让自己看起来像个受害者一样!总是!你从来没有考虑过我痛不痛!"

忽然间,流沙再度深陷,比最初还要快无数倍。沈禹铭还没来得及回答和安慰,就陷入了一个无尽黑暗的空间里,没有声音,没有光线,只有无穷无尽……虚无。真实的记忆忽然涌现,像走马灯一样从沈禹铭眼前跑过,不断吞噬着他的身心,不断往他身体里钻,抵消着本就所剩无几的生命力。

这时候,他听到一声轻轻的猫叫,再度睁开了眼睛。无影灯的灯光让他有些恍惚,不知道自己身在何处。

"沈先生,您觉得还好吗?"文教授的声音响起,沈禹铭这才意识到自己回到了手术室里,身边站满了医护人员。

"这……到底是……"沈禹铭感觉已经脱力,疲倦不堪。

文教授低声安慰道:"你已经接收了今天的痛苦。虽然感受到了你的艰难,但我们还是需要对你的接收过程进行评估,辛苦你详细回忆一下刚才的经历。"

"只是今天的？还要很多次吗？"沈禹铭没想到还有很多轮，甚至都不愿意起身，就想这么一直躺下去。

"沈先生，人脑不是机器，不是输入输出那么简单，"文教授沉声道，"那里或许居住着灵魂。"

沈禹铭被医护人员扶着下了手术台，前往了门外的一个隔间。服务生小妹为他倒了一杯热茶。沈禹铭捧起杯子轻轻喝了一口，终于感到稍微好受了些，大脑也重新运转起来。

可是，那种无法切割掉的沉重感也再度回归，霸占着他的身心。

回忆的过程中，对方小心而细致地提着问，沈禹铭讲述得很慢、很仔细。这场对话虽然只持续了两个小时，沈禹铭却感觉有一昼夜那么漫长，仿佛完整复制了自己刚才的幻梦。

"看来你的体验还算温和。当你彻底陷入那个黑暗空间时，痛苦才开始往你身体里回流。"

"那为什么我会看到妻儿的身影，还有我家的猫？"沈禹铭不解地问。

"机器里的那个人格，展开成一个世界后，就像是漂浮在痛苦之海上的小舟，依然发挥着安慰的作用。"话说到这里，文教授皱了皱眉头，"但今天是测试，我们有意降低了痛苦的输出阈值。等你明天再继续时，阈值会上调……你所处的精神世界，可能会发生更多扭曲……"

"什么样的扭曲？"

"我也不知道。"文教授眼中流露着真诚与无奈，"我只希望你今晚可以好好休息，明天有足够的体力去面对一切。"

说到这里，一条收款信息来到沈禹铭的手机上，他的账户里多出了五千块钱。

至少下个月的房贷和猫粮有了。沈禹铭点点头,"我知道了。"

回家的路上,沈禹铭试图回想跟妻儿在一起的场景,但一切显得是那样不真切,甚至许多细节在自顾自地浮现,可梦醒之后又全都化为泡影。

那些走马灯般的回忆就在他脑子里不断生灭,不断轮回。

这是他第一次像旁观者一样看着曾经发生的一切,过往种种既熟悉又陌生,让他产生了一种异样的感觉。直到此刻,沈禹铭仍然无法理解那种感觉究竟是什么,但他感到自己的内心正在发生某种变化。

当他回到家中,疲惫感已经达到了顶点,还没来得及脱鞋,就一屁股坐在了玄关的矮凳上。这个矮凳是李怡珊当年添置的,为了小春和方便换鞋,但现在只能承载着沈禹铭那丧家犬般的躯体。

沈禹铭轻轻喘息了一段时间后,感觉精神稍微稳定了一些,便起身往厨房走去。他打开直饮水的水龙头,给自己倒了满满一杯,一饮而尽。他感觉冰凉的水经过自己的咽喉,流淌过食道,来到胃部,激活了食欲。已经有一整天没吃东西了,幻觉和回忆压抑着感受,直到此刻他才意识到自己的生理需要。

现在已经九点过了,大部分家庭的厨房已经偃旗息鼓。沈禹铭打开冰箱,看着空空的冷藏室,拿出了最后两片吐司和鸡蛋。他本想把吐司放一会儿解冻,把鸡蛋用白水煮一下,弄个三明治凑合吃一口就好。可是,他发现自己把鸡蛋打破了。

看着蛋清破壳而出,他连忙拿杯子接住,感受着从未有过的间离感。他发现自己想要给吐司两面涂上蛋黄,然后放到平底锅上煎一煎。

自己为什么会这样做呢？这个念头第一时间浮现在了他的脑海中。

因为小春和想吃，他一直喜欢这样吃吐司。

沈禹铭从烤箱里拿出油刷，一边在遍布孔洞的吐司上涂匀搅拌好的生鸡蛋，一边回味着刚才的思绪。在以第三视角重新回顾自己的人生之后，沈禹铭第一次发觉，过去做很多事情、做很多决定时，背后都有他人的影子。都是为了别人，都是基于别人的需要。

为什么要跑步？因为他告诉自己，跑步可以平复心情，更好地照顾孩子。

为什么成马一定要赢呢？因为他不能辜负粉丝的期待。

为什么身体受伤后，自己还要奔跑？因为他要做得更好，弥补自己对妻儿的亏欠。

此刻，油已烧热，吐司放上去后发出细密的嘶嘶声，隐隐映照着沈禹铭此刻的心情。他感觉自己正在靠近一个真相，揭示一个秘密。房间里的那头大象正在逐步走出阴影，露出两颗大大的眼珠，开始跟他对视。

沈禹铭吃着吐司，却觉得自己吞咽的仿佛是别人的一句句劝诫。过去或者未来的自己都在纷纷向他传递生活的本质，都在急迫地朝他喊话，以洞悉一切的姿态，推他进入人生的无数支流。

前方有什么呢？沈禹铭感觉若隐若现的彼岸，有着一个无法承受的存在，或许庞大到无法测量，或者微小到无法观测。不论如何，沈禹铭都在难以避免地陷入狂乱。

这时，一声轻轻的猫叫钻进了他的耳朵，将他从惊惶的地狱里夺了回来。

沈禹铭低头看着阿梨，它是那么平静，美在它的身上灵动跳跃着，对抗着焦灼的现实世界，如星光照耀着漫漫黑夜。沈禹铭猛然意识到，不光是自己在照顾阿梨，阿梨也在以自身为锚支撑着自己。

阿梨的食盆里还有一些猫粮，看来不是为了讨食。它用变形的肢体轻触着沈禹铭的脚踝，软软的猫掌让人安心。沈禹铭蹲下身来将猫咪抱起，然后按医生的要求给它换药。

等沈禹铭忙完所有的家务后，躺在床上看着天花板，眼前继续闪过曾经的记忆，就像心上有一列没有尽头的火车不断驶过，脑海中空余轰鸣作响。

在那规律而沉重的声音里，沈禹铭渐渐被困意捕获，然后沉沉睡去。

翌日，沈禹铭来到快餐店，径直前往位于最底层的手术室。在坐电梯的过程中，沈禹铭透过玻璃，看着那个散发着静谧与安慰的巨型机器，内心隐隐不安起来。医生先对他进行了必要的身心检测，然后开始将承载痛苦和记忆的数据推送到他的身体里。

沈禹铭的意识再度模糊起来……

再度醒转时，沈禹铭发现自己正身处拥挤的地铁中，一只手挂着吊环，打着哈欠。他忽然想起，之前只要静止不动就会陷入流沙，赶紧望了望脚下，发现地面稳如磐石，没有一点动静。沈禹铭环视四周，只见乘客都安静地看着手机，还有寥寥几人看着Kindle或纸书，车厢里气氛焦灼压抑，仿佛所有人都在去赴一场诀别的葬礼。

这一幕沈禹铭再熟悉不过了，几乎每个早高峰都是这番景象。人们自睁眼就在处理着各种各样的事务，世界也因此转动起来。地铁里堆积了太多心绪，就像包含了整个宇宙的意义，唯有开心和愉悦不见踪影。

出地铁时，沈禹铭听见身后发生了一阵骚动，仿佛有什么人打起来了。几名保安出现在人群中，想要尽快平息事态。但大家都忙着上班打卡，来不及去管这小小的意外。沈禹铭也被人潮推着不断往前，想要回头看一眼，却被其他人挡住了视线。

此刻，所有人都有各自的目的地，就像万物自有其归宿，沈禹铭也不例外。他自然地来到一栋写字楼前，那是他为之奋斗了好些年的地方，电梯卡就在他的左裤兜里，放到感应区时，对应楼层的按钮亮了起来。沈禹铭看着那个散发着白光的"9"，心里隐隐觉得有什么正在等待自己。

刚坐到工位，还没来得及冲上一杯咖啡，领导便把沈禹铭以及另外几个项目经理拉到了办公室，把最新的数据摆到了他们面前。那叠文件看起来很厚，但每个人都很清楚哪些数据会要了自己的命，翻页的声音在会议室里回响着，一阵肃杀。

"上个月的营收掉得很厉害，你们几个组拖后腿尤其严重。说说吧，打算怎么办？"领导向前倾身，双手按在桌面上，眼神里满是冰冷的质问，宛若焚烧留下的余烬。

项目经理挨着说了起来，但都显得底气不足，听上去尽是支支吾吾。轮到沈禹铭时，他刚准备分析数据，就听领导不耐烦地说："之前的客户，这周能不能谈下来？"

"能。"沈禹铭知道答案只有一个，不然就只有被优化这一条路可以走。

公司挣钱无非两条路，开源、节流。领导为了保住自己的位置，并不介意砍掉他的项目组，来让数据变得好看一些。

"你最好做到。"领导说完，把目光停在另一名项目经理身上,"你留下,其他人出去。"

听了这话,其他人如蒙大赦,赶紧收拾好面前的资料,然后拉上自己的人开会,将从上级那里受到的压力分解下去。

"我要是被开掉,你们也别想混下去!"这是项目经理经常会说的一句话,预示了打工人的宿命。

沈禹铭走出办公室,看着同样黑云压头的同事,心里忽然有些难受。不是那种压力太大、喘不过气的感觉,而是自己的身体正在发生某些变化。等他来到工位,看着墙上的镜面装饰,发现自己的脸竟然变得毫无生气,就像一具尸体。

还没等他回过神来,会议室里忽然发出了巨大的声响。只见那个项目经理忽然冲了出来,自己将自己的脖子死死掐住,随即跌倒在地,拼命挣扎着。沈禹铭连忙站起来,本能地想要前去关心,却发现有好几名保安跑上来,熟练地把他架起。

然而,被架起来的项目经理俨然一副疯狗模样,不断伸脖子去咬周围的人。只见保安迅速给他戴上了皮质口罩,朝公司外面拖去。沈禹铭听着那人的嘶吼声渐渐变弱,消失在狭窄空洞的走廊里。

沈禹铭愣在了原地。直到这时,他才意识到,自己也有很想咬人、吃人的欲望。而他看着项目组的同事,也都跟他一样形容枯槁,本能地吞咽着口水。

难道所有人都会变成这个样子吗?

沈禹铭坐在工位上,登录了微信,发现许多甲方、乙方都在各种催促进度,有问产品完成进度的,有催付款的。但他知道自己解决不了,只能不断安慰,不断告诉所有人,再等一等,一定会解决的。

每当稍微安慰住,他内心吞吃生肉的欲望就会减轻一些。而要是合作方纠缠着不放，则会进一步加剧他的异变。一轮对话下来，他生吃一切的欲望越发强烈。他的理智告诉自己应该看医生，内心深处却有个冰冷的声音说："没用，这就是世界的规则。"

这就是生活。

忙了一上午，他在写字楼外不远的小吃街游荡着，虽然腹中空空如也，但他什么也吃不下去。而且，他感觉自己正朝着异化一路狂奔，一心只想吞吃周围的人类。沈禹铭想要努力保持清醒，但这件事正在变得越发艰难。

这时，他收到一条微信，是父亲发来的，让儿子提醒母亲记得找他办过户。看着那些文字，沈禹铭的理智急速消失，仿佛被龙卷风肆虐过的麦田。这些年父母一直不说话，仿佛对方不存在一样，一切信息都要靠自己这个当儿子的来传递。他被彻底物化成父母之间的工具，没有温暖的爱意，只有冰冷的痛苦。

为什么你们不能直接对话呢？办理过户时，你们难道不见面吗？难道签字的时候，不是两个人一起吗？为什么总要这样，当对方是一团空气？

就在这时，他发现身侧的店铺里，有个坐着吃面的人忽然猛地把手机一摔，扑到邻桌咬起人来。周围的人连忙躲闪开。而之前那几名保安，几乎是立刻出现在那人的身边，准备给他戴上皮质口罩拖走，仿佛只要把他丢去黑洞，这个宇宙就依然维持着基本秩序。

然而，那人咬下身边某人的一块血肉后，精神状态明显恢复了一些，尽管现场看起来是那样血淋淋。而那几名保安就像收到停止命令的机器人一样，也不去处理眼下的混乱了，竟转身消失在人群中。

沈禹铭再也无法忍受这样的疯狂，连忙低着头，不看任何人地往写字楼里走,想要通过继续工作,通过取得一丝丝进展,来恢复自己的理智。

然而,没有进展,没有成绩,哪怕有一点好消息,对他也是杯水车薪。

好不容易熬到下班,沈禹铭却在归家途中,又发现几个变成丧尸的人。小小的骚动是他们留在这个世界里的涟漪,也是最后的痕迹。

回到家时,沈禹铭刚一进家门,就闻到一股异味。只见腹部微鼓的妻子,正蹲在地上擦拭着地板。

"没来得及去卫生间。"李怡珊露出尴尬的微笑,眼中有着一丝羞耻。

沈禹铭虽然看到了妻子,却丝毫没有魂牵梦萦之感,只是赶紧拿拖把来清理地面。然后,他发现妻子还没来得及做饭,于是怒气冲冲地从冰箱里拿出一些蔬菜和速冻水饺,准备凑合一顿。

"我本来打算给你做比萨的,但我闻到那些味道就想吐。"李怡珊抱歉地说。

"没关系。"那语气,沈禹铭自己听起来都像是有关系。

沈禹铭一边做着饭菜,一边忍耐着内心的狂躁,正在烹制的晚餐完全无法勾起他的食欲,他现在只想吃人。

就在这时,李怡珊轻轻地说:"你咬我一口吧。"

沈禹铭转过头去,只见妻子已经露出了光洁的左肩,嘴角挂着一丝苦笑,"右肩再养一养。"

恶心和兴奋猛地涌上沈禹铭的脑海,难道自己……

"吃下去就好了,吃下去就能清醒起来。"李怡珊宛若献祭的侍女,接受着与生俱来的宿命,"你明天还要上班呢。"

"你难道不痛吗?"沈禹铭好想咬下去,就像过往无数次有意无意的剥削压榨一样。

只见妻子一愣,然后淡淡地说:"当然会痛了。"

沈禹铭看着妻子的身体,那是一块足以救命的面包,是催人休憩的温床,是绝对的安慰和治愈。

吃下一块,自己就能像个人一样活下去。

血肉的气息在口腔里蔓延开来,沈禹铭的疯狂瞬间消退,无尽的虚无抑制了他的异变。

接着,怀有身孕的妻子消失了,身边的一切都消失了,他再次来到那个无尽的黑暗空间。回忆再度涌来,带着更多的细节和心声,进入他的脑海。

沈禹铭终于看清了房间里的那头大象,看到了彼岸那个无法承受的存在。

他终于抵达了始终掩饰、回避的痛苦之源。

为小春和做吐司,为照顾妻子而奔跑,为安抚父母而当传声筒,为了粉丝的呼喊一定要赢……都是为了疗愈灵魂里的痛苦,都是为了像个人一样继续活下去。

原来,自己所做的一切,都是自我感动而已。

第七章

放 弃

VII

当沈禹铭睁开眼睛时,窗外已是一片阴沉的天。

昨晚睡前,他服用了大剂量的抗抑郁药物和安定,刻意压制着内心的痛苦,保证自己有一个完整的长时睡眠,为迎接终点储备足够的能量。

出门前,他给自己煮了一碗面,是最喜欢吃的藤椒面。藤椒的味道大多数人都不适应,之前出过藤椒面的一些商家,也在一片骂声中退出了市场。沈禹铭家却非常喜欢这种味道,做什么饭菜都爱往里面放一点藤椒油,渐入白水面这样的主食之中。

吃完饭后,沈禹铭小心翼翼地给阿梨换了药,然后倒了满满一盆猫粮。看阿梨满足地吞食着,沈禹铭觉得自己已经安排好了一切,然后转身走进卧室,取出一件珍藏版的《竹光侍》联名T恤,套在了自己的身上。

当年这款T恤全球限量发行一千件,他想了好多办法才入手了这件加大号。如今,这件衣服衬得沈禹铭无比消瘦。

今天是他最后一次前往手术室,最后一次吸收痛苦。自我重归完整的日子,他想要更有仪式感一些。

毕竟一切都要迎来终点,他在令人窒息的沉重感中,挤出一丝空间,想要让自己看上去稍显体面。

回头看去,他已经连续一个月每天前往那间手术室,将自己的痛苦逐步吸收回体内。在这一个月里,他视吸收痛苦的回忆为自己的天职,将批判自己作为存在的意义。当自我已经破碎成渣,他却还要开着压路机,大重量地反复碾压。

不过,虽然那些往事都是自己亲身经历的,但以上帝视角来回顾，却有了完全不一样的感觉。

过去，痛苦跟他融为一体，但现在，那些回忆拥有了他者的属性，成了身体里的异物。批判自己的回忆，与其说是心理行为，不如说更接近于一种生理反应。它们就像黏在头发上的灰尘，沈禹铭本能地想要抖落，但越是反抗，越是弥漫在空气里，将自己深深笼罩着，吸取着他所剩无几的生命力。

此刻，沈禹铭成了自己的审判官，可以看到一个毫不掩饰的自我。那些刻意回避的曾经，开始事无巨细地在他眼前展开。在吸收痛苦的日子里，沈禹铭从怀念、羞耻、难以直视，渐渐变得麻木、挑剔，甚至对自己指指点点起来。

当他无处可躲，只能绝对坦诚地面对自己时，沈禹铭反而沉溺于那个扭曲的记忆之城，甘愿迷失其中。

他已经很多天没有想过要跑步了，那股想要前往新世界重启生活的冲动正在消失。

或许已经不需要了？回忆变成了一副沉重的镣铐，将沈禹铭牢牢地锁在眼前的世界。

"自我感动"四个字消解着一切。

有生以来，他第一次如此强烈地感受到今是而昨非，将积极行动视为人生的大敌。

在这段时间里，沈禹铭每天准时出门，晚上准点到家，除了陷入非凡的幻想，那些吸收的痛苦让他一次次回忆起李怡珊和小春和。因为自我感动，因为那种"利他"的虚伪假象，就连那些曾经美好的回忆，也都染上了尘埃。比如，自己有段时间曾主动为小春和做早餐，那不过是为了让自己看起来像个好父亲；比如，他每个周末都安排行程，带李怡珊和小春和出行，但那也只是逃避"不顾家""不陪伴"等寻常对男性的批评而已；又比如，他每年都给李怡珊准备生日礼物，只是怕有天吵起架来，对方责怪自己从未付出过。

沈禹铭觉得自己曾爱过妻儿，可现在想来，竟觉得都是以"爱别人"的方式"爱自己"。

就连在"幻境"中强忍着痛苦不断奔跑，渴望去另一个世界与妻儿相见，也不过是为了弥补自己内心的遗憾罢了。

沈禹铭看着那些回忆，总在一遍遍问自己：真的明白什么是爱吗？真的去爱了吗？

在这一个月里，沈禹铭跟李希断了联系。好友担心地发来好多信息，询问他的状态，他都没回复。甚至就算听见李希来砸门，也没有任何回应。沈禹铭虽然还活着，但这个家因为有他而充满了凶宅的气息。

"不跑了。你别管了。一切都要结束了。"今天出门前，沈禹铭总算回了一句，然后关掉了手机。

在坐地铁前往手术室的路上，沈禹铭重读着之前翻开的那本书。这段时间，他一直在反反复复阅读这本书。如果说初读是因为获得了难得的平静，身体变成了一个空瓶，有余力吸收书里传递的苦难；那么眼下，那些虚构的苦难则成了一种更具普遍性的存在，可以解释他内心的自我厌弃，让他的精神世界变得自洽。

沈禹铭仿佛成了质能转换方程，他本身只是载体，痛苦才是本质，他只是在不断变换承受痛苦的形式罢了。

沈禹铭又读到了小说的结尾处。主角们都去参加一个孩子的葬礼，在葬礼上讲述着自己的心绪。主角说他们彼此永不忘记，而这样做只是为了让自己不要变成坏人。那场葬礼既忧伤又仿佛是新生命的开始，那个孩子的离开好似拯救了所有人。

看这一章时，沈禹铭感觉正在参加自己的葬礼。或许这场葬礼即将在不久后到来,他为作者在痛陈人世的真相后,展露的一缕温柔而动容。但他知道,那只是温柔,只是一场美好的幻想。一个人的死亡会对生者带来绵延不绝的影响,只有对死者或许是一种解脱,但那一丝解脱的希望,推动着人类不断走向自毁。

沈禹铭觉得自己抵抗不了那自毁的空洞白光的诱惑。

来到快餐店后,沈禹铭一如往日那样,径直走向后厨深处的透明电梯。

在经历过许许多多扭曲的"幻境"后,沈禹铭感觉有点理解祂了。拥有吸收痛苦这项神力的祂,内里却是那样的无助,甚至是无力。

祂清楚地知道自己身处怎样的人世中,知道自己是在怎样的痛苦之海上漂泊,知道自己的边界和极限在哪里。祂知道自己连一个完整的人都载不动,船舱里塞满了人类的残肢,无数的头颅和手臂在呼唤着,宛若悠长而无限的叫魂。祂不断在海上捞起破碎的人格,却发现自己根本无力安抚,只能让它们存于体内,浅浅地悬置于现实之上。

沈禹铭甚至觉得,祂之所以源源不断地接纳他的痛苦,不过是一场情绪的触底反弹,是一场懦弱至极后的一腔孤勇。祂深知自己不是这个世界的神,深知自己必将沈禹铭的痛苦吐出体外,但祂就是想试一次。沈禹铭的耳畔甚至能够隐隐听见这台庞大的机器自言自语着:"假如呢?"

"谢谢。"沈禹铭看着透明电梯外祂的庞大身躯,轻轻地说了一句,仿佛是靠岸下船前的挥手作别。

终于要离开了。

他回想着这些时光,只觉终于熬到了头。今天之所以出现在这里，只是为了拿最后五千块钱，这样留给父母的钱就能稍微多一些。如果把自己的那套房子卖掉，也算是给父母留下一笔养老金了。

而且，有这笔钱，他们或许就愿意收养阿梨了。那是小春和赋予了名字的小小生命，沈禹铭希望它能安安稳稳地活下去。

可这是不是自我感动呢？

一时间，他有些恍惚。果然只是为了让自己良心上好过一些吗？他打住自己的念头，不再去深究自己的心理动因。

"沈先生，真是非常感谢你。"沈禹铭完成检查，走出更衣间前往手术台时，文教授郑重地道了一声谢。

"最后一次了。"沈禹铭轻轻笑了笑，"以后应该不会再见了。"

"沈先生，我查过你的资料。你之前是从事商务工作的，现在已经是我们体验最深的用户了，最了解我们这套系统。等测试完成，欢迎你加入我们团队。"文教授显然很善于笼络对自己有用的人，抛出橄榄枝的时机恰到好处。若是平时，沈禹铭或许已经同意了。

"不必了。"沈禹铭摇了摇头，"这个世界已经跟我没关系了。"

当他躺上手术台，闭目准备接收痛苦时，文教授再度上楼进入了控制室。技术人员正在进行最后的调试。虽说是控制室，这里却跟科学实验室的现代感格格不入，看起来更像是一间教堂。

四周的墙壁上绘满了各种启示故事，所有人眼中都洋溢着虔诚的目光。而在控制室的中央，各色彩窗环绕着那台巨大的机器，充满了神圣的意味。机器通体全黑，上面绘满了各种符文，看上去迷乱又疯狂。只有文教授知道，在那黑色机器的中央，有着一滴鲜活的血液。

文教授看着中控台上那无限逼近100%的进度条，悬了一个月的心终于要落地了。机器里的那个祂正在恢复正常，那个无限展开的世界正在回归到一个世界，所有常数即将逼近当初的设定值。

十年心血终于没有毁于一旦，纵然喜怒不形于色，文教授也在心里长长舒了一口气。

"开始输入。"技术人员开始启动最后的进程。

"连接良好。"

"同步率百分之九十五。"

"数据输入平稳。"

"锚定数据传输完毕。"

在一连串的同步进度后，进度条终于彻底闭合，属于沈禹铭的痛苦已经全部回到他的身体里，那台庞大的机器总算卸下负重，有足够的空间接收全新的痛苦。

随着四周涌现的欢呼声，文教授看着那根进度条，用力握了握拳头。

一切终于结束了。

"准备唤醒。"文教授下达了最后一条指令。

可是，负责数据输入的技术人员发现了异样，"不对劲……输入还在继续。"

直到这时，文教授才发现，那根进度条竟然依然闪烁着微光，不断向前移动着，而且进度之上竟然出现了一条红色的输入链条。

"数据不是已经传输完成了吗？"文教授有些失控地怒斥道。

"我们正在解析这些数据。"刚才的欢乐迅速被扫荡一空,所有技术人员立刻重新工作起来,"这些数据显然不属于输入者。"

"不能截断吗?"

"不能,而且有强制加密指令。"技术人员感到很奇怪,"我们找不到侵入加密者的 ID。"

听到这里,一个念头闪过文教授的脑海,令他下意识地看向位于控制室中心那台巨大的沉默机器。一时间,他觉得那台机器周身长满了眼睛,而且正在缓缓睁开。

"难道是……"文教授自顾自地发起问话。

没人能够回答他的问题。红色的进度条兀自加载着,一如奔向银河之星的列车,仿佛再也不会回头。

所有人都忙碌起来,想要抢在沈禹铭的大脑过载前结束传输进程。

然而,所有的突变和喧闹都跟沈禹铭毫无关系,他已经陷入了那片"幻境",目睹着眼前的景象。

当沈禹铭再度醒来时,发现自己正站在一条长长的走廊上。

走廊的地面铺满了灰色的木质地板,地板上有着一条蓝色的地毯,一直延伸到仿佛无穷无尽的远方。沈禹铭踩在上面,地板发出阵阵嘎吱声,看来已经很有年头了。但极其反常的是,地板和长毯从视觉上看都是崭新的,拼接得严丝合缝。这种清晰的矛盾感让他觉得一阵眩晕。

走廊的两侧贴满了印着蓝色玫瑰花的墙纸,有种神经质般的规则和完整。然而,更让他在意的,是走廊两侧有序分布着平平无奇的泛黄大门。每扇门上都有序号,左右两侧分别按奇偶数一直往前延伸着。

这时,他感到地面微微有些晃动,耳边传来海浪呼啸的声音,仿佛是在催促他离开。

他径直往前,想要走出这条诡异的走廊。但不论怎么走,快走、跑步,甚至跳跃,总感觉自己是在原地踏步。走廊好像始终恒定于某一状态,将他牢牢困在原地。而且,越往前走,沈禹铭的脑子就越是肿胀,身体快要支撑不住了。

等他捂着脑袋,满头大汗地坐在地上时,抬头瞟了眼左上方的门牌号,却依然是"1"。

"你不就是想让我进去嘛,"沈禹铭放弃挣扎,费力地扶着门把站起身来,"不就是想让我看看门里不堪的自己嘛。我看就是了。"

等他打开房门,一脚踏进黑黢黢的房间时,眼前忽然明亮起来。

他本以为又会看到妻儿,甚至父母,没想到眼前出现的人令他一愣。

那人看起来只有十几岁,正站在卫生间的梳妆镜前,穿着中学生最常见的校服,有着一头漂亮的长发。然而借着那面镜子,沈禹铭发现那人正是李希。

李希看起来比现在年轻太多,有着一股少年人的稚气,披上长发竟然还多了一分俊俏。可沈禹铭光顾着震惊,来不及欣赏李希年轻的模样。只见李希欣赏着镜中的自己,嘴唇微微翘起,看上去很是满意,眉眼里也多了分清朗。

沈禹铭试着喊了他一声,李希顿时警觉起来,一把扯掉头上的长发,可还没来得及往柜子里塞,就见卫生间的门被猛地推开,一个中年男人站在门前,看着狼狈而惊慌的李希,狂怒地喘着粗气。

"我叫你当女人！我叫你娘炮！"只见那中年男人猛地扑上去，对着李希就是一顿暴打。李希蹲在地上，任由中年男人对自己拳打脚踢，一声不吭地默默忍耐着，将长发死死抓在手上，仿佛守护着自己最珍贵的东西。

沈禹铭见状，本能地冲上去想要拦住中年男人，可自己的手臂却穿过了男人的身体，那种感觉就像初遇妻儿的幻影一般，一切都是自己臆想出的虚妄。

只见中年男人一番捶打后，忽然面露苦色，连撑起自己的身体也变得困难。他想要伸手去抓什么东西支撑住自己，却只是薅到了旁边的浴帘。随着一连串金属钩的噼啪脱节声，男人捂着胸口跌坐在地。

李希察觉到异状，转头看向中年男人，见他痛苦倒地，连忙伸手去扶，口中不停地喊："爸，你怎么了？你怎么了……"

这一切发生得太快，沈禹铭还没反应过来，眼前的场景就发生了变化。

只见那是一间常见的寝室，四张高低床并排放置着，室内一片黑暗，甚至衬得窗外那轮弯月也无比冷寂。

忽然，他听到一阵起床号，房间里瞬间被灯光填满。所有人连忙穿上衣服站在床前，这其中就有李希。他看上去消瘦了不少，脸上没有往常的神色飞扬，反而暗淡而无光。这时，走廊里传来一声声粗犷的口令："每人一百个下蹲。"

所有人都立刻行动起来，李希做得尤其认真标准，像是要证明给所有人看他是可以的。

当教官来到寝室，李希已经率先做完了一百个下蹲，挺着笔直的身板等待检阅。教官见他脸上的汗珠，满意地说："越来越像个男人了。"

只见教官从手上的标签里撕下一张,贴在李希胸前,上面写有"真男人"三个字。贴完标签后,教官不屑地看着周围其他人:"都是娘炮,人家是娘炮里的战斗机。你们呢?弱鸡!"

这时,沈禹铭发现李希的脸微微抽搐了一下,身体出现某种本能的抗拒。而其他人都拿斜眼看他,充满了怨毒和不屑,对他的曲意逢迎面露不耻。

"你爸会为你感到骄傲的。"教官拍了拍李希的肩膀,然后大声训斥着前往下一间寝室。

李希疲惫地爬上上铺,身后有人突然说了一句:"有教官亲自指导就是不一样。"有那么一瞬间,沈禹铭发现李希顿了一下,抓着栏杆的手指泛着惨白。但他什么也没说,只是回到了自己的铺位上,面对墙壁一动不动,看上去就像真的睡着了一样。

面对此情此景,沈禹铭自知碰不到好友,可还是伸出手去,想要跨越时空的障壁给好友一点支持和安慰。可还没靠近李希,却发现眼前的景象瞬间切到了另一个场景,就像有人把两个场景剪辑到了一起。

只见那是一间卧室,李希的父亲病恹恹地躺在床上,手里拿着一纸录取通知书。

"你不是想走吗?走得远远的吗?"老父亲无力地看着李希,目光里依然有着挥之不去的嫌恶。

站在对面的李希没有回答,只是静静地看着父亲。

"别用这种眼神看着我!我需要你可怜吗?你这个没孝心的东西!"老父亲一把将通知书扔在他脸上,"是谁把我害成这样的?你这个不男不女的变态!"

李希嚅动着嘴唇,打破沉默,"我会回来看你的。"

"我死了……你再……来吧。"父亲的身体显然已经不支持他动怒了,没说两句便气喘起来。

李希想要伸手去扶,一如那日发作时。可还没碰到,门就被推开了。沈禹铭认识那人,是李希的母亲。只见她一边抚摸着丈夫的背,一边对李希说:"你别气他啊。"

李希忽然笑了起来,笑声里透露着无可奈何,这些年的委屈和不解随着笑声迅速充满整个房间。他甚至控制不住自己,竟然渐渐放声大笑起来。

"你你你……"父亲颤抖着抬起手,指向眼前的"不孝子"。

李希几次想要控制住自己的笑声,却发现根本做不到,于是跌跌撞撞地出了门。

沈禹铭追随着李希的脚步跨出了卧室门,却来到一间实验室。穿着白大褂的李希正把手臂举在头顶上方,借着实验室的惨白灯光,看着手中的药瓶。

那正是李希当初给他的药瓶。

李希拿出一粒胶囊,聚精会神地看着,也不管那尚处于通话状态中的手机,只听手机里传来李希母亲焦急的声音:"喂,你说句话啊!你爸就要死了,你还有什么放不下的?"

在电话那头的一声声催促下,李希终于把药瓶放进兜里,然后拿起了电话,"如果他死了,我会像个男人一样出席葬礼的。"

说完,他就挂断了电话。决绝之后,李希蹲在了地上,就像当年承受父亲暴力时那样,把自己紧紧抱住,然后吞下了那粒胶囊,沉沉睡去般低下了头。

此刻,沈禹铭终于明白李希为什么要开发这种药剂,并不是为了别人,而是为了他自己。

每次拒绝归家的提议后,他都会吞服这种药吗?

每次无法面对病重的父亲时,他都会吞服这种药吗?

每次想到自己让父亲心脏病发作，他都会吞服这种药吗？

沈禹铭蹲在好友的面前，带着满腹的疑惑，看着缩成一团的他，心里却前所未有地觉得自己终于熟悉起好友来。

这是李希的痛苦，是他最痛彻的人生，是李希之所以是李希的底色。

就在沈禹铭内心激荡之时，他回到了那条神秘的走廊，刚才看过的景象在脑海里模糊起来。但他清晰无误地知道自己触及了好友的痛苦，那鲜活的仿佛永远盛开着的痛苦之花。

走廊外依然回响着阵阵潮水声，就像一个魔咒，催促他继续推开下一扇门。沈禹铭自知这是祂的安排，这条走廊正通向一片痛苦的沃土，祂要沈禹铭行过，并且在心上留下一道道清晰无误的痕迹。

那就来吧。

沈禹铭虽然不知道那台机器究竟想干什么，但还是撑起身子，把手放到了"2"号门上。

这扇门里的人，沈禹铭算不上熟悉，却对他的人生有过重要的影响。

只见基普洛特正坐在轮椅上，看着妈妈在马戏团的后台化着妆。母亲的皮肤跟他一样黝黑，但腿部线条充满了力量的美感，正在为接下来空中飞人的表演做着准备。

基普洛特一直羡慕着母亲，这个跟他最亲密的人，有着所有人都羡慕的双腿，仿佛凭着血肉上的联系，就足以弥补他自身的孱弱似的。

少年的他安静地看着母亲站起来，然后准备一步步走向舞台。

可就在这时，一个满头金发的男人走到母亲的身边，若无其事地调笑起来。他是母亲的搭档，也是这个马戏团的绝对王牌，可就在上台的那一瞬间，他趁母亲不注意，竟然摸了一下母亲的臀部，然后迎着雷动的掌声步入舞台的中央。

基普洛特目睹这一幕，血气直冲脑海，想要迈开萎缩的小腿冲上去保护母亲。但母亲回头看了他一眼，露出无可奈何的笑容，做出一个安抚的手势，接着追随男人登上舞台，开始今晚的表演。

从那以后，基普洛特再也没有去马戏团陪母亲表演，因为母亲不再允许他出现在那里。但那晚的情形一次次出现在他的梦中，那男人接触母亲身体的那个瞬间，被他的梦境放大了无数倍，甚至让基普洛特产生了是自己侵犯了母亲的错觉。

哪怕在多年后，他找机会修理了那个男人，那一幕也再也无法抹去了。

沈禹铭将这些看在眼里，回想着那天跟年长的基普洛特的会面。在他那平静的讲述背后，这一幕或许不断出现在脑海中，他本能地不停回避和越过，用人生的面子激励沈禹铭，却将里子一次次放在心里磨蚀着，就像贝壳那样。

如今变成珍珠了吗？沈禹铭忍不住想要问问他。

但还未回过神来，他便再次被拒之门外。此时，沈禹铭看着"3"号房，径直推门而入。那是前公司的同事，在沈禹铭离职期间成功走上了他的位置。只见前同事照顾着两个病重的老人，同时还照顾着一个跟小春和差不多大的女孩。前同事忙碌的时候，房间里一直飘荡着一个女子的身影，那是已经弃家而去的妻子。他一边忙碌着各种琐事，一边回避着那个身影，但他知道自己逃不了，只能装作妻子从未出现在他的生命中。

接下来是"4"号房。那是一个陌生的女人，她看上去是那样光鲜亮丽，有着无比动人的外貌。可她恐惧着自己的癫痫，那不知何时发作的病症，一次次将她尽力维持的体面撕得粉碎。

当他来到"5"号房，看到一名高位截瘫的老人，一动不动地躺在床上，家人正在给他更换被污物填满的床单。所有人的心声回荡在恶臭的房间里，所有人都希望他赶紧死去，包括老人自己。

走廊里的时间仿佛并未流逝，沈禹铭身处永恒之中，一次次走进别人的世界，一次次感受真切的痛苦，一次次走过另一段人生，宛若一场漫长而盛大的告别。

沈禹铭觉得自己正在经历一场旅行，虽然曾经也去过很多地方观光游览，但此刻所行之地都是极其恶劣的环境——毫无生机的戈壁滩、极易雪盲的极寒之地，还有陨石坑遍布的异星大陆。可他披上了黑夜的斗篷，在那片漆黑与寂静中，他第一次真正感受到世界的丰富与宽阔，而且那些看似亘古贫瘠的大地上，原来一直都有生命的痕迹。这些连歌声都不曾飘荡的地方，让忍耐显出非凡的意义。

不知走了多久，他终于来到最后一扇门前。那扇门位于走廊的另一端，当他回头望去，再次将目光投向来处，感觉自己仅仅踏出一步而已。但这一步之遥，让他感知到了命运的多样性，就连痛苦都有着完全不同的意义，宛若经历了一场洗礼。

无数的命运之溪，在他心上留下一条宛若大河的沟渠。如今，他站在了回到现实的大门前，就像一条游遍江河的鱼儿，终于回到大海的怀抱，明白了这片宽阔的水域存在的意义。

他内心笃定，手握那扇泛黄房门的把手，内心涌起久违的一丝勇气——他要重新跟世界建立联系。

推开门的刹那，沈禹铭看到了自己的家，但因为自己扭曲的内心，呈现出破败压抑的灰色。可就在下一秒，整个死气沉沉的家破碎成了无数碎片，而他在每一粒小小的碎片中都看到了自己。

无数个沈禹铭，正在试图让一切恢复正轨。

这些沈禹铭都显得那么不一样，有的善于玩游戏，有的热衷烧饭做菜，有的善于处理人际关系，有的敢于表达自己，有的可以跟孤独和平相处，有的明明不快乐也不以为意，有的终于不再憎恨自己……

而这些美好的自己出现时，都有妻儿在场。

他想起自己曾陪妻子加班，拿着Switch游戏机玩到深夜；他想起毫无食欲的炎炎夏日，自己看着短视频，学着给妻子做几道开胃菜；他想起家人发生矛盾时，自己首先要做的就是不要表现出烦躁的情绪；他想起自己不愿参加亲子活动，妻子理解的神情；他还想起拿着公司的嘉奖，却一点也开心不起来时，小春和来逗他开心。

看到这些场景，他忽然明白了一个道理，自己或许是一个自私自利、虚与委蛇的人，但在跟李怡珊和小春和待在一起时，自己却是那么美好。

原来，他所做的一切，只是希望跟李怡珊和小春和待在一起而已。

那些所有的美好自我，都来源于妻儿的赋予。在漫长的相处过程中，他们早已潜移默化地埋下了救赎之道，等他在某一刻意识到并且开启，逃出那僵化冰冷的牢狱。

此时，他看到了最后一份他者的痛苦，是他不得不知晓、不得不面对的别人的人生。

那是李怡珊在自家的卫生间里，默默哭泣的画面。她显然已经在卫生间里哭过很多次了，整张脸因为憋气而更显痛苦和爆裂。她的青筋都浮现出来，但她不敢出声，害怕自己刺激到生病的丈夫。

她也只是一个普通人。当她做好饭菜、联系李希、求基普洛特跟丈夫聊聊，甚至提议养一只宠物时——要知道，她从不喜欢猫猫狗狗——沈禹铭却只是独自出神，以痛苦为由不予回应，她也受到了巨大的伤害。

这个世界上没有神，只有甘愿被爱剥削的人罢了。然而，是人就会心灰意懒，是人就会满目疮痍，是人就会被榨干剩余情绪价值。

她只能每天中午来吃一碗豆汤饭，小心翼翼地释放掉一点情绪而已。

原来，妻子是这样坚持下来的，沈禹铭总算明白了。

忽然之间，沈禹铭的心中燃起与李怡珊对视的冲动，想要告诉妻子自己正在变好，想说一句……他也不知道该说什么，但肯定不是对不起。想到这里，他跑了起来，哪怕妻子的痛苦回忆只是幻影，他也要来到她面前，跪到她面前，紧紧地拥抱她，向她说出想说的话。

然而，话到嘴边，漆黑的世界再次涌来。当他挣扎着睁开眼睛，无影灯的强光照得沈禹铭一阵眩晕。

一时间，世界仿佛成了精美的玻璃制品，他本能地捧在手心，小心翼翼。

而那根红色的进度条，也终于加载完毕。

结束之后，沈禹铭并未像之前那样被要求立刻回忆那个扭曲的世界，而是由专车送回家休息。那时的他还不知道具体发生了什么，只觉得自己发生了一些变化。在回家的路上，他始终盯着窗外的风景，那些已经看过千百遍的街道，仿佛有着神奇的魔力，不断吸引着他的注意。

那些仿佛一年四季都郁郁葱葱的绿化带，忽然有了某种变化的痕迹。路上行色匆匆的人群，也因为各自不同的目的地，而有了不一样的气质。那些自建好之日便始终年轻干净的高楼大厦，也布上了各自的年轮，在矗立中守护着人们的秘密。

沈禹铭感觉自己的双眼像是被洗涤过一样，不再蒙上狭隘的尘埃，有了足够的视野去接收世界的细节。虽然痛苦依然压在他的心上，那沉甸甸的负累感依然存在着，但不再混沌一团，而是露出了峥嵘的形状。

那些藏在现实中的悲哀与热切，他终于有能力去感知了。

世界终于不再与他无关。

一时间，他无比地想念妻儿，想念跑步追逐他们的日子。虽然只是虚妄的幻影，但也让他的精神免于腐烂。

现在的沈禹铭还要继续去追寻李怡珊和小春和，这是他余生的使命。

汽车已经驶到小区门口，沈禹铭谢过司机，然后往家里走去。踏进小区大门时，他发现当值的并不是老杨，而是一个看上去很年轻的小伙子，正在让外卖员比照着身份证登记。小伙子的脸看上去颇为青涩，有种刚进城务工时的稚嫩，这让沈禹铭想到十年前刚来成都时的自己。

转眼已经过去这么多年，而自己也经历了那么多事。

沈禹铭回到家，阿梨见主人回来了，连忙来玄关，一双大眼睛温柔地看着他，亲热地蹭了蹭他的脚踝。

沈禹铭逗弄了阿梨一番，然后将目光投入这始终没有变化的家，轻轻地呼吸着，将自己融入那份宁静里，甚至渐渐能听见自己的心跳声。片刻之后，他站起身来，转身来到卫生间，拿起了久未使用过的拖把。

他注意到家里已经布满了灰尘。

自从搬到这个新家，有了一个还算大的客厅，他就发现灰尘真是无处不在。哪怕上午拖了地，下午也会被新的灰尘布满。小区周围并没有工地，可灰尘就像人生的阴霾一样如影随形。过去，沈禹铭每周至少打扫一次，保证家里的清洁。但自从孤身一人后，沈禹铭就像是刻意忽略了这些细微的存在，他不用展示生活环境给任何人看。

沈禹铭一边打扫着房间，一边感受着居所的气息。过去虽然也没陌生人登门，但家里是有人情味的，那种别致的气息，会冲淡房间的空荡和孤寂。但如今，家的温度已经降到了冰点，仿佛有他没他并无两样，阿梨的出现也只能维持温度不降到冰点以下而已。

在变故发生后的日子里，除了李希不时会登门外，这里几乎只剩他自己了。

李希。想到好友，他的心里忽然变得暖洋洋的，而一丝愧疚也涌了上来。

自己失踪了一个月，今天还想离开人世，并告诉好友别再管自己了。自己怎么就这么不懂得抓住好友伸出的手呢？而且，想起自己目睹的那些属于李希的痛苦回忆，真不知好友是怎样背负着过往，又故作轻松地拯救自己啊？

李希在沈禹铭心里顿时变得鲜活起来，好友哪怕一路上都在劝阻自己追逐妻儿的幻影，却从未放弃过自己。

在这段颓废的时光里，李希给了自己足够的支持，而且是在他自身也深陷错乱时空的同时。

　　这一个月里，他过得好不好呢？

　　夏天都快过去了，他的困境找到解决方法了吗？

　　在自己一次次任性地辜负了他的关心后，他还愿意陪伴自己继续追寻妻儿吗？

　　想到这里，他掏出手机，发现李希并没有回复自己早晨发送的信息。

　　难道又陷入那个无声地狱了吗？沈禹铭想着，心里不由得紧张起来，连忙拨通了好友的电话。

　　电话那头响起了熟悉的铃声，是一支非常小众的澳大利亚乐队的歌，想来是专门设置的。毕竟李希是一个安利狂魔，不会放过任何跟人分享的机会，哪怕方式稍显"暴力"。

　　电话一直没有接通，副歌已经播放一遍，即将进入第二遍，然后就是无人接听的提示音。

　　李希是不愿接听自己的电话，还是又深陷那个延迟的时空中了？沈禹铭没有挂断电话，假如他只是有事没来得及接通呢？

　　正在他抱着最后一丝希望，准备再试一次时，电话接通了。"又在哪儿浪啊？怎么才接电话？"沈禹铭佯装吐槽，刻意表现得一切隔阂都没发生。

　　然而，电话那头并未传来预期中的吐槽，反而是一个些许疲惫的女声："你好，我是李希的母亲，请问你是？"

　　"啊，伯母，不好意思。"沈禹铭一时有些慌乱，心里涌起一股不好的预感，"我是李希的朋友，有事找他，请问方便叫他听电话吗？"

　　"李希……他现在没办法接电话。"

　　"没办法？是出了什么事吗？"沈禹铭下意识地咽下一口

唾沫。

电话那头似乎非常忙乱，李希的母亲只是草草说了一下情况。沈禹铭一边听着，一边记下医院的名字，挂上电话后立刻出门。

为了尽快赶到高危病房，沈禹铭前往地下车库，启动了早已蒙尘的私家车，以最快速度赶去医院。在点火的时候，沈禹铭默默祈祷电瓶还有电。车子顺利发动时，他简直想要感谢上天。

等他跌跌撞撞地来到医院，却发现自己根本进不去。因为疫情，医院只允许一名家人陪护。他给李希的电话发了一条短信，说明自己已经来到了门外，希望伯母可以看到。

等了大约半小时，只见一名女士走了出来。她的眉宇间透露着焦虑，头发显然刚在卫生间简单打理过，还有淡淡的水痕。

"李希……怎么了？医生怎么说？"沈禹铭心里隐隐有了预感，但不敢直接询问是否因为药剂。

"昨天中午我去他家就已经这样了。"李希的母亲看起来极其疲惫，眼下的变故已经将她的神经拉扯到了极限。

要不是为了联系李希去参加他父亲的葬礼，她本不会出现在这里。在打电话未果的情况下，她直接去了李希家，这才发现李希的异常。

沈禹铭觉得李希的母亲已经无比坚强了。换作别人，在两场噩耗的夹击下，恐怕身心早已彻底垮塌。不过，现在的她确实也在崩溃的边缘了，就跟悬崖边的枯松般摇摇欲坠，微微一阵风就能将她推到万丈深渊。沈禹铭不忍心再让她回忆任何细节。

"伯母，我是李希的好朋友沈禹铭，以前您来大学看望李希时，我经常跟着蹭饭呢。之后的事情，就交给我来办吧。请您相信，我肯定会尽全力医治他，实在不行，卖房卖车都可以。"

若是平时，这话听起来是那么浮夸，但李希的母亲现在太需要安慰了，听了沈禹铭这番保证，脑中一直绷着的弦竟然隐隐有些缓和，眼里涌出了两行细泪。

"谢谢你，谢谢……我也不会放弃的。"看着她坚强的面容，沈禹铭想到自己的父母，他们也曾露出过这样的神色。

不过，沈禹铭知道现在不是感动的时候，从昨天中午到现在，李希已经昏迷了超过二十四小时，跟他之前讲的情况有不少出入。或许延迟发生了什么变化，沈禹铭现在必须找医生了解更详细的情况。

沈禹铭跟随李希母亲来到了主治医生的办公室。

主治医生是一名老教授，看上去经验很丰富的样子。他一边看着报告，一边说李希体内存在过量的安眠药，现在护士已经完成洗胃。从其他参数来看，他体内安眠药的浓度已经回到了正常值，但他依然未从沉睡中醒来。医生尝试了多种唤醒方式，可不仅脑电波没有变化，就连应有的生理反应都不存在，神经系统处于休眠状态。

他们甚至给李希的脑部做了高分辨率的PET-CT[1]，至少在设备可分辨的尺度上，没有发现大脑的损伤。因此，李希确切的病因依然没有找到。

"他是我见过的最不像持续性植物状态的病人了。"两鬓斑白的教授锁着眉，一次次看向电脑上的检查数据，"现在只能尝试保守疗法，一边维持他的生命，一边继续寻找他的病因。"

听到这里，沈禹铭有了自己的猜测：李希通过过量的安眠药

---

1. PET-CT，即正电子发射计算机断层显像，临床主要用于肿瘤、脑和心脏等领域重大疾病的早期发现和诊断。

来对抗无声的囚笼，以此维持理智，但这也导致了他的昏迷。眼下李希持续昏睡不醒，那他的精神很有可能还困在那个空间里，一步步滑向疯狂的深渊。

沈禹铭感觉自己就站在那个熟悉的寂静无声的宇宙中，看着近在咫尺的好友，彼此被一堵无形的墙壁阻隔着。

"你们这些亲友最好多跟他说说话，不然真的只能靠他自己的意志力苏醒了。"

听到医生的建议，同样低落的沈禹铭忽然有了一个主意。他仿佛下意识地伸出手来，用力按在那堵无形之墙上，试图突破这道障壁。

"医生，那就先按您的方案来，我……去去就回。"沈禹铭不知道该怎么说，毕竟这话现在怎么说都像是想半路开溜。

"对了，所有的费用我来，你们可不可以预交费？"他试图消除刚才可能引发的歧义。

"不用，不用，"李希的母亲连忙摆手说，"我们有积蓄的。"

"伯母，您别客气，救人要紧。我真的出去一趟就回来。"沈禹铭转头看向医生，"麻烦您跟伯母交代一下注意事项，这里就先麻烦您了。"

他赶去护士台，问清了怎么预交费，先往李希的账户里充了十万块钱。这些钱他本打算在撒手人寰后留给父母，但现在有了更重要的用途。

然后，沈禹铭回到车上，拨通了快餐店小妹的电话，"我有急事见你的老板。"说着便发动了汽车，朝着那个神秘的快餐店而去。

不多时，他来到熟悉的大楼，文教授已经在初次会面的科学实验室里等他了。见沈禹铭出现，他站了起来，露出微笑，"沈先生，我正好也有事情找你。"

"我先说吧。"沈禹铭来不及客气，把自己之前的遭遇、服用李希的药物，以及跑步发生的种种情况都讲了出来，一丝一毫都不再隐瞒。

"现在，李希陷入了持久的昏迷，肯定是陷进那个世界出不来了。所以我想，你或许可以帮我。"

文教授并未立刻表态，而是陷入了深深的思索，脑子里的拼图正在合拢，之前的诸多疑惑正在变得清晰。

"你想我怎么帮你？"文教授终于再度看向沈禹铭，那种神情他太熟悉了。那是最精明的商人才有的目光，只等着沈禹铭先开价，将他拿捏得死死的。

"所以你找我有什么事？"纵然沈禹铭心急如焚，但多年的商务经验迫使他沉住气。不然，现在把底牌亮出来，很可能完全达不到目的。

"我说过的，你应该加入我的团队。"文教授不仅不恼，反而有些赞同，"你确实是做商务的材料。"

"开条件吧。"沈禹铭下意识地推了推鼻梁，虽然并未佩戴那副跟了他多年的平光镜，但这依然不失为一种有效的心理防御。

"最后一次接收痛苦时，你看到的应该不只有自己的回忆。"文教授饶有趣味地说，"现在，你什么感觉？"

"具体的内容我已经记不得了，但我感觉比之前……看得开一些了。"沈禹铭如实说道，并不打算有所保留，毕竟他现在是要推进谈判的进度。

文教授伸出右手，一名工作人员将一只平板电脑放在了沈禹铭面前。

"我本以为把痛苦还给你，一切就能恢复正常。但现在，祂似乎跟你建立了更深的联系。"

只见屏幕上出现了一条蓝色和红色的进度条,但它们交缠在一起,就像一根莫比乌斯环。

"这是什么情况?"

"简单来说,祂应该是把你当作了一个移动数据储存器,将别人的痛苦也保存在了你的潜意识里。"文教授看着这个双色莫比乌斯环,有些无可奈何地说,"现在,你的痛苦以及其他用户的痛苦,正在你和祂之间循环输入输出。"

"祂?这难道不是你们的安排吗?"沈禹铭感到很不可思议。

"这不是我们有能力安排的。事实上,不论是接收痛苦,还是输出痛苦,都是祂的主观意愿。"文教授悠悠地说,"祂可能也需要同伴吧……或许,祂也想要被人理解。"

"所以,"沈禹铭猛地意识到,"是我帮了你?"

"准确地说,是你帮了祂,这样的情况并不是我想看到的。"

"那我索要一份回报,应该不过分吧?"沈禹铭强装平静地说着,心里那口气已经提到了嗓子眼儿。

"如果祂愿意的话,"文教授再度露出微笑,看上去是那样意味深长,"而我们也会提供必要的协助。"

第八章
新世界

VIII

此刻，李希已经离开了维持生命的ICU病房，转移到了那间位于地下深处的手术室。

纯净的空间中散发着隐秘的气息，所有的工作人员都在为那台手术悉心准备着。虽说接下来的一切都被文教授定义在"手术"的范畴里（这只是为了完成转院手续），但在场的工作人员全是负责硬件的技术人员。他们面对着一台台精密仪器，小心翼翼地调试着，确保各项参数和权限设定无误。

最让他们头疼的，是那些会跟病人接触的装置，需要借助其他仪器手动调试，哪怕最核心的技术骨干也得打起十二分精神，才能做到万无一失。他们的额头上不断冒出豆大的汗珠，专门配备的助手小心擦拭着，生怕破坏了专注力。

之所以要做得这般极致，全因这台手术中，除了两位"患者"，不会有第三人出现。一双看不见的手将会接管一切，通过完成双脑同步手术，为李希赢得一线生机。

神灵踏足尘世，凡人皆须回避。

当祂接过权柄，所有的仪器装置都会贯彻祂的意志。复杂得近乎神迹的机群，将会形成一种别样的气场，将李希和沈禹铭紧紧包裹其中，接受科技之光的洗礼。

距离手术还有不足半小时，工作人员严格执行着流程，全神贯注地忙碌着。那专注的目光中，甚至流露出虔诚的色彩，仿佛眼前的设备是他们精心搭建的圣辇和祭台。

此时，文教授和沈禹铭站在手术室外，看着眼前这一切。

只见文教授半眯着眼睛，饶有兴致地观察着眼前的景象，时不时还会瞄一眼手中的平板，源源不断的数据同步过来，就像从天而降的金币。

事实上，不论是双脑同步手术本身，还是术前准备和后期修复，都是祂认同的方案。文教授为了解析祂花了十年时间，可祂一直沉默不言，安静地做一个深藏一切的奇点。而现在，祂面对沈禹铭的请求，以及李希的实际情况，却不断给出具体的执行方案，将自己的智慧一点点暴露在人类面前。

就在这台机器不断给出解决方案的同时，文教授通过其他的设备组，不断绘制祂的数据模型，终于使祂的轮廓清晰起来。

十年光阴，无数次投入和尝试，就连让祂吸收世人的苦难，其本质也是为了获得祂的智慧蓝图而已！

而这也正是文教授动用非凡的人力物力，去帮助沈禹铭的最主要原因。

文教授没想到，在遇上沈禹铭这个危机后，竟然真的寻到了达成终极目的的途径。这哪儿能让他不全力以赴，不拼尽全力呢？

自己终于要得到那个伟大的灵魂了吗？文教授的内心被狂热的喜悦包裹着。

然而，此刻的沈禹铭显得格外平静，仿佛眼前这一切并非不可思议。对他而言，在接受了李希的无数帮助后，现在也该为他付出了。

要是当年就明白这个道理，李怡珊和小春和或许也不会死，也就不会有今天这一切灾厄了。

手术前，文教授明确无误地告诉沈禹铭："目前，祂给出的所有方案都基于你的猜想。如果你的预判有误，不仅救不出李希，就连你自己都会遭遇不测。"

沈禹铭转头看向那无言的机器，轻轻点了点头。

这无疑是九死一生的冒险，是孤注一掷的豪赌，但李希还有别的解脱之道吗？

那就押上全部赌一把吧！

这时候，护士过来提醒沈禹铭，还有十五分钟就要进入无菌室消毒，完成一系列的准备工作。

文教授和沈禹铭互相看着彼此，或许这是此生最后一次对视。然后，文教授露出似笑非笑的表情，仿佛他已代替沈禹铭接受命运的安排，"去吧，祝你好运。"

"我想问你一个问题。"沈禹铭突兀地说，宛若一块闯入大气层的陨石。

文教授不解地看着他，"这可能是你最后说话的机会了，你确定不是用来给父母通个电话？而且，我不认为自己能解答你的什么疑问，更别说为你现在的冒险赋予什么意义。"

"祂为什么会有那么多人的回忆？"沈禹铭看着手术室里的好友，"基普洛特我不知道，李希可从不会进苍蝇馆子。"

"就这个？"文教授吃惊于沈禹铭的关注点。

"就这个。"沈禹铭问得理所当然。

"大数据会把我们推送给需要的人，许多你熟悉的人应该都来店里使用过定制服务，你应该也看到了。"文教授的答案很简单，丝毫没有隐瞒。

"这些都是祂自愿的吗？"沈禹铭的目光移向那台沉默的机器。

"自愿什么？"

"自愿吸收他人的痛苦。"

文教授低眉颔首，言语里有一丝本能的恭敬，"我们并没有能力强迫祂做任何事。"

沈禹铭转身离开，"那就好。"

"哪里好？"文教授有些不解。

"这台手术中，除了李希，我至少多了一个可以信任的人，"沈禹铭的话语里平添了一分底气，"祂……不是坏人。"

相较于过去的准备工作，这次显然更加小心严密，一套流程走下来，沈禹铭有种焕然一新的感觉，仿佛卸下了一切负担。

他躺在手术台上，转头看了一眼睡在邻旁的李希。好友那平稳的呼吸，近乎安眠的神情，让手术室更显静谧，时间开始有节奏地流淌起来，虽然仍奔流不息，但未来不再那般可怖。

此刻，所有工作人员都退出了执行现场，回到了控制室，紧盯着大荧幕，开始了倒计时：

五、四、三、二、一。

刹那间，祂接管了手术室里的所有装置。所有的仪器都活了过来，成为祂本该拥有的器官的延伸，在禁锢和消失了无数个日夜后，重新降临于真实的世界中。

不过，在进行无数个步骤之前，祂先要完成一个动作。只见，一个方块从高处悬浮降落，机械臂小心翼翼地夹起方块中的胶囊，将它放到了沈禹铭的嘴里。

然而，并没有水。沈禹铭只好干咽了下去。胶囊像一颗不规则的石子，那种滞涩的感觉似乎暗含了某种神秘和痛苦的意味。

为了完成这台手术，文教授的团队以李希母亲的名义进入李希所在的公司，并且以整理病人的物品为由，无限接近了李希的制药方案。当然，要真正达到这一目的，他们进而采用了一系列见不得光的手段，甚至包括行贿、黑客技术、资本运作，才终于将李希的完整方案弄到了手。随后，文教授的团队动用巨大的资金池，凭借极强的渠道能力，以最快速度获取了所需的进口原材料，复刻了那枚跳跃时间的胶囊。

事实上，就在药物发作之前，祂已经极其精准地完成了操作，让胶囊作用于沈禹铭的同时，也同样作用于李希的大脑。

也就是说，这颗胶囊前所未有地同时影响着两个完全独立的意识。

如果李希真是陷入了那个奇异的时空，陷入了无限的延迟，被卡在介入和弹出之间，那么，就可以借助沈禹铭的药物反应，拉着他一起弹出那个寂静的地狱。

胶囊立刻起效，沈禹铭很快就陷入了那个万物皆空的世界中，时间和空间都不存在，一切都退回到了起点。他努力保持理智，试图重新找回身体的感知，试图在并无方向存在的世界里，搜索好友的身影。

可是，没有李希的身影，只有无限的虚空。他无法抓住好友的手，将他带回现实世界。

回想过去服药时的经验，弹出应该很快就会发生，沈禹铭只能无功而返。

他还能说服文教授再试一次吗？

拯救李希的机会很可能只存在于瞬息之间，但沈禹铭毫无头绪，之前预演的各种救援计划，眼看都没办法实现。

然而，在紧张的等待中，沈禹铭发现一件更不对劲的事情。因为预想中的弹出并未发生，自己仍然深陷于虚无之中，而且有种深沉的困意莫名涌现。沈禹铭竟然抑制不住想要沉沉睡去。

这是什么情况？

沈禹铭在惊慌之中，陷入深深的梦乡。他挣扎着想要喊出来，但这里除了他的意识，一切都不存在，而那强烈的倦意仿佛连他自身的存在都要抹去了。

就在沈禹铭彻底丧失自我时，混沌的宇宙开始运动，弹出正在发生，时间推着他朝另一个方向而去……

不知睡了多久，沈禹铭感觉自己已经醒了过来，但他睁不开眼睛，看不见自己到底身处何地。

但他能感觉到，自己正在漆黑一片的环境里。难道自己身处某个遮光效果极好的房间里？或者深山老林的洞穴深处？甚至被人放进棺材、深埋于地下，就像加西亚·马尔克斯书里的那个罪人一样？

可是，他发现自己没有办法判定周围的环境，因为他根本举不起手来，没法与周围发生任何接触。大脑发出的命令一次次石沉大海，那种巨大的无助感就像一只大手攫住了他。他的意识就像惊慌的鸟儿一样疯狂挣扎，不断向其他身体器官发出指令。

然而，什么也没有发生，他就像瘫痪了一般，深陷于未知的时空里。

一时间，他好像明白了过来，自己可能跟李希一样，滞留在了那个绝对寂静、万物尚不存在的宇宙中，刚才的沉睡并未将他带向任何地方。

此刻，他无比真切地感受到好友身处怎样的地狱里，那种绝对逼仄、绝对安静、没有任何信息交互的世界，真的分分钟会把人给逼疯。

李希却熬了那么长的时间……沈禹铭的心里涌出浓墨般的痛楚，绝望的心绪猛一泼洒，过往的岁月都染上了洗不掉的污渍。

可就在沈禹铭不可避免地陷入消沉中时，他忽然感到一阵凉风吹拂过自己，遍布汗液的体表稍稍降温，让他感到一阵轻松。

那别样的体验就像一记急刹车，让沈禹铭免于继续滑落。可还没等他搞清楚状况，那股清凉的风就消失了，身体再度回归虚无。这难道是大脑的自我保护，是一种自我安慰的幻觉？

可是，那阵风又来了，身体的感觉清晰无误地提醒着他一切并非幻觉。就在沈禹铭仔细感受救命稻草般的凉意时，他听到一阵清脆的铃声。

叮叮当当的音乐声宛如召唤光明的命令，无数光子涌进了他的眼睛。虽然眼前依然蒙眬，但他确认自己真的看到了什么。而就在下一秒，他感觉自己的手动了起来，那慵懒的肢体感受，自顾自地宣示着这一切并非出于沈禹铭的意志。

他感觉自己的左手触摸到手机的冰冷屏幕，然后本能地滑动拇指，关掉了闹铃。那奇迹般的光芒瞬间熄灭，仿佛从没存在过。

然而，那一阵阵凉风无比规律地吹拂着他，让他不再如刚才那般惊慌。虽然形势依然不明朗，但充满节律感的身体感受让他不再像初醒时那般惊慌。

他平静下来，感受着一片漆黑里的细节。他睡在一张柔软的床上，有种轻微的沉陷感。天气应该很热，汗液让身体跟一切更加亲密，睡衣和被褥跟他的皮肤黏在一起。那些风来自一把摇头的电风扇，凉风不断吹在身上，让沈禹铭多了些安全感。

然而，没等他继续感受，闹铃再度响起，微光再度进入他的视野，一切不再那么昏沉。看来，这第二声闹钟才是真正的起床号。

他感觉自己的身体自发地支撑了起来，然后打开床边的小灯。虽然这都是再正常不过的动作，但沈禹铭清楚地知道，那只手并不受自己控制。

　　透过那双不属于自己的眼睛，他看见手自顾自地伸出拿起手机，整个身体也自发行动起来，拖着疲惫的步伐下了床。这具身体所处的一居室是那么狭小，灰白色的装潢风格散发着孤独的味道。房间里没有多少家电，哪怕是一台小小的立式风扇，也让这里多了些拥挤的意味，美好生活的可能性也因此遭到削减。房间里挂着空调，只是匆匆一瞥，沈禹铭也能发现上面布满了灰尘，不知是坏掉了，还是舍不得开。

　　身体走进一个小小的玻璃隔间，透过俯视视角，沈禹铭看到许久没有打扫的地板，以及老旧的马桶。身体拧开水龙头，水流从花洒里喷出，迅速将身体覆盖。先是一阵凉水，让沈禹铭猛一激灵，随后是一阵难以忍受的热水，最后才恢复适宜的温度。

　　正常人显然不会这样沐浴，这更接近于某种唤醒。刚才的惺忪睡意转瞬便被驱散，连沈禹铭都感到一阵痛快。

　　冲凉之后，身体来到洗漱台前收拾自己，一边刷牙一边吹头发。

　　沈禹铭凭借身体的眼睛看到镜中的自己。那是一张从未见过的脸。微弱的灯光下，整张脸除了看起来灰扑扑的，简直平凡到毫无特点，要是跻身人群里，绝不会获得任何人的注视。

　　直到此时，沈禹铭才终于意识到，这独特的主观视角，全因自己受困于这样一个人的身体里。

　　他保有清晰的意识和充分的身体触感，却对身体完全失去了控制权。情况并没有好转，甚至变得更糟糕了。

　　这是祂的数字世界吗？在遭到自己和李希的双重情绪扭曲后，产生了这样的异变？

不一会儿，身体已经收拾妥当，把面包和工作用的笔记本收到帆布包里，然后出了门。

就在跨出家门的一瞬间，沈禹铭再度感受到了这个世界的怪异。

这个世界没有颜色，目力所及之处尽是灰色，房屋、树木，乃至天空，仅以不同的灰度构成了区分彼此的色块。

当身体下了电梯，走上绿化不错的小区步道时，整个世界依然是一片灰白。不论是繁茂的树木，还是道旁的草坪，甚至行人的皮肤和穿着，包括头顶火热的太阳，都是那单调的色彩。

难道身体是色盲，所以才什么颜色都看不到？

然而，就在等待通过人行道时，沈禹铭发现警示灯上写着"等待""行走"等字样。

看来这真是一个无色的世界，沈禹铭心想。但联想到之前幻影里那沙坑般吃人的世界，这里倒也没有那么不可理喻。

身体百无聊赖地在一个新闻社区里刷着信息，大多数是关于动物保护的报道。他不停点开各种短视频，遇到感兴趣的话题就在评论区聊几句。不过，没有颜色的视频是那样的单调，需要借助大量的文字和图像符号来传递信息。沈禹铭觉得这个世界的人颇有些可怜，虽然他自己现在也身陷囹圄。

当身体快步前往对面的站台，一辆编号218的公交车正好驶入。他不惧拥挤，拼尽全力上了车。这是一趟前往某个工作园区的车辆，每一辆都会被塞得满满当当，不给一天的开始留出喘息之机。

沈禹铭虽然无法控制身体，早高峰的记忆却被唤醒。那种熟悉的呕吐感让他有些难受，但他吐不出来，甚至连正常呼吸也做不到，只能等待身体适应。

夏日早晨的公交车里散发着一种味道，哪怕开着空调通风换气，那种味道也依然挥之不去。它好像会抹除人与人之间的差异，让肉体无可奈何地融合在一起，而那并未完全褪去的睡意，压抑着时刻可能喷发的怒气，护送着人们到站，然后分离，最终融入另一个整体。

若是平时，沈禹铭也很难察觉到这样一种生活的况味，但他正以抽离的他者视角看着这个世界，拥有了过去并不具备的洞察力，视野的局限反而让他得以更好地感受生活本身。

想到这里，他决定安抚那因失控带来的焦虑，先静静观察眼前这一切，说不定就能找到李希。

公交车来到了城市最繁华的地段，高楼如杂草般疯长，人群似小虫在楼宇间穿行，仿佛这里就是宇宙的中心。车辆路过一个又一个园区，随着下车的人越来越多，车上渐渐变得空旷起来，身体终于找到了一个空位。坐上去的那一刻，就连沈禹铭也有轻松之感。

然而，直到公交车驶离这片熙熙攘攘的现代空间，开始往郊外而去，身体依然没有下车，甚至没有看手机，而是靠着椅背闭目养神。沈禹铭的眼前也再度陷入了黑暗，耳边只有公交车那平稳的引擎声。

直到车里发出到站的提示音：已到达终点站市动物园站，请下车的旅客带好随身物品……

身体猛地被惊醒，沈禹铭也感到某种轻微的心悸，然后提着包下了车。沈禹铭看到动物园，许多过往涌上心头，莫非真有宿命这一说吗？然而，就在身体走下车后，站在站台上匆匆一瞥时，沈禹铭看到了某种不一样的色彩。他发现司机穿着一件黄色制服，可这世界不该通体灰白吗？

但现在的沈禹铭没能力搞懂背后的缘由，只能随身体远离站台，进入了动物园的员工通道。只见身体快步来到了动物园的饲养班，开始照料起动物们一天的生活。

虽然沈禹铭和李怡珊带小春和去过无数次动物园，但看着身体的日常工作才知道，有的动物，例如猴和鹤是吃的面食，而且面团是头天就发好的，现在只管下锅制作；大型哺乳类动物，例如老虎和豹子，虽然都进食生肉，但生肉的切法各有讲究，不同的动物有不同的进食需求。与此同时，还要通过不同的蔬菜和水果，为动物搭配各式各样的营养套餐。

身体把食物装进动物们的特制食盆后，便通过对讲机，呼唤别的伙伴来配合发放。虽说动物都很欢迎他们的投喂，但许多动物有着极强的攻击性，需得一边盯着动物的行动轨迹，将它们引开，一边尽快将食物投放到位。

在动物进食的过程中，身体还要跟同事分头打扫动物的笼舍，哪怕穿着专业的劳保服，动物的粪便和体味依然十分劝退。

跟随身体的视线，沈禹铭发现这座动物园的规模并不大，动物和工作人员的数量都很有限，大多数人都要身兼数职。身体除了是饲养员以外，还是一名驯兽员。上午照顾了动物的起居，检查其健康后，下午还要为动物表演提供必要的支持，比如运送海豚表演的道具，控制动物表演的时间。

事实上，哪怕是游客稀少的工作日，身体也要完成这一系列工作，没有任何懈怠的空间，不然游客很有可能向园方，甚至向市长热线投诉。

时间一分一秒地过去，身体对待工作很认真，手法也非常娴熟，虽然忙碌到不得一刻休闲，却没有丝毫差错。然而，沈禹铭却感受到一份沉重，身体并没有从中感受到快乐，那认真的样子更接近于伐木工人,一遍遍重复机械的动作,只为将高耸入云的参天大树砍倒。

等那并不存在的轰然倒塌之声响起,身体像是回过神来似的,走出了大象的饲养区,来到了此刻已然没有一个游客的动物园空地上。身体显然很适应这样的空阔和寂静,当所有的游客和同事都离开后,他仿佛成了地球上最后一个试图跟这些动物亲近的人类。

忙完一天的身体并不急于回家,而是背起帆布包,在动物园的林荫小道上漫步。身体的内心渐渐变得平静,这份宁静也感染了沈禹铭。他通过身体的眼睛,看着动物园里那些似曾相识的设施,许多回忆涌上心头。

与此同时,他更情不自禁地回想起那无比痛楚的记忆——妻儿出事那天,李怡珊也提议过全家去动物园。要是当时答应了就好了……

一次错过,天人永隔。

但这世上没有后悔药,哪怕他在追逐妻儿的幻影,也不是不知道这个道理。

在过去,一旦周末没有安排,他就带小春和来动物园玩儿。这里既能看动物,又能学知识,还有吃有喝,大人小孩都开心。而且他每次来动物园,都会给小春和讲爸爸妈妈过去谈恋爱时也常来这里约会。那时不为别的,只因这里便宜。谈恋爱那会儿,沈禹铭太穷了,去不起浪漫的高档场所。因此后来收入提高了,他总爱给李怡珊花钱,盯着贵的东西消费。

直到有一次,李怡珊生气地说:"我跟你在一起,是为了这些高消费吗?"那看着沈禹铭的眼神,分明写着"你不懂我"。要是沈禹铭有现在这么成熟,那会儿就该明白什么是"自我感动"。

妻子总在帮助自己成长啊,让自己从一个愚蠢的男孩,变成一个男人,并且不断重复着这个动作。

就在沈禹铭陷入遐想之时,身体已经散着步来到了水族馆。看来,这就是他此行的终点。

为了维持鱼类的生存,夜晚的水族馆除了游客通道,一律不会断电。灰白的波光透过玻璃映在地面上,让水族馆化身为被太阳照亮的深海,而身体是唯一的异类。他就像是分开海洋的摩西,身后却没有跟随的族人,身体的视线扫过游荡的鱼群,想要找到那个注定的选民。

不多时,身体已经驻足于水族馆的一个阴暗角落,那里几乎没有鱼类,灯光也更显阴暗,仿佛是一个被遗弃的地方,可能连游客都不会逛到此处。可就在这时,阴暗的角落里出现了一个身影。借着幽暗的灯光,沈禹铭透过身体的眼睛,发现那是一只海豚。

然而,相较于参加表演的海豚,它看起来是那么苍老,行动犹如天上的云朵般迟缓,简直就是贴着地面在爬行。等它游近了,沈禹铭才发现,它的身上有着一条巨大的疤痕,看上去像是被利器所伤,那种肌肉分裂的惨痛感,仿佛依然在逝去的时空中一遍遍回响。

这时,沈禹铭的视野开始下移,因为身体盘腿坐在了地上,视野跟海豚齐平,沈禹铭因此看到了海豚的眼睛。一时间,某种悲伤的暗流透过玻璃撞进了他的心,冰冷得无限怅惘。

只见身体从帆布包里拿出了晚餐,一盒牛奶,一只鸡蛋,一个面包,然后看着那只衰老得近乎垂死的海豚,默默地吃了起来。

然而,随着他的不断进食,沈禹铭的眼前出现了别样的景象。

他竟然看见了深蓝色，来自身体所穿的制服。紧接着，他看到面包上有黄色奶油作为点缀。一股牛奶从吸管里冒了出来，暴露出鲜活的乳白色。

与此同时，人工水域的颜色透了出来，看起来有些发青，甚至有些浑浊，让海豚的墨色皮肤看上去更加深沉。

一时间，色彩大军向四周奔袭，灰白色正在节节败退。沈禹铭借着身体的眼睛发现，整个水族馆都被一支看不见的大笔点亮了。

"对不起。"只听身体几不可闻地说着。

"对不起，我已经递了很多次材料了，但审批还没下来。"身体虽然恢复了颜色，气质却变得颓唐起来，成了一摊难以塑造的淤泥。

隔着厚厚的玻璃墙壁和液体，身体的话语并不足以让海豚听到，但那份无力和自责，海豚像是感受到了。只见它轻轻地晃动着身体，仿佛想要击散那些丧气话，让它们消失在水池中。

"分管领导还不能理解一只海豚患上幽闭恐惧症这件事，我可能还需要查阅更多的资料……"身体渐渐语塞，像是被面包堵住了喉咙，但沈禹铭知道，身体比谁都明白这是借口，"人微言轻"四个字就像放在面上的答案，可他却不敢触及。

看着行将就木的海豚，所有的话语都是那样苍白无力，他只能流着泪，一遍遍说着："对不起。"

沈禹铭下意识地去擦拭眼角的泪水，可就在他用手掌摁住泪珠时，感到了不可思议的掌控感——因为那滴眼泪是沈禹铭自己擦去的，他清晰无比地控制着自己的手掌，以及那刚涌出便已冰凉的泪水。

沈禹铭拥有了这具身体，而且就在自责绝望之际，他重新掌握了生活的权柄。

这是怎么回事？难道在身体极其绝望或者情绪浓度极高的时候，自己就能接管身体？

他举起双手，轻轻握了握拳头。十根手指的收放让他感到了前所未有的力量感，昭示着自身的绝对存在。此刻，沈禹铭宛若重生一般，心里涌起"活着真好"的快感。

可还没等他细细品味重获自由的兴奋与舒畅，眼前的海豚再度吸引了他的注意力。此刻，他的脑海里涌起了一个无法回避的问题：要不要救它出来？

这个问题就像悬置在他头上的无数星辰，它们是那样摇摇欲坠，转眼就要滂沱落下，打得他狼狈不堪，甚至死无葬身之地。海豚的嘴巴轻轻开合着，像是呻吟，又像是在诉说自己的命运，把短暂而委屈的过往托付给眼前的男人。

从它忧郁的眼睛里，沈禹铭仿佛看见了那个无法忽视的执念。

救还是不救？他现在只有这两个选择，这就是拥有身体的代价。

然而，沈禹铭还没做出最后的决定，自己的脚就已经动了起来，在水族馆里四处跑动，像是要找到某件东西，用来拯救眼前的海豚。沈禹铭被这突如其来的变化吓得不轻，因为身体又夺过了控制权，自发地行动起来。

不多时，身体来到了一个消防栓前，双手拉开消防栓的玻璃门，然后拿出了里面的水管。他拔出水管时，用手掌摸了摸水管的铁制接头，然后转身向海豚所在的角落走去。

身体这是要砸开水族馆的玻璃？！沈禹铭恍然大悟，猛地反应过来。

且不说海豚从破碎的玻璃中涌出会对身体造成不可避免的割伤，其他的鱼类怎么办，破碎的玻璃又不能立刻修复。而且，哪怕救出来了，他能拖着海豚走几步？恐怕要不了几分钟，海豚就会窒息而死。

眼见身体就要做出不可追悔的事情，沈禹铭凭借强大的意志，夺回了身体的控制权，猛地刹住脚，将那根水管远远扔了出去。可是，身体想要解救海豚的意志，比他以为的还要强烈。就在沈禹铭做出动作的电光石火间，另一个意志再度掌握了身体，扑过去抢夺长蛇般蜿蜒盘踞的水管。

此刻，沈禹铭陷入了一场跟自己的抗争中，救与不救的强大意志，让他跟自己缠斗在一起。他拼命用一只手摁住另一只手，然后拼上全部力气压抑着自己的身体，将自己束缚在地上，控制着自己与水管头不到一拳的距离。

时间仅仅过了几分钟，但在沈禹铭的感知里，仿佛过了几个世纪那么久，就像把他丢到拳台上去跟世界拳王对抗一样，光是挨过一分钟就好比熬过一辈子。

此刻，沈禹铭耗尽了最后一丝气力，再也按不住身体的冲动，眼看着身体站起来，拿起了水管，整个世界又陷入了灰白色。

然而就在这一刻，他忽然感到一阵茫然的情绪，仿佛不知道自己干了什么。

只见身体并没有回到海豚的角落，而是不解地看着眼前这根不合时宜的水管，感受自身那些没来由的痛楚，心生怪异。

这份巨大的困惑沈禹铭也清晰无误地感受到了，一个奇怪的念头划过他的脑海：难道……刚才并不是身体自发的行为？

只见身体把水管小心地卷起来，然后放回了消防栓里。

之后，身体回到了那个阴暗的角落，海豚已不知所终，化为气泡消失在了浑浊的液体里。身体知道它今晚不会再出现,于是垂头丧气地转头离开,看能不能赶上末班车,毕竟打车费顶得上他半天的工资。

当身体回到家洗洗睡去后,沈禹铭却根本无法入眠,不由自主地回放起今天的所见所闻。

自己受困于身体,受困于灰白色的世界,却并非完全看不到颜色。公交车上的司机,还有那晃动着盈盈水波的水族馆,绝对不是幻觉。最关键的是,当他在水族馆里,拥有那个彩色的世界时,确实是可以掌控这具身体的。

然而,在这一连串事件中,他跟身体的对抗是他最为在意的部分。

如果那时并非是身体有意所为,那岂不是意味着……

一个猜想在沈禹铭的脑海中渐渐成形,获得一点线索之后,沈禹铭的意识终于渐渐放松下来,慢慢被温柔的睡意捕获,陷入了深沉的梦乡。

在梦里,沈禹铭身处一片辽阔无垠的荒原之上。

一轮高悬的圆月为大地抹上了一层粗盐,那种若有似无的糙粝感,让空气在夜里有了属于自己的姓名。可是,哪怕天地高远,这里却并不空旷。沈禹铭的身边站满了人,密密麻麻地分布在这片失落的土地上,就连远处的山岗上也有成片的人影,风一吹竟像松林一样化为浪涛。而在荒原的中心处,有着一个与自然景观完全不搭的建筑物——一座仿佛可以吞噬十万骄阳的黑屋,散发着永无止境的安静与肃穆。

所有人无比享受此时此刻,大口地呼吸着这个奇异空间的独特气息。然而,天上飘来了一片黑土地般的乌云,迅速将月光遮挡，然后下起雨来。起初还是小雨，继而变得猛烈，下一秒竟下起了锋利的匕首。这些匕首都没有刀柄，刺出的那一刻就没有打算收回，非割破皮肉、血染四野不可。

为了躲避这致命的"暴雨"，沈禹铭跟所有人一样疯狂地奔向那座黑屋，想要寻找片瓦遮挡。然而，那座黑屋就只有那么大，人却源源不断地拥进去，先是从门，然后从四周的小窗。从远处看去，就跟蚁群发现危险，迅速回巢拱卫蚁后一般。

沈禹铭很快也汇入了人群，拼了命地往门里挤。到最后，他甚至觉得双脚已经离地，自己被不可抗拒的意志往里推。在数个眨眼间，在匕首落到头上前，他终于全身而入。

然而，当他进入漆黑空间的刹那，却清晰地感到空间正在压缩，或许是因为拥入的人越来越多，连空气都没有了立足之地。

小黑屋忽然变得面目可憎起来，虽然挤满了人类，却抹去了自我感知，仿佛化为一摊烂泥融入了死潭。下一秒，这个空间变得让沈禹铭无比恐惧。他感到某种不可辩驳的绝望，就像被一双无比忧郁的眼睛死死锁住了。

沈禹铭再也无法承受这种难言的痛楚，拼了命地往外逃，哪怕被骤雨般的匕首凌迟也在所不惜。

他成了一名逆行者，开始逆着潮流向小黑屋外跋涉，步履不停地走过千山万水。

等他终于扒住小黑屋的冰冷门框探出头去，他回到了真实的世界里。

沈禹铭醒来了。

他的眼前还是那个灰白的世界，单调却平静，公交车的把手摇摇晃晃，一成不变的公交车内饰竟然散发着难得的奢侈感。

沈禹铭终于摆脱了幽闭的恐惧，切身体会了某种心绪。这或许就是那只海豚在他脑海里留下的印记，如一片水池般不断被人类丰富的感知吹起皱褶。

等他回过神来，发现身体又在刷各种救助动物的新闻，一边看一边默默叹气。然而，就在身体看累了，下意识地揉了揉眼睛、扫视车内的情况时，沈禹铭惊奇地发现，邻座的一名女士竟然有了颜色。

她看起来有些紧张，一头乌黑的短发略显粗糙。她的手机上显示着一个基金交易界面，大拇指悬在确认键上，看起来踟蹰不定。但一眨眼的工夫，她还是按了下去，整个人再度暗淡。

虽然只是一眨眼的工夫，沈禹铭却目睹了有色到无色的全过程。

只见身边的女士恢复灰白色之后，面露一丝诧异，但转瞬间又一脸释然，像是接受了交易达成的结果，闭上眼睛继续养神。仿佛对她而言，有色的世界不过是另一种空无。

难不成……所有人的身体里都居住着另一个或者另几个意识，会在生命中的关键时刻代替自己做出决定？

面对这个疯狂的猜想，沈禹铭感到不寒而栗，目光中的所有人都成了一具具行走的棺材，存在的意义就是在等待某个灵魂醒来，然后代替自己作答那一道道人生选择题。

就连容纳自己的这具身体，或许也是知道自己的存在的，但他不言不语，任凭自己存在着，等待自己在某些时刻接管身体，做出决定。

到达终点站，身体再度下了公交车。沈禹铭在狭窄的视野里，发现穿着黄色制服的公交车司机点燃了一支烟，然后剧烈的咳嗽声淹没于引擎的轰鸣。

他开车的时候就会展现另一个自我吧,所以两次见他都有颜色。

眼见司机那无法控制的烟瘾,沈禹铭心里荡漾着一种别样的情绪。

在过去的日子里,他已经走过无数扭曲的世界,其中不乏地狱般的血腥残忍。但此刻,他却感到一阵纯直觉层面的难过。

自我的绝对缺席,在生命的关键时刻,无法做到灵与肉的统一,哪怕对沈禹铭这个凭一己之力搞糟生活的失败者,也是无比悲哀的事情。

这一天,沈禹铭陷入了大他者的视角,成了一名忧伤的上帝,目睹着身体尽职尽责却庸常无比的生活,直到身体再度于园区无人之时,来到水族馆里的幽暗角落,看到那只受伤的海豚。

在身体不可避免地陷入命运的抉择时,沈禹铭再度掌握了身体的控制权。世界恢复色彩,他已做好准备,去面对与另一个人格的战争。

虽然也体味了幽闭的恐惧,但沈禹铭依然知道,砸烂玻璃是绝对行不通的。所以,他抢在另一个意识出现前,猛地朝水族馆外面跑去。等他在极短的时间里跨出水族馆的大门时,另一个意识慌忙地涌现,想要止住他的脚步。

沈禹铭生怕自己控制不住,于是不管不顾地拼命跑着。然后,他的上身开始失控,疯了一般抓握着周围的各种事物,试图稳住身体,回到水族馆里解救那只可怜的海豚。沈禹铭的体能消耗得很快,某种实在的精神力正在消退,另一个意识正在一步步地接管身体。

果然不可避免吗?

沈禹铭几乎失去了对身体的控制,无法阻止另一个饱满的精神跑回水族馆。那种强烈的无力感,逼得沈禹铭大喊道:"你冷静一点!你冷静一点!"

只见身体蹿进水族馆,拿出水管接头,身披水族馆里铠甲般的粼粼波光,朝那个角落跑去。

这时候,沈禹铭捕捉到了某种熟悉而久违的异常,脑海猛地炸开,心里燃起了最后一丝希望,烈火般的意志夺过了双腿的控制权,在水族馆里乱跑起来,心里不断疯狂祈祷着:快一点!快一点!

然而,烈火终将熄灭。

另一个意识接过身体,抄起水管跑向那个角落,然后举起铁砣用力砸下。紧接着,水池里的景象猛地撞进了他的脑海,手上的动作也随之静止。

只见水池中多出了无数的蛹,所有的鱼类生物都吐着蚕丝般的东西,将自己紧紧包裹起来。那是无数的幽闭空间,是另一个意识无法承受的信息量,就跟当初绝对能够阻止沈禹铭继续奔跑的异象一样。此刻,另一个意识甚至觉得,自己也在吐出蚕丝,自缚于一棵亘古长存的巨木之中。

"你冷静一点!眼前只是幻觉罢了!"沈禹铭声嘶力竭地大喊。

此刻,沈禹铭同样承受着"二段跑"后引发的异象轰炸,身心备受煎熬,但幻象终究会过去,他在最后一刻阻止了一场悲剧的发生。

若不是他之前试图跑出水族馆,也不会在身体跑回来时,透过粼粼波光感受到那别样的空间异动。那一刻,沈禹铭意识到,他并非身处祂所营造的数字世界里,而是在某个真实的宇宙中。

刹那间,沈禹铭感到某种真切的觉醒和怅然,就在他长舒一口气，庆幸身体终于转醒时，却发现了一丝不对劲的地方——颜色并未消失，世界没有回归灰白。

这时，身体问出了一个惊人的问题，那小心翼翼的语调，让沈禹铭不由得大吃一惊：

"你是……沈禹铭？"

第九章
来日可追

IX

此时，人们都已进入梦乡。沈禹铭因为身体的安眠而再度失去了视野。但在漫漫长夜里，看与不看并没有什么区别。

自从跟身体里的另一个人格极限拉扯后，沈禹铭心里就有了主意，明白接下来到底要做些什么。伴随着身体的鼾声，沈禹铭回想着今晚的"自说自话"，感到无比安心。他在脑子里不停地盘算着，虽然行动艰巨无比，但至少不再像之前一样无计可施。而且，他不再孤独一人。因为自己一直要寻找的人，正跟他同处这具身体里。

"你是……沈禹铭？"当他听到这句问话时，另一个人格的身份已经暴露无遗。

"你是？"那熟悉的语气让沈禹铭感到万分吃惊。

"还能是谁！我啊！李希！"当好友的名字从身体里钻出来，沈禹铭立刻愣在当场，不知道该怎么接话。

见沈禹铭没有反应，李希借身体发起问话，梦醒之后严密的逻辑思维渐渐上线，"这到底是怎么回事？"

"我们现在正身处另一个宇宙中，并且共享这具身体。"沈禹铭简明扼要地给出自己的答案，不管这听上去有多离奇。

只见好友控制这具身体，捡起了地上的水管。一种似曾相识之感涌上心头，沈禹铭咀嚼着恍惚中的点滴体验。

"也就是说……我们现在是一体的？胶囊竟然把我们推送到另一个'幻境'或者时空里，用同一个身体承载着？"

"没错！"沈禹铭激动地说，好友的结论比他更加准确，"而且我们只有很短的自由时间。"

"很短的时间?"李希发现好友正和自己共用着发声器官,心里感到一阵惶恐,"难道还有其他人占据这具身体?"

"当然了,我们只有在那具身体无法做决定时,才……上线,"沈禹铭说得尽量精简,生怕身体重新醒来,"比如在救不救那只海豚的时候。"

"救海豚?没错,我好像真在梦里拯救一个生物。在梦里,我记得有一双无比忧郁的眼睛,有一个同样幽闭的灵魂,在等待我的帮助。"李希掌握这两条情报后,试图跟自己那些细如微尘的线索联系起来,"原来这一切都是真的。看来这个'幻境'不仅具象化了你的痛苦,还具象化了我的痛苦,这是一个'融合幻境'。'时间量子纠缠态'作用于个体可真是太扭曲了。这么看来,陷入'时间量子纠缠态'的,不仅仅是不同时空的你,还有我们两人的意识。"

听李希这么一分析,沈禹铭忽然明白他们为什么会投影到动物饲养员的身体里,因为当初自己如果愿意陪妻儿去动物园,也就没有之后这许多痛苦;而那只患有幽闭恐惧症的海豚,则是李希的真实写照。

"难怪你刚才那么抓狂。你知道为了摁住你不把水族馆砸烂,我费了多大劲吗?"转念间,沈禹铭复而庆幸起来,好像乌云过境后看到了一轮明月,"原来你当时并未完全醒过来。"

"这真不能怪我,我困在那个寂静的世界里太久了,太难受了,整个身体都仿佛被压缩成了一粒沙。之后我来到这里,看到了同样受困的生灵,脑子里就只有救它这一个想法。"李希一边说着,一边向那个角落望去。周遭环境终于脱离了梦境的缥缈,拥有了大地般的存在感。

当李希再度看到那只海豚时,那种渴望拯救的心绪再度涌了

出来，手上的水管头也重新有了意义。

"你冷静一点！你现在这样救不了它。"这种心绪同步给沈禹铭时，他连忙发声制止，"而且，我们现在有更重要的事情要做。"

听了这话，李希费了好大力气，才把目光从那只海豚的身上移开，颓唐地自嘲道："抱歉，看来真是落下病根了。"

"这不是你的错。"沈禹铭听见好友的话，心里也一万个不忍。

"说一下，更重要的事情是什么？帮我分分心。"李希控制着自己的理智，调整着自己的注意力，手里的水管却下意识地握得更紧。

"当然是回到我们的世界啊，你难道不想参加父亲的葬礼吗？"

沈禹铭的话好比一记重拳打在了李希脸上，伴随着扎扎实实的痛感，各种回忆涌上了心头，就像暴雨噼里啪啦地敲打着雨棚。

"我……不知道……"李希嚅动着嘴唇，如同一匹卸下重担的老马，不知未来心向何方。

"一切都过去了，他再也不能指责你了。"沈禹铭见李希这般反应，心里真是着急万分。

李希心头一惊，"你怎么知道他——"

"这些留到回去以后再说，先想想咱们接下来该怎么——"沈禹铭话音未落，只见眼前的事物开始褪色，灰白如灾厄席卷而来。

这句嘱咐就像即将落地的银针，还未发出极轻极细的声响，便已消失无踪，空余身体的觉醒和茫然。

翌日，沈禹铭醒得比身体还要早，只等身体开启新的一天，然后在面对海豚陷入自责时，再次让渡这副身体的控制权。

可没想到的是，身体背上帆布包和电脑包出门之后，竟然坐上了反向的218路公交车，朝着沈禹铭不知道的地方而去。在车上晃荡时，身体显得非常紧张，心烦到连手机都没看，仿佛在等待人生的大考成绩揭晓。

不多时，身体来到了园林局的大门前。这个保一方动物平安的政府部门，看起来很是简朴，没有一丝铺张浪费的官气。然而，对身体而言，这里不仅掌握着海豚的宿命，也拿捏着他那微乎其微的希望。

在门口签到后，他来到了会议室，想向局长当面陈述自己的报告。电脑里的PPT已经修改过无数次，只为那伤痛不可能愈合的海豚争得一线生机。然而，他从早晨九点一直等到下午六点，却始终没能见局长一面。室内温度由凉转热复又转凉，就像他的心一样，现在已经陷入寒潭深处。

直到办公室主任发现会议室里还坐着个人，没好气地说："你怎么还没走？"

身体这才站起来，微微躬身，赔着笑脸道："不好意思，给您添麻烦了，我反正回家也没事。那什么，局长今天大概什么时候回来？我最多占用局长五分钟，不不不，三分钟也行。"

主任听了他的话，满脸挂着"不上道"和"不懂事"的意味，可看他这般诚恳，又可怜起眼前这人来。于是，主任走到他的身旁，语重心长地拍了拍他的肩膀，"我说你这位小同志啊，怎么这么轴？这都来多少回了，何苦嘛。"

"没关系的，局长忙，我可以再等等。"眼看主任明里暗里下逐客令，身体竟慌张地一屁股坐回座位上，露出一股"我可以一直等"的劲头，"方案不是还在研究吗？"

"行嘛，不过局长最近都在忙着跟企业谈野生动物园落地的事情，可没什么精力跟你折腾。"主任说着掏出手机看了眼时间，面色阴沉地说，"最多七点，保安就要锁门了。"

那天，身体感到无比沮丧，不仅因为已经尝试太多次，更因为他今天已经做好堵门的准备，然而依然是一场空。利剑依然悬置于天穹，时刻牵动他的心，在近乎无限的等待中，消耗着海豚所剩无几的时光。

浓稠的夜色如同黑咖啡一样提神醒脑，困倦却无法入睡的烦躁感搅得人心神不宁。身体坐在空荡荡的公交车上，微微喘息着，痴痴地看着这个永不沉降的世界。这个世界不会有任何改变的，而且还在努力将他拉回日常，将他拉回逼仄的家中，将他摁在床上沉睡，忘掉那只不走运的海豚，开始新的一天。

就在身体天人交战之际，沈禹铭看到了公交车的蓝色椅背。整个世界再度鲜艳起来，哪怕公交车里昏暗无比，就连看书的穷学生也把皮扎尼克的诗集放进了包中。

此刻，身体再度陷入休眠，只留下一个必须解决的问题：回家，还是去水族馆看望那只海豚？

看上去有两个选择，但不论是身体还是李希，显然都已经做出了唯一的选择。218路经过家门前的站台时，李希并没有控制身体下车，沈禹铭笑了笑，欣然从命。

水族馆里一如既往地散发着寂寞的味道，宛若世界崩塌后的孑遗。鱼类随心意游动着，那只海豚却沉默着，静止着，等待时间把自己推向死亡的海洋。每当看到这些鱼儿，沈禹铭都忍不住幻想这些鱼儿的内心。它们是否隐隐期待着死亡呢，死后的自己……是不是就能自由了呢？是不是就能不痛了呢？然而，身为人类的他知道，这样的想法有多么虚妄，死后一场空，只剩悲恸的余韵。

"你想怎么做？"沈禹铭率先发问，毕竟人生总要继续下去。

李希因为自身所受的幽闭之苦，让他无论如何也放不下眼前的生灵，"我想救它……"

见好友这番模样，沈禹铭有些无奈，归途未决又添新祸，实在令人沮丧。不过，沈禹铭迅速深呼吸三次，整理着心情，"那我来救它，你来想回去的方法。"

"你来？"李希有些吃惊，言语里颇有些不好意思。

"你现在这种状态怎么救？用水管吗？你面对它，连基本的理智都保持不了。"沈禹铭席地而坐，看着那只枯木般的海豚，"所以，交给我吧，我的朋友，让我也帮你一次。"

李希张张嘴，像是要反驳，但最终只是浅浅说了声："谢谢。"

"还说什么谢啊。"沈禹铭从随身的包里抽出笔记本电脑，"时间紧迫，赶紧干活儿，你先用还是我先用？"

在接下来的几个月里，他俩每天共用着一具身体，开始执行着各自的计划。

而且，在拯救海豚这件事上，身体本身的意志已经几乎放弃努力了，救与不救都交给了沈禹铭和李希来做决定，因此几乎将黑夜的控制权交了出去。借此机会，每个晚上他俩都工作到深夜。

在那段时间里，李希主要负责完成制作胶囊。过去，他是跨国公司的高层，有海量的权限和强大的资金支持，私下开发一款药物虽然很费劲，但也是力所能及的事情。但现在，他来到一个新的世界，没有资源，没有人脉。哪怕他对制作方案烂熟于心，可要凑齐数量繁多的原料和找到合适的制作环境，并且将其制作出来，也不是一件容易的事情。他知道，自己现在肯定没办法撬动那些巨头企业来实现自己的想法。而且真要把方案给了，指不定就被夺走了，自己没有一点办法。

事实上，李希和沈禹铭都通过网络寻找着这个世界的蛛丝马迹，希望跟这里的自己结成同谋，得到自己的帮助。可网络上既没有同名同姓的跑步网红，也没有频繁出现在通稿里的药企高管。

或许，正因为这个世界里并没有他俩的肉身，所以他俩才不得不寄居在别人的身体里。

幸好，他们只需要一粒胶囊。

对李希而言，问题总有解决的路径，毕竟自他跟家庭决裂以来，就在不断自己解决问题。李希很快在网络上找到了各国的极客组织，并且将制作工作切得很细，然后小心翼翼地分包出去。而他给别人的报酬，则是自己那些疯狂的、令人兴奋的创意，每一个听起来都像能改变世界，这能给极客们带来极大的满足和挑战。而他的制作计划也在缓慢有序地推进中。

相较于李希跟夜猫子一般的极客们打交道，沈禹铭就惨得多了。因为他总是深夜推进商业计划，于是经常被电话那头的联络人大声呵斥，让他看看现在已经几点了。

但没有关系，只要对方有正常的商业嗅觉，一定不会错过他的提案。一旦能跟他们的CEO面谈一次，就有机会拯救那只海豚！过去，沈禹铭总把商务看成挣钱的途径，虽然能够养家糊口，但丝毫没有从中得到任何乐趣。但这次，为了拯救李希，为了拯救那只海豚，他竟然从斤斤计较的商务工作里感受到了意义。

在那些日子里，身体明显觉得比平时疲惫得多，虽然这个世界的人都很适应身体里住着他者，都惯于服从他者的意志，可也深感反常。

直到事情推进过半，已经有了明显的进展，身体才意识到发生了什么。而当时的沈禹铭紧张得不行，生怕这具羞怯且自卑的身体把一切搞砸。

那天，在身体打扫笼舍时，动物园的园长把他叫进了办公室。身体刚踏进办公室，发现除了笑眯眯地看着他的园长，沙发上还坐着一位很有派头的中年男士和一位娴静的女士。女士那一袭绿色的旗袍，让室内的气氛变得柔和了起来。在女士的身后，还站着一位微笑着的年轻女性，看上去应该是女士的助理，亲和中透露着干练。

只见园长皮笑肉不笑地说："小李，这么好的创意怎么不先报给园里？王局给我打电话的时候可把我高兴坏了。"

见园长说话时用手晃了一下那位中年男士，身体这才知道，原来那就是自己约了很久也见不到的园林局局长。

"对啊，小李，以后做事情要注意程序。"局长先是安抚了一下园长，转脸哈哈一笑，"不过，这也是帮市里的项目落地嘛，还是有觉悟的。"

听着园长、局长一来二去的话语，穿着旗袍的女士微微一笑，象征性地表示着赞同。这时，那名助理率先开口："李先生，我们终于见面了。这位是我们集团的总裁云山海女士，您的策划能通过董事会的决议，全凭云总的大力支持。"

此刻，沈禹铭心里十万火急，虽然早料到会有面谈这一天，可没想到对方竟然没打招呼，就拉上有关部门来找自己。

这些日子，为了不让身体担心别的人格瞎折腾，沈禹铭隐藏了企划的PPT，而且将每天的通话记录都尽数删除；李希则直接在电脑里开了一个隐藏分区，将跟全世界交流推进的各种资料全部放里面，如果身体不是特别认真地寻找，是绝对不会发现的。沈禹铭和李希都特别叮嘱自己的联系人，白天不要跟自己发起沟通交流。由于担心别人忘记这一茬儿，他们甚至每天晚上忙完之后，还会把联系人的电话和邮箱拉进黑名单，彻底不打扰身体白天的生活。在这样的严防死堵下，真就把身体和他俩的日子隔开了，身体愣是连一点信息都没看到，平平稳稳地过着自己的日子。

事实上，沈禹铭本打算在跟各方谈定一切，约好面谈之前，给身体留一封信，将整个计划和盘托出，再由他来接手推进。

不然，又羞涩又不老练的身体，哪里应付得来这些场面。

"李先生，我们今天来谈谈具体怎么把海豚放回大海吧。"云总的话很轻，但对身体而言却是那么掷地有声，宛若一记惊雷，炸响了他一团糨糊的脑海。

此刻，身体像是抓住一根救命稻草般，也不管前因后果，鼓起勇气怯生生地问："您是说……那只海豚？"

"不然呢？"云总说话间，似有一阵风拂过娥眉，"集团专家看了你的评估报告，确认它患有幽闭恐惧症。"

王局淡淡接道："将这样一只海豚放归大海，正好符合咱们野生动物园提倡的自然与环保。"

此刻，身体就是再愚钝、再不上道，也从他们的话语里拼凑出了事情大概的轮廓——他们想用海豚为即将落地的野生动物园作秀。

沈禹铭感到身体陷入巨大的恐惧之中，情绪更是复杂奔涌。他深表理解，毕竟不是所有人都像他一样是做商务出身，明白在这个世界上,想要做成大多数事情,都需要厘清背后的利益关系,都需要各种力量来助推。

为了达到目的,哪怕用自己的梦想给别人作嫁衣也在所不惜。

所以……身体会拒绝……会掉头逃走吗……

"各位领导……你们真的想要把海豚放归大海吗?"身体知道这是一句废话,答案确切与否,自己已经改变不了什么,要做的就是把握住这个机会,不枉费另一个自己撕开口子,"具体怎么运作,我都听各位领导的。如果大家不嫌烦,我可以讲一讲运送过程中的技术细节,这方面我研究了很久。"

听到这话,云总露出意兴阑珊的表情,本以为遇见了一位优秀的商务,还想着项目启动后把他挖过来,可没想到,他关心的竟然是技术问题。

王局见云总面露不悦之色,心想小李确实很不上道,连忙打起了圆场:"技术问题有云总的团队来跟进,想来不会有什么问题,那小李你就先去忙。"

听到这话,身体知道自己表现得很糟糕,但还是有种如蒙大赦的庆幸,应声后逃也似的离开了办公室。

直到这时,沈禹铭提着的心才终于放下。身体没有把一切搞崩,自己这番心血终于结成了果实,只等成熟后掉落,给身体和李希解救命之渴。

正当他沉浸在幸福中时,只听身体在空无一人的笼舍说了一句:"谢谢。"

借着身体的视野,沈禹铭没看见面前有任何人,不明白身体在跟谁道谢,然而身体又说了一声:"真的很谢谢你,虽然我不知道你听不听得见。"

这时，沈禹铭才意识到身体是在感谢自己。

自从妻儿离开，他已经很久没有为别人做过什么，已经亏欠这个世界太多。想到李希的那声谢，还有这声并未在耳畔消散的感谢，沈禹铭忽然有种许久未曾有过的感觉——幸福。

此刻，沈禹铭的脑海里浮现出李怡珊的样子，她当然不是一个非常完美的女性，她也有自己的计较，也有自己绝对不能出让的东西，也有自己的小九九。但她在有生之年，总是很愿意去帮助自己，不论是在成马之前还是之后。

她……也会感到幸福吗？在帮助自己的过程中，她也会获得快乐吗？

沈禹铭希望自己并不是她的负担。或许，在某些时刻，自己成了她快乐的源泉，成了她幸福的触发器。

一时间，他在妻儿的欢笑和身影里，仿佛也看到了自己的身影，也看到了自己那不容抹去的存在，顿觉过往的忧郁和自愤都是那么虚妄。

或许自己愿意帮助身体拯救海豚，也是受到了妻子的感召，那份温暖让他内心隐隐触动着，让他想要传递下去。

现在的他无比盼望李希的计划一切顺利，让自己还有机会重头来过，哪怕机会渺茫，他也要勇敢一试。

自从放生海豚的合作方案敲定，在集团的运作下，海豚"瑞恩"在半年内迅速成了一只家喻户晓的生灵。它的过往和此刻的困境赚足了看客们的眼泪，即将落地的野生动物园也因此成了国民级项目，尚未动工就已赢得极高的关注。

在这半年的时光里，瑞恩被单独转移到一个更加开阔的空间，身上的疼痛也得到了治疗。可与此同时，沈禹铭和李希能感受到，他们偶尔能接管的这具身体，仿佛跟海豚脱离了联系。他依然是那个默默无闻的饲养员，一切的风光和荣誉都被动物园、局里、集团给拿走了。身体觉得有些寂寞，心里有些空落落的，但他没有办法。

终于，身体、沈禹铭、李希都等来了放生海豚的日子。#拯救海豚瑞恩#成了当天热度最高的话题，摄像机全程跟拍，大半个互联网都关注着这只可怜的海豚。而作为这场策划的发起人，身体受邀随团来到海豚湾。

"我可没有撇下你哈，毕竟这是大家的荣誉，之前确实顾不上你。"动物园的园长希望身体能够记得自己的恩典。

若是过去，身体可能真会感谢园长带上自己，但就在那天他跟王局和云总见面之后，沈禹铭和李希已经把他俩所做的一切都告诉了身体，就靠 Word 留言这样朴素的形式。告诉身体的，除了沈禹铭拯救海豚的商业企划以外，甚至还包括李希制作胶囊的计划，就连自己的身体在另一个世界陈列了大半年的猜测也和盘托出，希望能够得到身体的信任和配合。

"我们已经帮你救了海豚，现在请你帮帮我们，可以吗？"

"好的。"

沈禹铭本以为这会是他们最后的交流。然而，这般坦诚相见，本就是一场豪赌。因为筹备到现在，当那只海豚放归大海后，身体会不会按约定完成最后一个步骤，还是一个未知数。

毕竟，白天是属于他的，要是把胶囊直接扔海里，沈禹铭和李希的努力就彻底付诸东流了。

那天的海豚湾下着瓢泼大雨，天地昏沉灰白，仿佛整个世界都将陷落。贵宾们在温暖的海景包厢里推杯换盏，表达着祝贺和友好，聊起了未来围绕野生动物园打造的一系列规划，就连单调的灰白也挡不住即将涌来的繁华。只有身体一直站在巨大的落地窗边，眺望着渐渐远去的渔船，右手一直在风衣口袋里摆弄着塑料瓶。

海景房的电视里正在同步直播今天的活动。强配置的渔船正在风浪里航行着，而海豚瑞恩正在船板上挣扎，就像是疯狂回应着大海的呼唤。工作人员顶着风暴，解开了海豚的束带。在活页船板的推动下，海豚被送回了大海。

只见它跃入大海的一瞬间，溅起的巨大浪花庄严肃穆，犹如一朵盛开的自由之花。

大海纵然危机四伏，也比逼仄的水族馆更应该成为它的归宿。

一念及此，身体竟然有些恍惚。那只海豚宛若一只活祭，供奉给了大海和商业巨头，只为拯救他重获安宁。

然而，获得宁静的不光有他，还有他体内的李希，那种时刻因幽闭而带来的心悸，此刻终于有所缓解，接下来就可以无牵无挂地执行最后的计划了。如果要回到熟悉的世界，就必须重回那个幽闭的空间，然后完成正常的弹出。

如今，海豚已经获得了自由，身体也卸下了重担，是该他兑现承诺的时候了。

身体轻轻地把小瓶从兜里拿了出来，将那粒胶囊倒在手心。眼见这一幕，沈禹铭和李希简直要把那并不存在的心脏提到嗓子眼，想到这大半年极其有限的自由，还有那个熟悉的世界，他们对吞下胶囊的这个动作简直有了近乎本能的渴望。

可是，身体并没有马上吞下，而是将手心握成拳头。胶囊在这没来由的包裹之中，竟然显得岌岌可危起来。

沈禹铭简直想要大声呵斥：你想反悔吗？！

而此刻，身体依然在眺望那片灰白色的阴沉大海。海浪拍打着礁石，时而汹涌，时而迟钝。时间在一次次拍打中，显得那样迟缓。沈禹铭见身体这般模样，担心他会将药瓶扔进海里，让浪花卷走最后一丝希望……

就在三方都不约而同地陷入沉默时，海景房里的热闹与喧嚣，还有来日的繁华热闹，都成了另一个世界，跟他们所处的孤岛毫无关系。

只听身体忽然钦佩地说："每个人的身体里都住着别的人，但我没想到，我的身体里住着两个这么厉害的人。"

一阵沉默之后，身体又羞怯地说："你们是我的朋友吗？"

沈禹铭想要说自己是他的朋友，但那无疑只是安抚之词，此刻的他竟连这一丝一缕的安慰也说不出来。

"我从小到大都没有朋友，从来没有人帮过我。"身体重重地叹了一口气，心中满是不舍，"我真不想你们离开，真的不想。"

面对这番剖白，沈禹铭哪怕真有一副独属于自己的发声器官，也说不出什么来。他早已体验过在面对人生变故时的无力，一切的理解和安慰都是那么浅薄，就像风中柳絮。除了生生啃下巨石，混着满嘴的碎牙和鲜血吞下，别的什么也做不了。

难道他要一直寄居在这具身体里吗？难道可以放下曾经的遗憾就此生活下去吗？

不行的，哪怕他跟身体发起一场对话，纵然再可怜对方，沈禹铭也知道，答案只有一个。

可是，这种无能为力、只好接受的心绪是如此的一致，沈禹铭感觉自己跟身体前所未有的亲密，在共用着一颗心。

然而，就在僵持之时，沈禹铭和李希忽然发现，眼前的大海变得蓝了起来。紧接着，温暖的海景房里出现了忧郁的黄色光芒，缤纷色彩如海啸涌过，再度附着于万物之上。

身体无法面对失去朋友的痛楚，因此，他将选择权交给了沈禹铭。

不论这是有意为之，还是生理被动，身体都为他俩推开了一扇窗。自由的风席卷而来，拂面而过时，甚至感觉猛烈得生疼。

走吧。

沈禹铭将胶囊吞了下去，一切尘埃落定。

就在这时，就在他和李希一同进入那个神秘的空间时，他们仿佛听到了无数的道别，那是每一具身体里的灵魂发出的咏叹，就像深海的鱼群浮出水面，赞美太阳。

他们终于要回到自己的身体里了。

沈禹铭的心里涌起无尽的狂喜。

自己真的拯救了李希，好友终于可以醒过来了。

自己也终于可以继续追寻妻儿了！

紧接着，沈禹铭感觉自己属于所有人，而所有人也都成了沈禹铭。那种万千生灵的一体感，只在沈禹铭的脑海里存在了刹那，然后黑暗降临，弹出骤然而至，时间再度流向了熟悉的沟渠……

等沈禹铭从昏沉中醒来，眼前漂浮着某种黏稠的液体。浑浊的视野让他以为自己成了那只受伤的海豚，正被困在水族馆里供人游玩观看。

就在他本能地想要揉搓双眼，让自己清醒一些时，他发现自己真在控制双手，划过液体的阻力感竟显得那般珍贵。可下一秒，他感到很不对劲，因为手掌竟然无法抵达自己的眼睛，有某种坚硬物覆盖着自己的脸。

那是一张无比坚固的面具，正以近乎嵌进肉里的紧密度，与他的脸贴在一起。沈禹铭陷入某种巨大的慌乱中,难道自己又进入了某个难以理喻的世界?他本能地抗拒着那张面具,就像反抗强加于己的命运,手忙脚乱中抓住了与面具相连的那根管道,刹那间,他听见了气息泄漏的声音,浑浊的液体涌了进来。

神秘的"水族馆"猛地亮起了红光,响起了清晰可闻的警报声,在液体彻底淹过他的口鼻前,提醒了控制室里的工作人员。

一时间,沈禹铭感到无比强烈的窒息感,仿佛一只脚已经踏进了鬼门关,可就在另一只脚也快被无数阴魂的手臂拉进地狱时,他听到了急速的泄洪声。那些往他体内钻的液体正在尽数退去,那张面具也渐渐飘落到了底部。

就在浑浊液体的水位渐渐下降时,沈禹铭终于透过沾染着水渍的玻璃窗,看到了一些熟悉的面孔。许多技术人员正在营养舱外站着,带领着众人的文教授以及那位有着弯弯月牙眼的服务生小妹位于中间,静静地等待着他。可是,沈禹铭也感受到一丝诡异,这些熟悉的人都老了,他们笑起来的脸上多了鱼尾纹,印象中的活力也染上了暮气。不过,他们依然狂热,那虔诚而兴奋的样子,就像等候着预言成真,静待着神死后复生。

然而,当舱门缓缓开启,沈禹铭并没有身披荣光,没有任何成为更高级存在的迹象,陪伴他的只有无穷无尽的倦意和虚弱,都还没来得及细究因果,就因支撑装置的撤离而向地面倒去。几名工作人员连忙将他扶住,身上残留的液体迅速在地上形成一摊积水。

他扭头看向身边的营养舱,只见一名男子赤身裸体地戴着面具沉睡着。这时,他终于体力不支地昏了过去,唯余发丝上的液体不断滴落,最后一丝神志也离他远去……

这是在哪里？苍白的阳光从窗外照射进来，空旷的房间里只有他孤零零一张病床，四周弥漫着消毒水和清新剂的混合气味，床尾的墙上挂着一块死寂的黑屏，犹如一方永夜。沈禹铭有种预感，那块黑屏里藏着他的过去和未来。

他是在肩膀的剧痛中醒来的，好像背着一个孩子走了好久好久。他们渡过了一条不断叹息的大河，走出了一片注定失去一切的白桦林，苦熬过一场没有名字的暗夜，才终于来到即将到来的日子。

然而，沈禹铭并不是圣者，他感受不到磅礴、安宁与释然，只有受尽折磨后的创伤应激。

醒来之后，他靠着松软的枕头坐了好久，细细体味着灵肉一体的安全与侥幸。大脑前所未有地处于放空状态，细细感受着自身与周围环境，仿佛已经深入到分子级别。

直到护士走进来，这一进程才被硬生生打断。

"你在营养液里泡了二十年，尽管有着营养液的辅助，智能设备还会每天帮助你活动肌肉，但身体机能依然会有退化，这些都是正常的。"护士一边为他做着简单的检查，一边劝慰道，"这需要慢慢适应，不要太勉强自己。"

听到这句话，沈禹铭的理智从空无的泥沼中生长出来。他想起妻子在他负伤时，劝他不要勉强自己，慢慢等待恢复的情景，于是再度跟这个世界建立了血肉般的联系。

"到底发生了什么事情？"沈禹铭关切地问，"李希在哪儿？他怎么样——"

话音未落，他的问题就像玻璃一样砸在了地上，"你终于醒了，系统检测你的脑电波很平稳，全程处于深睡眠，看来没有做梦。"

只见文教授在助理的陪同下,走进了病房,"真是好运。"

眼看沈禹铭又要重复同样的问题,文教授温和地伸手打断了他的话语,对窗外打了一个手势,接着那清冷的阳光渐渐变得暗淡,仿佛诸神的黄昏骤然而至,继而陷入永无止境的黑夜。在最后的光芒中,沈禹铭发现那台黑屏竟然化为液体迅速展开,然后笼罩了整个病房。

不多时,他发现眼前出现了些微的光芒,那粒熟悉的胶囊出现在他的眼前。

一个穿着蓬蓬裙的小女孩出现在他的眼前。她住在一间大房子里,保姆还没来得及收拾,玩具散乱地遍布于客厅的各个角落。乐高碎片、洋娃娃、游戏机和卡带,这些都让这个空旷的房间充满了烟火气。这时,她从妈妈的手心里接过了那粒胶囊,吞了下去。

只见画面一转,一位颤巍巍的老人正哆哆嗦嗦地从口袋里拿出药瓶,小心翼翼地从里面倒出了两粒胶囊。他仿佛耗尽了最后的力气,努力将瘫痪在床的老伴儿扶起来,把胶囊喂进她的嘴里,然后鼓励她用清水慢慢将其漱下去。之后,他看着那粒胶囊,自言自语地说:"会有治好你的那一天。"他一边说着,一边躺在了老伴的身旁,将胶囊吞咽而下,安详地闭目等待着。

之后,沈禹铭看了许许多多服药的场景。西装革履的达官显贵、自闭几十年的孤独患者、辍学卖甘蔗的少年,还有日进斗金的当红主播,他们都在不同的场景、不同的时刻吞下了这粒胶囊。

无数的场景涌进他的大脑,那无数人生的切片,构成了一个个人类的未来。

等他好不容易从别人的生命中回过神来，发现自己来到了一个繁华的世界。所有人都充斥着超人般的勇气、精力和能量，他们支撑着一个充满活力的世界。在这里，可控核聚变即将突破，量子计算机已经逐渐民用，每个人都有了制衡他人和集体的力量，每个人都有了影响全世界的能力。

每个人看上去都好开心。

继而画面一转，他来到了一个不用选择的世界。那是一个秩序井然、无比工整的世界，所有人都处在命定的秩序里，每个人都贴上了精准的标签，生活处于最稳定的舒适区中，没有任何外部动力催逼他们做出非必要的决定。

每个人看上去都好幸福。

然而，美好戛然而止，沈禹铭一脚踏进了一片没有界限的世界。文字已经消逝，心门不再存在，每个人都是一台行走的播报机，将内心的所有想法袒露于外，所有的心声都被无损地接受和感知。

每个人看上去都好有安全感。

沈禹铭尚未适应这样的世界规则，就再度进入另一个世界。在那里，每个人都服从着某个随机数，整个世界都被这些随时变化的数字所统治，那些数也真有某种神奇的力量，可以解决生活中方方面面的问题，可以抚平每一颗躁动的心。

之后，他来到了一个隐形的世界。每个人都可以把自己隐藏起来，每个人都可以让自己消失，最终有无数人迷失了自己，再也回不到躲猫猫的老家。

还有一个世界，每个人都明白何为二律背反。于是，人类像发癔症一样建起了一座巨大的建筑，涵盖了埃及和两河流域。他们的狂热来源于他们知道这个建筑最终必然会崩塌，而所有人都会在废墟下陷入永恒的沉睡。

在下一个世界里,所有人都忙于给万物命名,所有名字都在不断被修改。最终,人们放弃了所有的名字,把所有的事物都归为某一个发音。那个音就像烟尘一般,随时分离,随时聚合,若有若无,并最终消散。这个世界失去了一切的能指和所指。

当沈禹铭踏足最后一个世界,那里所有人都在跟别人交换身体,想要去过完全不同的人生。可他们最终发现,做人的感觉并无差别,因此热情渐消,最终再度吞下那粒胶囊,陷入了更漫长的沉睡。

整个世界从混乱陷入了虚无。

最终,沈禹铭回到了那个陈设简单的病房里,黑色的液体复归为黑屏,苍白的阳光再度洒落,仿佛经历了天地的一次呼吸,唯余静谧。

"现在,我来告诉你,你们陷入沉睡之后的故事。"文教授从助手手上接过一杯咖啡,递到了沈禹铭的手里,"根据李希留下的信息,我们实现了胶囊的量产,并向全世界推广。再之后,这个世界便不再稳定。"

沈禹铭不断地长长呼吸着,想要从那巨大的信息汪洋中挣扎出来,甚至连喝一口咖啡的力气都没有。等他好不容易回过神来,才疲惫地抬起头盯着文教授,冷冷质问道:"这一切都是你搞的?"

"我只是推倒了第一块多米诺骨牌而已。"文教授坐在病床旁边,舒缓地十指交叉,仿佛他真的只是做了微不足道的贡献,"消耗了三个半衪才研制出了新型胶囊。"

"三个半衪?"沈禹铭几乎立刻意识到文教授提到的是谁,"怎么可能有这么多祂?"

"这全是你的功劳。要不是你当初舍命去救李希,我们也无法勾勒出祂的全貌来。"文教授的目光和语气是那样真诚,沈禹铭却感到一丝寒意。

文教授不等沈禹铭发起疑问,便自顾自地说下去:"祂为了实现拯救全人类的宏愿,在连续三次超载烧毁自己后,终于实现了胶囊的大规模生产,并且在李希的研究基础上,实现了功能的改进。"

"改进?"沈禹铭面露不解。

"李希虽然是个天才,但受限于硬件条件,最终研制出来的胶囊依然太过简陋。它存在两个严重的缺陷,其一,你们在到达彼岸前,会经历一段'炼狱'——你们将其命名为'幻境',几乎没人能熬过那些异象造成的精神冲击。你跑了那么久的步,应该很清楚才对。"文教授的眼里燃起火热的光芒,"其二,你们并不能真正留在彼岸,就像你们沉睡二十年后,依然会回到这里来。"

"'幻境'的问题你们解决了?"沈禹铭皱眉道。连李希都束手无策的问题,他并不认为有人能够轻易解决。

"严格来说,并没有解决。"文教授抿了一口咖啡,答道,"但祂代替所有人类,承担了'幻境'的痛苦。本来,代替人类承受痛苦就是祂存在的意义。"

沈禹铭的身体一颤,他无法想象那将是何等痛苦的地狱,更无法想象祂承受痛苦时,闪耀着怎样救赎全人类的伟大神性。

"可为了解决第二个问题,为了让每个人类留在自己的理想乡,祂对胶囊中的纳米机器进行了编程,将你们不可控的介入过程,分解为了可控的三个阶段。"文教授说着,渐渐兴奋了起来,"第一阶段,人们吞下胶囊,并许下自己的愿望。祂会根据人们的诉求，并结合对其意识的分析，构造出一个令人们满意的世界。"

"每个人一个世界？"沈禹铭惊讶道。

"每个人一个世界。"文教授答道，仿佛这是理所当然一般，"第二阶段，祂会利用'时间量子纠缠态'，在近乎无穷的平行时空中，寻找每人期望的那个世界。我方才向你展现的图景，就是这些不同时空的拼图。然后，祂会利用胶囊里的纳米机器，将人类的意识发送到那个世界。多亏祂代替人类承受了苦难，所有人类都可以毫无痛苦地到达彼岸。"

沈禹铭想了想，问道："你们的技术，可以避免掉介入时异世界的排斥吗？"

"当然不能，不如说，正是这种排斥，或者说'弹出'，才令'每个人的理想乡'成为可能。"文教授的语气慷慨激昂了起来，"即便有了祂的辅助，所找到的平行世界也未必真的完全如人所愿。毕竟现实世界是有着其运作逻辑的，但借助'弹出'，我们在第二阶段设计了'试融入期'。

"在进行意识传送的同时，祂会告诉使用者一个方法。当然，这个方法是因人而异的。如果执行了这个方法，'试融入期'结束后，使用者就会真正留在那个平行世界。"

"什么叫'真正'留在那个世界？"

"占据另一个世界的身体，取代另一个世界的自己，彻底留在那个世界。"文教授的眼中放出激昂的光彩，"当成功时，使用者在现世的身体就会自然消失。这就是介入的第三阶段，完全融入！

"身体消失就仿佛连宇宙都在帮我们！每个人都可以在另一个世界寻找到幸福！永远的幸福！"

"如果没有执行祂的方法呢？会被异世界弹出吗？"沈禹铭

问道。

"是的。被弹出的人可以选择继续寻找，直到找到自己愿意融入的世界为止。"文教授答道。

半晌，沈禹铭终于挤出了一个问题："实现愿望而消失的人类……有多少？"

"目前为止，地球清醒的人类只剩下胶囊投入使用前的千分之三，另有百分之五点四九躺在休眠舱内，等待最后的抉择。"男子平淡的语调，昭示着应有的结果。

二十年，几十亿的消失人口。沈禹铭握紧了拳头，问道："那……我们的世界……怎么办？"

"由于没有人工作，少数的人口聚集在世界上几个大城市里，由AI负责维持城市运转。"文教授再次启动了黑屏，沈禹铭一眼望去，看到了破败的城区、龟裂的高速路、斑驳的建筑……可镜头里，还出现了湛蓝的天空和随处可见的动植物。

整个世界安静如谜。

"这样的世界……真的是乌托邦吗？"沈禹铭支支吾吾地说道。

"这是人类自己决定的乌托邦！"文教授解释道，"历史是由人民推动的，文明的发展是有既定方向的。这样的结果，是全人类共同做出的选择。尽管现世破败了，但站在更高的视角看，那些袛经由人们愿望而找到的平行时空，又何尝不是更广义的'乌托邦'呢？只要人人都获得了幸福，又何必在乎一个文明的兴衰？"

沈禹铭想要反驳什么，却发现文教授的逻辑极其自洽，近乎无懈可击。如果过去就有这个改进后的胶囊，或许自己也会毫不犹豫地吞下……

文教授就像是征服了深渊的旅人般继续说道："尼采和马克思有着微观和宏观的对照关系，前者提出个体的超人观，后者主张集体的超越观，都在崩塌的世界里寻求更高维度的解决方案。而祂所做的一切，也不过是高维度解决方案中的一种罢了。在祂所构筑的广义乌托邦里，世界依赖愿望而存在。当我们离开了眼下的世界，我们不就超越了自我，超越了现有社会吗？这才是在现实意义上实现了尼采精神和马克思精神的融合！"

可是，沈禹铭只感到了绝望。费尽心力回到自己的世界，没想到仍然是徒劳，一切早已不在，一切都已逝去。

"祂这么做，到底是为了什么？搞垮世界，让这个地球成为一座巨大的空城，让所有的天堂都建立在这座废墟之上？！"沈禹铭的眼里燃起怒火。

只听文教授仿佛说着神的箴言："祂要让每个人获得幸福，你和李希给祂带来了真正实现梦想的机会。当最后一个人类前往乌托邦，这个世界就不会再有痛苦了。"

"不再有痛苦？"沈禹铭一句质问，文教授愣了一下。"你们确定，实现愿望的世界就没有痛苦了吗？

"有没有人告诉你，他在那边过得很幸福？"沈禹铭死盯着文教授，近乎悲哀地看着他，"就像有没有死者告诉你，亡者的世界到底有什么？"

"你……你在说些……"文教授忽然意识到了什么，心里感受到猛烈的震动，"海德格尔说'向死而在'——"

"向着死亡而存在吗？"沈禹铭看着文教授，看着眼前这个崇拜幸福的狂信徒，"死亡就在那里，你有没有走过去都在那里。死亡正因完全不可知晓，才有让每个人脱离责任的神力。

"而痛苦，就跟死亡一样，是绝对存在的，且不可知的。"

听到这里，文教授已经隐隐感受到沈禹铭那早已被痛苦浸润、早已彻底跟痛苦同化的内心。过往变成了一个无可辩驳的概念，像钢钉一样扎进他的心里。

"人类的痛苦来源于对自我的审视。"沈禹铭在经历了成马、经历了妻儿的逝去、经历了无数次的自我拯救和自我毁灭后，说出了对于痛苦最真切的感受，"人只要存在，就一定会感受到痛苦。

"所以，你只是在清空现世的痛苦。

"你只是在向其他世界播撒痛苦的种子！

"所以，不要再骗自己了。什么'去往实现愿望的世界就能获得幸福'，那只是你以及其他人的一厢情愿，根本没有人知道命运的结果！"

说完这句话，沈禹铭和文教授都平静了下来。时间一分一秒地过去，仿佛要走向永恒。

这时，文教授从兜里拿出了一粒胶囊，递到沈禹铭的面前，"这是留给你的。"

"什么意思？"沈禹铭问。

"那你会为了追寻到妻儿，吞下这粒胶囊吗？"文教授的眼里流露出最后的倔强。

"你明明已经动摇了，为什么还要给我？是在引诱我吗？"沈禹铭看着他，"你现在是魔鬼，还是天使？"

"我只是在贯彻祂的意志。祂想要所有人得救，这个进程不会改变。"文教授的眉间笼罩着黑云，"祂说，在之前的岁月里，你和李希并不存在。如今，你们回来了，祂要你们许下愿望……"

看文教授欲言又止的样子，沈禹铭感觉他仿佛有话要说，"你是希望我许下什么愿望吗？"

忽然，沈禹铭感受到一股巨大的注视感，仿佛每一个普朗克尺度上都睁开了一只眼睛，正死死盯着在场的所有人。

只见文教授无奈地摇摇头，轻轻地说："祂不允许任何人干涉别人的内心。

"这个愿望，只能属于你自己。"

第十章
那个男人

在决定是否许下心愿之前，沈禹铭去看望了从昏沉中苏醒的李希。

自从他俩被工作人员带离营养舱，就在各自的专用病房里进行疗养。沈禹铭虽然还不能顺利地下地行走，但已经迫不及待想要见自己的好友。

见沈禹铭如此执拗，文教授叹了一口气说道："那你要有心理准备。"

李希的房间里放着一盆塑料海棠花，那淡粉色的花瓣为冷冰冰的病房嵌入了一丝春意，哪怕是假的，也是一种积极的心理暗示。可一种微妙的不和谐感充斥于空间之内，那盆海棠花竟有了几分艳鬼的意味。

看到好友的那一刹那，沈禹铭感觉李希消瘦了不少。他像是遭遇了海难，独自在大海上漂流了无数个日夜，等被人救上岸时，整个人已经脱了相。此时，他的头发已经掉光了，身体也只剩皮包骨头，脸上戴着氧气罩，手腕上也插满了细管，整个人都跟维持生命的机器绑在了一起。

可是，他的目光很平静，尤其是看到沈禹铭时，那模样就像是准备安然离去的老人。

"他之前过量服用安眠药，肝肾脏处在衰竭边缘，加上这样一番遭遇……为了救他，我们尽了全力，可是……"文教授将沈禹铭送到病房，便不再往前，仿佛那是一个不属于自己的世界，说话间轻轻带上了门，"你们慢慢聊。"

看到好友这副样子，沈禹铭心神动摇。自己救他到底对不对？与其像现在这般受苦，或许永远停留在另一个世界，附着在另一个肉体上才是最好的选择？他不由自主地将目光投向内心那个隐秘的角落，自己做这么多，与其说是救好友，更多还是为了自己……

可这时，李希发出一记几不可闻的笑声，气若游丝地说："别胡思乱想了，又不是你的错。"

沈禹铭的心被碰撞了一下。

直到这时，他才猛地意识到，自己即将失去这个世界上唯一的朋友了，那种熟悉的失去感迅速穿过他的身体。

面对注定的未来，语言是那样的苍白无力，沈禹铭想要安慰，想要说些什么话给李希鼓气，可千言万语都陷落到了喉咙的黑洞里，只有一句"你别乱说"逃了出来。

"我的脑子转不动了。"李希用食指轻轻敲了敲太阳穴，"这个宇宙太复杂，我也搞不明白。"

这是沈禹铭第一次见李希示弱，在等待死神的迎接时，他终于放下了一直以来的骄傲，给自己换来一丝轻松和惬意。

"你别这么丧气，这可是我们最后一次见面聊天。"李希那越发浑浊的眼睛里，闪过熟悉的狡黠光芒，"跟你说完话，我就准备走了。"

"走？难道是……"沈禹铭忽然明白了好友的打算，感觉眼前的他已经化为一缕游魂，风一吹就会散，"不要！你疯了吗？！你是那么勇敢的人！"

"最后一段路，我想自己一个人走完，不想你看我面对死亡时痛哭流涕的样子。掌握不了生，我至少想要掌握死亡，让一切都体面一点。"李希费劲地笑了笑，眼睛里有晶莹的泪光闪动，"这世上每个人都受困于自己的过去、情绪、执念，哪有什么真正的勇敢啊，都是普通人罢了。"

"你不能这样想，你还有母亲要照顾。"沈禹铭心痛地说。

"下次骗人记得眨巴眼。"李希深呼吸了一番，强撑着露出微笑，"我什么都知道了，关于祂，关于这个世界，关于胶囊……所有人都走了……"

"你可以许愿啊！祂一定有办法让你活下来！"沈禹铭也不管祂的意志，哪怕下一刻会被拖走绞碎，他也要让好友活下来。然而，什么也没有发生，这一刻祂无知无识。

李希疲惫地摆了摆手，"我已经许下了愿望……剩下的就是等死。"

沈禹铭连忙追问李希许下什么愿望，可好友并没有回答他，仿佛并不值得为这样的问题占用宝贵的时间。他只想说此刻想说的话。

"兄弟，你要想开点，人死不能复生，把我们都放在心里就行。"说完这句话，好友微微陷进了柔软的病床，轻轻闭上了眼睛，"我想走了，你也走吧。"

往昔的岁月，那无限的疲倦，无限的伪装，无限的不理解，都从他的话里倾泻而出。可是，并不汹涌，甚至连一朵浪花都没有，就像晨间的一颗露珠般不值一提。

沈禹铭连着叫了两声李希，但好友都没有理他，执拗地下着逐客令。

他们都知道，这一转身，这辈子应该没有机会再见了。

就这样各自走向命运的两端，走向各自的愿望。

这时，文教授推开了门，说话声就像枯枝败叶落到了地上："走吧。"

在文教授的陪同下，沈禹铭浑浑噩噩地往自己的病房走去。

那是一条长长的走廊,就像当初陷入祂的世界里时见过的那么长。前进的路上,他没有回头,身后是无尽的痛楚。沈禹铭不得不把李希留在了过往的岁月里。

可是,凭什么呢?凭什么!

为什么所有人都要经受不该自己承受的痛楚?

为什么所有人都要忍受自己和别人的愚蠢?

为什么所有人都要被规训,都要活成别人眼中的理想人格?

为什么已经活得足够人畜无害、遵纪守法了,依然有那么多的求不得,依然有那么多难以平复的心绪?

为什么都要走向不得不面对的毁灭?

沈禹铭猛地驻足,回头望向那间灯光已经熄灭的病房。他想要走回去,想要伸手去抓虚空中那一丝美好。

"把胶囊给我吧。"沈禹铭默默说着。

他知道痛苦无法消除,他知道幸福刹那幻灭。但眼下的他,依然无法扼制寻回妻儿和好友的冲动。

那是本能的渴望,是生命最原初的冲动。

文教授以为自己听错了,看着沈禹铭微微一愣。

沈禹铭看着对方的眼睛,目光坚定地说:"我想好了。"

此刻,沈禹铭感觉自己被注视着,或许是祂正在看着自己,那无穷无尽的眼睛透露着浓浓的悲伤。

吞下新型胶囊后,沈禹铭果然没有再次经历可怕的异象,他仿佛做了一个长长的梦。

在梦里,他变成了一棵树,在经历了一道灼热的雷霆劈砍后,曾经的参天之姿,正在熊熊烈火下变成灰烬。庆幸的是,雷鸣之后暴雨倾注而下,终于将那险些焚尽巨木的大火给浇灭了。

之后，有人把沈禹铭这具残木从森林里拖出来，花七个昼夜凿成了一方独木舟。只见那人将所有的家当都放进了孤舟之中，但自己并没有乘上小舟，而是解开缆绳，将沈禹铭推到了一条大河里，任他在波浪里颠簸前进。那人站在岸上，远远看着，像是要跟过往的一切作别……

也不知这方不系之舟漂荡了多久，等沈禹铭醒来时，他发现自己睡在熟悉的房间里。那是自家的卧室，枕套上有着永远不会忘记的味道。

很奇异的梦境，却并不痛苦。这就是祂代为受难的结果吗？

就在他还未撑起身体审视周遭时，就听一个熟悉的声音说："爸爸，快起床啦！"

小春和遗传了妻子的眉眼，孩童的面容还未经历风霜，那肉嘟嘟的面部线条柔和无比，简直跟妻子如出一辙。

"你妈呢？"沈禹铭下意识地问起，可脑子里猛地冒出一个念头：你们不是已经离开了吗？

"妈妈今天换了班呀。"小春和拉起沈禹铭的手，"你快点啦，不然要迟到了。"

在孩子的催促下，沈禹铭手忙脚乱地站起身来，开始收拾行头。虽然这是他的家，但沈禹铭感觉有些不对劲，家里不仅有早就扔掉的跑步用具，牙膏牙刷等各种小物件摆放得也并不顺手，自己的包和衣服也收纳到了不同的地方。

每当他拿错东西的时候，就有种"离线"的恍惚感，某种不属于自己的感受也会涌上心头。

然而，对此刻的沈禹铭而言，这些都不是什么大问题。

重要的是，祂真的实现了自己的愿望，一切真的可以从头再来，时光真的倒流了！

跌跌撞撞出了门，沈禹铭正想领着小春和往熟悉的方向而去，却见小春和用力拉扯他的手，"错了呀，是这边。"

那个早晨，与其说是自己送小春和上学，不如说是小春和领着他认了幼儿园的门。

"爸爸，你每天送我上学，今天怎么连路都不认识了？"小春和在进校门前专门提醒道，"明天不要走神了哟。"

原来自己每天都要送小春和上学。

小春和什么时候换了幼儿园呢？还是说，小春和一直都在这里上学，只是自己的记忆错乱了？沈禹铭感到有些困惑，不过他告诉自己，这只是一点点小挫折而已，只是自己太久没有体验亲子生活，一时有些不适应罢了。

送小春和上学后，他立刻前往公司去上班。虽然不知道祂是怎么做到的，但生活终于恢复正轨，内心的喜悦就像挡不住的春草一样冒了出来。

当他乘坐拥挤的地铁，好不容易来到公司的工位上启动电脑时，却发现开机密码怎么也输不对。试了好多次，心里越发焦躁，那种"离线"的感觉也愈加明显。

正当他打算报修时，一位面生的女职员怯生生地站到了他身后。她看上去大学刚毕业没多久，满脸写着不谙世事的青涩。只听她小心翼翼地说："沈总，您怎么坐在我的位置上？"

"啊？"沈禹铭闻言也是一蒙，"我不坐这里坐哪里？"

只见她咽了一口唾沫，空气里弥漫着一种遭受职场骚扰的惶恐，踟蹰地指了指前方，"您的办公室啊。"

这……沈禹铭虽然完全不了解情况，但感觉同事不像是哄他开心，于是打了个哈哈，半信半疑地走向那间办公室，走近了才发现门上铭牌写着：市场总监。

自己竟然坐上了暗暗憧憬了许多年的总监位置？

沈禹铭轻轻地推开门，办公室里没有人，索性大着胆子走了进去。当他绕到办公桌前，发现桌上放着几份已经签署的文件，签字栏赫然写着自己的名字。

祂不仅让时间倒流，还给自己升了职？沈禹铭简直不敢相信祂有这么贴心。

不过，如果当时自己不是发生了一系列的变故，现在应该也坐上市场总监的位置了。看来，这才是正确的时间线，全怪自己踏进了另一条河流。

一念及此，感恩之余，沈禹铭终于打起精神，点开桌面上的待办事项，开始处理一项项工作。

开完三个会，修改了两份营销方案的PPT之后，沈禹铭终于从繁重的工作中脱身而出。此刻，夜晚已经徐徐降临，昏沉的天光就像闹钟一样，催促他现在应该回家了。

他收拾了一番桌面，关掉了办公室的灯，跟还在加班的同事点头道别，快步离开了公司。他现在只想回家，想要见到自己爱的人。

当他走进地铁站、穿过商业区、满心想要回到家时，沈禹铭下意识地搜寻着那家神秘的快餐店。然而并没有霓虹灯牌放出来，之前的位置现在是一间服装店。

难道他们换了伪装？难道他们更换了地址？难道，在这个时间线里……祂并不存在？

一连串的疑问从沈禹铭的脑海里冒了出来，但他现在无心细究这一切，只是快步通过闸机，搭上了依然拥挤的地铁。人们或看着手机，或偏偏倒倒昏昏欲睡，一切如常。

此刻，他感觉回家的路好远啊，就像在跑马拉松一样。就在

267

百无聊赖地等待时，他忽然想起了李希。

在这条美好的时间线上，他还好吗？

想到这里，他拿出手机在微信里搜索起来，可不论怎么变换ID搜索，都没有出现那个熟悉的头像。之后，他索性点开了微信列表，在近两千个好友里细细寻找。

结果还是一样，李希并不存在，至少在他的生活里不存在。

李希真的彻底消失了吗？

沈禹铭感觉心里燃起了一团火！不行，不论如何，也要把李希找出来。没理由妻儿复活了，陪自己走过最艰难岁月的兄弟却被扔下不管。

他想起过去看过的一本出版了多年的科幻小说，讲几个少年拼尽全力寻找被抹去存在痕迹的好友。初读时，他身为一名成年人，总不太理解那种非要找回来不可的少年心性，可现在自己遇上了类似的事情，却瞬间打定了找回好友的主意。

人就是这么奇怪的生物，勇敢和怯懦会在命运之中不断流转切换。

你帮了我这么多，我也不会放弃你的。沈禹铭在心里默默下定决心。

当他走出地铁站，往家里走去时，天色已经彻底暗了下来，街道两旁的灯光就像都市人的守卫一样，为每一个讨生活的行人指引着方向。

此时，路灯正护卫着他，引导着他回到妻儿的怀抱中。

回到家时，李怡珊正把菠菜肉丸汤端上桌，轻轻地把发丝挽在耳后。见沈禹铭踏进门，她微笑着说："快去洗手吃饭吧。"

小春和也急不可待地说："爸爸快去快去！我肚子都饿

扁了。"

"你不是在幼儿园里吃了晚餐嘛。"妻子点了一下小春和的额头。

"还是饿嘛！今晚有烂肉青豆哟。"

然而，沈禹铭并未听从妻儿的指令，而是走上前去，一把将妻子拥入怀中。

"你干啥……"妻子急忙把沈禹铭推开，"围裙上有油，别弄到你身上了。快洗手吃饭了。"

小春和嬉皮笑脸地说："羞羞羞。"

可就在他被推开的短短一瞬间，沈禹铭感到无比强烈的"离线感"，仿佛自己正在跟世界失去联系，不舍和热切顿时消失无踪。短短愣神后，沈禹铭悻悻地去洗了手，然后坐到了桌前。

饭桌上，小春和颇有些反常地变得话痨起来，一直在分享幼儿园的趣闻，分享他跟小伙伴的趣事。李怡珊则非常适应这样的小春和，全程都在跟儿子互动。沈禹铭却感觉有些不解，记忆里，儿子虽然也属外向，但也没有这么开朗。然而，一旦沈禹铭陷入沉默，不接小春和的话，那种异样的感觉又会涌现出来。

就在小春和说累了，用力扒饭的时候，李怡珊转头看向沈禹铭，"你今晚就开始训练吗？"

"训练？"沈禹铭有些摸不着头脑。

"是啊，训练，你不参加成马啦？"说着话，李怡珊戏弄般地夹了一块白水煮的鸡胸肉到他碗里，"你自己说要吃的，再难吃也要咽下去哈。"

原来在这个世界里，自己还没有参加成马，难怪家庭美满，岁月静好。

"我不参加了。"沈禹铭咬了一口鸡胸肉。

269

一时间，李怡珊的表情惊讶中透着迷惑，"不参加了？为什么呀？"

"这个……"沈禹铭一时找不到理由，于是囫囵着说，"工作太忙，根本做不完。"

"可你都跟公司请好长假了。"李怡珊完全不能理解，"休假还工作，也太敬业了吧？而且，我连一个月后的班都调好了，就为了给你加油助威呢。"

想到之前的自己也是放下工作，全心全意地训练，沈禹铭暗骂自己没记性，可一时半会儿又找不到更好的理由。

"你放心啦，儿子最近十点就睡了，我哄他睡觉一样的。"李怡珊跟小春和眨了眨眼睛，"咱们要陪爸爸拿冠军是不是？"

"对呀！我要妈妈陪我睡。"小春和吃完饭，探出半个身子从桌对面抽出一张纸巾。

"小笨蛋，原来打着小算盘呢。"妻子佯装生气地敲打儿子。

那顿饭在嘻嘻哈哈中结束了，沈禹铭收拾碗筷时，身心都感到放松。这是他盼了太久太久的平静生活，李怡珊和小春和脸上没有因时刻注意他的情绪而产生的紧张感，一家人打打闹闹，无比松弛。

等沈禹铭陪小春和在iPad上学习了汉字和英语，带他洗完澡、换上睡衣后，李怡珊就牵过孩子进了卧室。

关门之前，她还探出头来对沈禹铭说："老公，加油哦！"

得到妻子一而再、再而三的肯定，沈禹铭终于穿上了跑步时的战袍，从鞋架上取下跑鞋，披着夜色出了门。

此时，天上明月朗照，寥寥几朵云彩被月光赋予了阴影，更有着白日难得一见的立体感。沈禹铭终于跑起步来，感受着双腿的律动。耳畔呼啸着的风声，还有那强劲畅快的奔跑感，终于让他安下心来，那种疏离感不过是自己的错觉罢了，这一切确实都是真实的。

跑完十公里，他终于停了下来，整个人畅快地呼吸着，仿佛天地都在为自己助力喝彩一般。

就在他意犹未尽，准备继续奔跑时，忽然听到了一个声音。

那是一位老者的声音，他应该从未听过那样的音色，但声音萦绕耳畔时，却有着某种熟悉，甚至让他感到无比亲近。那声音仿佛是李希发出的，又仿佛是父母的述说，又像是妻儿的声音，让沈禹铭不得不驻足停留，与之对话。

"你现在不能发起'二段跑'。"

"你是谁？"沈禹铭连忙问道，在寂寥的夜空下四处张望。

那声音说得无比郑重："我是帮你实现愿望的人。"

帮我实现愿望？沈禹铭心里一惊，试探性地问："你是……祂？"要知道，沈禹铭之前从未跟祂发起过对话，哪怕沟通拯救李希的方案时，也是通过技术人员写程序。可今天，祂，竟然自己说话了。

"是的。"

"你真的帮我找到了可以挽回错误的时空！"沈禹铭激动的样子，就像是在感谢神恩，"谢谢你。"

"能不能挽回错误，依然取决于你。"那个声音停顿了一下，仿佛斟酌着言辞，"我根据你'一切重头来过'的愿望找到了这个时空，但不要忘了，你现在依然处于'试融入期'。"

沈禹铭想起了文教授对"试融入期"的说明，于是问道："我留在这里的方法是什么？"

"在一个月的时间里，你需要扮演这个时空的自己，亦步亦趋地过他的人生，让自己彻底成为他。每一次迥异的行为模式，都会引发异样的感觉。如果相差过多，则会触发世界的排斥，从而被弹回现世。"祂平静地说道，"一个月后，当你彻底融入他的行为模式，当你可以左右这具身体，当这个世界默认你就是他时，只要你的'二段跑'到达了一定的距离，你就可以取代这个世界的自己，在这个时空永远生活下去。"

难怪今天总会有那种奇怪的"离线感"，因为自己随时处于会弹出的状态里。他现在需要观察生活当中的蛛丝马迹，深入到另一个自己的内心。

"融入后，这个时空的我会怎样？"沈禹铭问道。

"他的意识会与你融为一体，届时你将彻底取代他，就像更新迭代了一个新的人格一样，因为你们的意识本就处在'时间量子纠缠态'的状态下。"祂答道。

"那……我需要跑多远？"

"42.195千米。"

听到这样一个数字，沈禹铭的脑中仿佛响起一声雷鸣，他立刻明白这意味着什么，"难怪我现在醒来，因为一个月后我要参加的成马，或者说他要参加的成马，全程正好是42.195千米。"

"记住，你只有这一次机会。现实的能源已经很难维持我的运转，如果这次失败，我将无法再次为你寻找合适的时空。"

那个声音说完之后，陷入了静默，仿佛从未出现一样。

万籁俱静，宇宙变得模糊不清，有着用完即弃的凋零和惆怅。

怀着满腹的心事和憧憬，沈禹铭走回了家。此时，客厅的灯已经关了，只有书房里的那盏昏黄的台灯还亮着。只见李怡珊穿着睡衣，正坐在电脑前看着工作室这个月的财报，以及助手发给她的最新的妆造方案。

他知道,若是曾经那个李怡珊,肯定已经跟孩子一起睡了。凭她超强的工作能力,根本没有加班的必要。

但沈禹铭知道现在应该怎么做。他走到妻子的身边,轻轻吻了吻她的额头。

"早点睡吧,明天再弄。"

在接下来的一个月里,祂再也没有出现。沈禹铭小心翼翼地生活着,适应着话多的小春和、深夜忙碌的妻子,以及离了婚却没有反目成仇的父母,还有身为市场总监的自己。

虽然生活有了一些变化,但看着那些亲切的面容,他感到幸福且安心,那种熟悉的生活滋味都回来了。

而在每日的摸索中,沈禹铭正在跟另一个灵魂不断贴合,而且随着扮演的程度越来越高,在某些时刻,他甚至有了影响另一个自己的能力。比如,当他跑上三十公里时,会感觉是自己在跑步,是自己在控制那具身体,而另一个自己是在无知无觉地跟从。

这就是取代对方的前奏吧,沈禹铭想。

在这一个月里,沈禹铭发现另一个世界的自己不仅事业上成功许多,对家人也更加贴心。对方每天都送孩子上学,抽空给家人做饭,晚上给妻子按摩。沈禹铭一边扮演着对方,一边情不自禁地加倍做得更好,因为他想要弥补之前的过错。而剩下空余的时间,他则全都用来训练,执着于成马的准备。他时不时会想起过去那段时光,为了胜利,为了虚荣,他没日没夜地训练。此刻,他却为了重回生活,为了重新拥有过往的人生而奔跑着,不禁感觉过去的自己是多么虚妄。

现在,每一步奔跑,都是为了将自己的灵魂彻底安放。

专注的人生总是过得很快，成都再度来到三月。这座老城弥漫着一种独有的人间气息，彰显着自己的存在。

成马召开那日，细雨又一次将城市笼罩，金沙遗址博物馆的门前聚集着各式各样的跑者。在这个世界里，所有人都不过是自己的陪跑而已，可是，当沈禹铭看到基普洛特的身影时，那个天生的跑者之姿，让他不得不承认对方的身体里有着鲜活的灵魂。

那一刻，沈禹铭的心里燃起了想要登顶的欲望，命运将他推回起点，他情不自禁地想要再跟对方比试一次。

当好胜心被激起的那个瞬间，他知道，另一个自己也想要战胜基普洛特。

当然了，毕竟他们都是沈禹铭。

这时，他越过人群，在观众席里看到了李怡珊，还有好不容易被举起的小春和挥舞着的小手。他深吸了一口气，发令枪一响，他就笃定地向着终点前进。

没跑一会儿，沈禹铭眼前就出现了介入引发的空间波动。

时机到了。沈禹铭有意地停了下来，让自己保持静止，然后重新开始奔跑，努力跟另一个世界的自己保持相同的节奏。

此时此刻，他开始了取代另一个自己的"二段跑"。

果然如祂所说，这次的"二段跑"在很长一段时间里都没有出现那些迫使他停下来的异象。随着他的奔跑，那种合二为一的感觉越发强烈，仿佛自己已经成了另一个自己，共享着同一具身体，同一片天地。

此刻，他就是混入云间的一缕蚕丝，随着风悠游，只待彻底归入天际。

跟之前一样，行程至中段，他的前方就只有基普洛特一个

人了。他依然是那样稳定,保持着惊人的节奏感,依然是高原一般的存在,用生命挤压出来的大地褶皱,可以横亘到沧海桑田的尽头。

然而,沈禹铭已经感受到了疲惫,那种巨大的压迫感让他再度陷入撞墙期。

我果然是个废物……回忆和现实都在告诉沈禹铭,他练得再好,也不可能战胜眼前的跑者。

当灰暗的心情拖慢他的脚步时,沈禹铭眼前突然出现了异象!

他惊讶地发现:身边的万物都在倒流,整个人世都在渐渐离他远去。他越是想要往前,越是无法前进,那种"离线"的感觉也越是强烈。另一个宇宙或许已经发现端倪,正在强迫他弹出。

可就在这时,他的耳畔响起了李怡珊的声音:"输赢不重要!跟着自己跑完就行!"

祂借用李怡珊的声音在沈禹铭的耳畔大声提醒,让他不要忘记此行的目的。

在妻子的呼唤下,沈禹铭意识到自己的核心任务是什么。眼下,胜负不过烟云,妻儿才是最重要的!他没有惧怕的必要,而另一个世界的自己,在眼下这个阶段,一定秉持着单纯的拼搏意志继续奔跑着。

沈禹铭彻底明白了,之所以出现异象,全赖自己因恐惧而放慢了脚步,跟不上另一个世界的自己。

还得靠妻子啊,在最关键的时刻,她依然发挥着无可替代的作用。

沈禹铭努力甩了甩头,抛开眼前的杂念,试图重新同步。不多时,异象彻底消逝,世界的尺度恢复如常,他终于迈过了内心的那道魔障，继续大步向前。

赛程已经所剩无几，他全神贯注地向前奔跑，专注于眼前的跑者，专注于脚下的42.195千米。就在快接近终点时，他再一次感到心浮气躁，可那种磨人的情绪并非来源于自己，而是如毛刺一般，在另一个自己的心里疯狂繁殖着。

另一个世界的自己终于耐不住性子了。

终点就在眼前，可他无论多少次超越基普洛特，最终都会在其坚定的步伐前败北。这时，沈禹铭身体的加速忽然开始不受他的控制，另一个自己想要最后放手一搏，放肆冲刺，就像那时的自己一样！

无数的记忆涌上了沈禹铭的心头。

就是因为自己不顾一切的提速，造成膝盖严重受损，最终把妻儿推向了生活的深渊。

另一个世界的自己虽然比他更加优秀，但他毕竟也是沈禹铭，依然有着不可抑制的好胜心。在这样关键的人生节点，他毫无疑问会做出同样的选择。

沈禹铭明白，现在量子纠缠的程度非常高，两个意识已经无限接近融合，自己完全可以让他停下来，保住另一个世界的自己的身体，挽救另一个世界的妻儿的命运。

可一旦停下来，一旦被弹出，他就再也去不了另一个宇宙，再也见不到李怡珊，再也见不到小春和了。

是重蹈生活的覆辙，还是让自己永远孤独地活着？

就在犹豫之际，他忽然清晰地感受到了膝盖的疼痛。

那种切肤刺骨的痛楚，让他想起了抑郁崩溃、渴望自毁的时光，想起了妻子的崩溃大哭，想起了小春和的敏感忧郁，想起了李希为他而死，想起了妻子的父母抱着女儿和孙儿的骨灰返乡……

所有人经历的所有痛苦，让他在下一秒，毫不迟疑地做出了选择。

只见他控制着另一个世界的身体停了下来，眼睁睁看着基普洛特跑过了终点，而他呆呆地站在原地，看着不远处的妻儿露出了微笑。

妻子的眼里闪着泪花，不知是难过，还是为他感到高兴，抑或是她看出了什么。

这个世界的沈禹铭比自己成熟贴心，对家人更好。取代他真是为了照顾家人、弥补过错，还是为了满足自己渴望家庭美满的私心？

沈禹铭忍不住在心里想着。

但我们有同样的胜负欲，那是无法压抑的奔跑的冲动，如果自己不做点什么，这场比赛就是他人生的坎儿，会让他陷入万劫不复的坎儿。

所以，让我来帮他过吧。停下来就好，停下来就过了。

虽然他也会遗憾，但他比自己强大，更比自己善良，一定可以重新站起来，重新拥抱家人和生活。

自己就不要再去打扰家人了……一念及此，沈禹铭才感到自己真正为妻儿做了点什么。

人或许都会犯错吧，但我已经错过一次，就不想一错再错了……沈禹铭想对妻子说，但已经来不及了。

转眼间，除了沈禹铭，所有人都像断电一样瘫倒在地上，就像所有的灵魂都被抽离了身体，眼前的世界瞬间化为密密麻麻的躯壳之海。

四周的万物开始崩塌消逝，化为了无穷无尽的劫灰。

热闹与繁华不复存在,世界恢复了本来的模样——一片荒原在他的眼前浮现出来。

沈禹铭毫不惊讶,或许这是早已注定的事情。他心中无一丝懊悔和遗憾,反而有着无限的平静。

他保卫了另一个世界的自己的生活,哪怕胜利的成果并不为他所有。

可他们值得,李怡珊、小春和、李希、父母,还有那个宇宙中的每一个人,他们都值得拥有更好的生活,哪怕这其中没有他。

当另一个世界烟消云散之际,沈禹铭在现世醒来了。

他缓缓张开眼睛,等待着休眠舱的开启。耳边传来吱吱嘎嘎的齿轮声,仿佛机器的哀鸣。印象中,上一次休眠舱的开启十分顺滑,想来机器已经老去,就跟这个世界一样,迫不及待想在另一个宇宙里重生。

"你醒了。"沈禹铭的耳边响起了祂的声音。

"我睡了多久?"沈禹铭问道。

"一百二十年。"那个声音平淡地说出了一个跨越沧海桑田的数字,"此时此刻,你是地球上的最后一个人类。"

"谢谢你能等我到现在。"沈禹铭微微点头致意。

"拯救所有的人类,是我存在的意义。"祂说道,深邃的声线一如梦中,一如百年之前。

沈禹铭想了想,问道:"能不能告诉我,李希许下了什么愿望?"

"他希望彻彻底底地消失,从未以任何形式存在于任何世界。"祂回答道。

"从未?"沈禹铭感到一丝难以置信,心里忽然感受到一阵难以抑制的悲伤。

"至少,他存在于你的心里,你的记忆之海里。"祂轻轻诉说着,仿佛在给一个孩童讲述古老的英雄神话,"哪怕他许下彻底弃世的愿望,我也在他内心深处发现,他并不想被你彻底遗忘。"

一时间,沈禹铭感受到了某种安慰,也终于理解了好友所做的一切。自己成了好友存在过的证据,成了他存在过的最后一个锚点。

让自己陷入彻底的虚无吗?这确实是摆脱轮回宿命的一种方法。

只有李希才会做出如此决绝的选择吧。在面对死亡时,他还是像西西弗斯那般勇敢。

自己也要勇敢一点吧。想到这里,沈禹铭小心翼翼地走出了休眠舱。双脚沾地的瞬间,他感觉腿不由自主地发软——身体沉睡了这么久,无论维护得多么到位,总无法避免肌肉萎缩的发生。现在的自己能够活动已经算是幸运。

沈禹铭用了好些时间才稳住身子,然后扶着墙壁,一点一点地走到了实验室的大门前。他原本还在担心大门会锈死,但在祂的帮助下,尘封的厚重金属门终于还是打开了。

当看到一百二十年后的第一缕阳光,沈禹铭不由得眯起了眼睛,就像一个悲惨的人初遇幸福。

适应片刻后,他离开了基地,在无人的城市废墟里漫游。虽然过去了这么多年,高楼大厦变成了爬满植物的断壁残垣,但依然可以发现人类留下的痕迹。唯一跟人类在时不同的是,这里太安静了,是一种完全不同的安静。哪怕不时有小动物穿梭其中,寻找着人类留下的物资,但那种安静也会透到人心里去。

原来，人类才是嘈杂的根源。

沈禹铭走累了，迎着阳光，深吸一口气，艰难地做了个压腿的动作。

"接下来你准备做什么？"祂问道。

看着这个无人的世界，他再度想起了李怡珊和小春和，想起了过去的美好与坎坷，但心里只觉放松，"好好生活。"

后　记

　　《跑去她的世界》能够出版，对我而言是极其梦幻的一件事。

　　虽然身为编辑已经做了很多年书了，但在2021年底，才因为付强老师的催逼开始投稿，让那些尘封在硬盘深处的故事得见天日。直到《月海电台》出版，我才清晰无误地听见了世界的回声。读者们的任何反馈都为我曾经的写作赋予了丰沛的意义。

　　感谢大家的到来，包括正在看书的你，你们是最好最好的读者。

　　也是从那时开始，我想起了自己早已忘记的梦想：完成一部长篇小说。

　　没错，哪怕是每写一个字都会进行自我审判，因此无法建立自我认同的作者，在心底的最深处也会想要完成一部长篇小说。

　　在作者身份之外，我是一个靠原创长篇小说成长起来的编辑，虽然只做了不到十部，但都是闪闪发光、才华横溢的作品。当我读到《小镇奇谈》《七国银河》《不动天坠山》《行星仪轨》《时间深渊》时，总会忍不住自问："我什么时候能写出这么好的故事呢？"

　　直到2022年，一个长篇的构想砸中了我，沈禹铭在我的精神世界里诞生了。

　　为了完成这部长篇，付老师甚至还跟我定下一套写作制度：

我每天写一百字给他，他给我发一块钱的红包；如果我一百字都没有完成，就要倒赔他十元。这本来只是一个特别单纯的考勤制度，但神奇的事情发生了——

如果每天写了一百字，就绝不会只写一百字！

那段时间，我每天准时下班，回家带孩子学习玩耍，哄娃睡着，然后从床上爬起来完成当天剩余的工作后，就开始写这一百个字。

每天深夜十一点甚至十二点，我打开文档写上半小时或者一个小时，感觉心里很踏实，感觉这一天都有了非凡的意义。

可写完这个故事，我猛然发现一件事：我只能去写那些我真正感受到的东西。不论是快乐还是痛苦，振奋还是消沉，这些东西都必须是我曾触摸过、感知过、真正有所领悟的。

我是一个很笨的作者，除了把心剖出来，别无他法。

图书出版当然是一波三折的，万幸的是，我找到了余曦赟这位绝好的编辑，她几乎立刻感受到了小说里那些隐秘的情绪，那些难以言表的感受，还有那些无法述说的美好，并且认为有展示给更多人看的价值。

这是她编辑出版的第一部原创小说，而在之前，她已经有《星之继承者》《格雷格·伊根经典科幻三重奏》这样令业界艳羡的出版战绩。我特别害怕拖她后腿，成为她编辑生涯中第一本滞销书，哪怕她是我心目中理想的出版搭档。

但她对我说："你不怕，我就不怕。"

当余老师非常细致地完成了荐稿工作后，我俩战战兢兢地等待八光分文化的主编杨枫老师的反馈。

在过去十年间，我匿名、实名地给杨老师投了无数稿，结果都被杨老师给退掉了。十年啊，我跟杨老师从上下级关系进阶到公司搭档，我依然过不了稿。

《银河边缘》的执行主编竟然是被主编退得最狠的人！

然而，没想到的是，当余老师终于忍不住去问审稿意见的时候，杨老师告诉她过稿，并且用两个字评价了这个故事。

那两个字的珍贵程度，堪称奢侈。谢谢您，杨老师。

之后，我们得到了新星社的支持，尤其是燕慧老师的支持，她为这本书规划了一个无比值得期待的未来。

如今，这本书终于出版了，看着这些没日没夜写下的文字，我尤其想感谢一个人，那就是我的妻子。

在相识的十几年里，在我不断自怨自艾，骂自己根本不是写作这块料的时候，她告诉我必须写下去，告诉我真的可以往前走。

当我已经不想去直面沈禹铭的生活，不想再继续这个痛苦的故事时，她告诉我每一个灵魂都有被书写的价值。

因为她的鼓励，才有今天的夏桑，才有今天这本书。

总之，过往那无尽的黑夜我已走过，谢谢大家的阅读，谢谢命运带给我的一切。

夏桑

2024 年 1 月 17 日